弦歌

铮鸣

定海"两廊一城"

定海印象系列 舟山市定海区档案馆 编

来其 等 著

浙江工商大学出版社
·杭州·

图书在版编目（CIP）数据

弦歌铮鸣：定海"两廊一城" / 来其等著.
杭州：浙江工商大学出版社，2025.5. --（定海印象系
列）. -- ISBN 978-7-5178-6516-2

Ⅰ. I267

中国国家版本馆 CIP 数据核字第 2025MF8317 号

弦歌铮鸣：定海"两廊一城"
XIANGE ZHENGMING：DINGHAI "LIANG LANG YI CHENG"

来其 等 著

出 品 人	郑英龙
策划编辑	沈 娴
责任编辑	程辛蕊 沈 娴
责任校对	夏 佳
封面设计	观止堂_未氓
责任印制	屈 皓
出版发行	浙江工商大学出版社
	（杭州市教工路 198 号　邮政编码 310012）
	（E-mail：zjgsupress@163.com）
	（网址：http://www.zjgsupress.com）
	电话：0571-88904980，88831806（传真）
排　　版	杭州朝曦图文设计有限公司
印　　刷	浙江海虹彩色印务有限公司
开　　本	787mm×1092mm　1/32
印　　张	11.375
字　　数	200 千
版 印 次	2025 年 5 月第 1 版　2025 年 5 月第 1 次印刷
书　　号	ISBN 978-7-5178-6516-2
定　　价	88.00 元

目　录

卷一　定海古城：舟山的文脉在哪里

　　奎光阁，俗称鳌山塔，别称奎星阁，是文房四宝园的主体和灵魂，也是定海古城的地标性建筑、定海古城的文脉之一。

舟山的文脉在哪里

来　其

　　定海奎光阁终于重建了。

　　2010 年底,中国青年出版社出版了由我编著的《解读舟山》。该书以每年解读一个"事实"的方式,记录了 1950 年至 2010 年的舟山历史。这个"事实"或是一个事件,或是一种现象,或是发端于这一年的某种连续变化,选择的"事实"有大有小,无论大小皆具典型性和代表性,旨在展现深远的历史意义。选为 1968 年度"大事"的,是"灰飞烟灭鳌山塔"。鳌山塔就是奎光阁,又叫奎星阁。那一年,有四百余年历史的鳌山塔,在"文革"武斗中被纵火烧毁。

　　"灰飞烟灭鳌山塔"之所以会被选为 1968 年度大事,是因为从历史大视角看,鳌山塔不仅仅是一处古建筑,而且是舟山的文脉标志之一。文脉断裂,岂非大事?

　　由此而论,57 年后的今天重建奎光阁,文化意义非同一般。

城市文脉就是城市的一部文明史，是形成和积淀城市性格的文化基因。它决定着城市的价值品质，诠释着城市的特色。

文脉是无形的，是负厚之魂，虽然文化会不断创新嬗变，但总有些精神一脉相承；文脉又是有形的，潜藏在一些标志性的历史建筑中。

有形的舟山文脉，究竟有哪些？

1996 年，我主编《舟山日报》"大视野"专版时，曾推出"舟山历史文化散记"专栏，专栏中有一文《风雨鳌山塔》，约请原舟山师专校长方牧教授撰写。此文中的一个观点，至今我仍认为是对舟山文脉标志物的最准确阐述：

奎星阁、文笔峰、砚池一组三景，与旧城中心状元桥、大成孔庙（学宫）二度组合构成古代舟山的文化内核，辐射群岛各地，至少能衔接起近一千年的历史人文传统。

鳌山一组景观，虽代有兴废但绵延不绝。

文笔塔最早建起。南宋淳熙十六年（1189），昌国县令

光绪二十八年《定海厅志》里的鳌山景观

钱棣建文笔峰于大成殿棂星门之东。明嘉靖四十年(1561),都督卢镗、知县何愈、都指挥李兴建造"文笔"石塔于鳌山,该塔后毁于战乱。清乾隆二十一年(1756),定海知县庄纶渭重建石塔于鳌山最高处,称得上是"一邑之文峰",所以又称之为"文笔峰"。清末学者朱绪曾,咏赞鳌山和文笔塔:"州南山色尚排衙,一塔凌空笔有花。绘出海天真景象,问谁五色浣云霞。"此塔1973年被拆毁。

定海历史上出现的第二个文脉标志是砚池,元元贞元年(1295),由昌国州判官冯京福主持修建。清道光十年(1830),知县王鼎勋既捐俸薪,又请诸总兵同伙助,谕绅等输钱浚凿之。鳌山景观中,唯砚池在"文革"中幸存下来,

1993 年 6 月被定海区政府列为首批区级文物保护单位。

最晚在鳌山登场的奎光阁，史载系清道光十六年（1836）由定海县知县王丕显发起兴建，建成后王丕显还撰写了《奎光阁记》。后因年久倾圮，同治十年（1871）廪生林保贤、孙玉瑞等发起重修，翌年春季落成。鳌山奎光阁呈八边形，有三层，建于石质基座之上，一楼于西北方向开正门，二楼、三楼飞檐翘角，四面开窗。阁顶建有塔刹。

若论定海奎光阁的历史，不得不提另一座奎光阁，那就是定海学宫东南角泮池东侧的二层楼式建筑奎光阁。

古代学宫，且与文庙（孔庙）相伴。据民国十三年《定海县志》载，学宫最早于唐开元年间修建，但不久就被废弃了。北宋熙宁八年（1075），昌国县令张懿文建学宫于鳌山山麓县治东，名为大成殿。南宋时，学宫迁于鳌山南麓芙蓉洲。南宋礼部尚书王应麟记录道："淳熙间，王令阮迁于芙蓉洲西。把秀涵清，气势闳伟，俊人魁士，含章挺生。道原文脉，实系兹殿。"在南宋宝庆《四明志》所附《昌国县治图》上，可清楚地看出在城东一带绘有大片湿地，湿地的湖畔绘有"县学"屋宇图案。这县学，虽只有隙地数亩，但襟山带水，秀气盘结，成为养育昌国学子的福地。清代定海县令缪燧在《重修儒学记》中说："宋改昌国，迁学于芙蓉洲。绍熙后，文教大昌，人才辈出。"

因此，"奎星阁、文笔峰、砚池一组三景，与旧城中心状

定海庐山居幅

民国十三年《定海县志》中的奎光阁①

元桥、大成孔庙(学宫)二度组合构成古代舟山的文化内核,辐
射群岛各地"之说,准确回答了"舟山文脉在哪里"的问题。

二

鳌山景观中,奎光阁最为声名远扬。

溥心畬,即爱新觉罗·溥儒,宣统皇帝溥仪的同辈近支

————————————

① 本书图片皆由舟山市定海区档案馆提供。

兄弟,恭亲王之嫡孙,与张大千有"南张北溥"之誉的国画大师,写有《九月登定县奎光阁》诗。诗云:

> 石壁崔嵬撼怒涛,清秋临眺俯城壕。
> 海门云白孤帆远,沙岸天青片月高。
> 战垒飞霜惊草木,回风卷雾拂旌旄。
> 长江夜宇橄枪气,北斗光寒动佩刀。

此诗,是舟山的一位文史工作者,托友人从美国杜鲁门图书馆找到的。

定海悬处海中,如巨鳌戏水,昔日鳌山是登高望远之处,高处建奎光阁、文笔峰,低处凿砚池,一组三景互为呼应。

奎光阁供奉的奎星神是主文运的神,如王丕显在《奎光阁记》中所言,奎星神能保佑定海读书人"春秋高捷,科第绵绵"。"魁星"蘸砚池之墨书写风云,寄寓隆昌文教之意。加上鳌山下的大片稻田(文稿田)及墨井,笔墨纸砚文房四宝一应俱全,所以又有"定海文房四宝"之说。

追寻历史,方牧教授或许是"文房四宝"公园创意的来源。1996 年,他在那篇《风雨鳌山塔》中说:"如果利用鳌山地貌,广植绿被,修复奎光阁、文笔峰,将其拓展成小型公园,让古典格局融在现代构思之中,为附近居民营造一方洋溢文化氛围的休憩空间,鳌山有知,自当含笑。""值此国运昌隆中华振兴之时,千岛崛起舟山腾飞之日,鳌山斗垣彪炳,砚池春暖,将书写 21 世纪的文采风流。我们这一代舟山人,也可以无愧了。"

鳌山虽已消失,但历史文脉仍长存于历史。化无形为有形,"文房四宝"公园如今成为现实,梦想如花绽放!

三

状元桥是定海古城除奎光阁之外的另一个重要的文脉标志。

全国有很多座状元桥,但像定海状元桥那样具有多重文化内涵的状元桥,却十分罕见。

我在《舟山有意思》中,专门为"状元桥"写了一个段子:

别的地方是先出状元后造桥,唯独定海是先有状元桥后出状元。宋代,定海城里建过一座桥,取名叫"状元桥",并在桥栏上刻了字:"人从石上行,状元此时生。"想不到两百年后,舟山果然出了状元张信。于是,桥栏上换了一行字:"天开文运,石著谶符,张公应魁,启我后儒。"

虽然张信死得很惨,但状元桥在舟山人眼中

却仍是吉祥之物（这有悖民间常理），新娘子花轿都得从状元桥上过，据说这样做，生下的孩子才会聪明。

直到清朝，康熙《定海县志》仍记载说，每逢四月朔日，定海居民都要来祭祀状元桥神，还要在桥东南搭起台来演戏酬神。张信就是在农历四月里被绑赴刑场执法的。

状元桥的许多历史信息，在这个段子里都被忽略不提。比如，南宋淳熙十六年（1189）昌国知县王阮建桥，清乾隆年间知县庄纶渭修桥，1931年定海商人潘尚林将状元桥由石拱桥改建成钢筋混凝土桥，1969年桥下河道被填平，状元桥消失。还有，"石著谶符"之说在段子中也未作详解，它说的是王阮建状元桥时，掘得张家碶闸下一块旧石，上镌"人从石上行，状元此时生"的谶语。以上这些，对于"有意思"段子来说并不重要，重要的是这座桥作为吉祥物在人们心中的精神意义。

视状元桥为吉祥之物，甚至"新娘子花轿必过状元桥"的风俗，在明代的定海就已风行。明万历年间的《明状元图考》（顾祖训辑）《状元张信》篇记载："有谣曰：人从桥上行，状元此时生。其父首从桥行，逮还家，有生儿之喜。"谣，民间传言也。正是这些传言，催生了定海"新娘子花轿必过状元桥"这一风俗。

倘若张信一生平安,那么这个风俗就寻常得很,很多地方都有类似的风俗。可偏偏张信中状元没几年便死了,而且是死于弃市,那这一风俗就值得深究。

张信,明洪武二十七年(1394)状元。中第后任翰林院修撰,后又被提拔为侍讲。洪武三十年(1397),朝廷举行会试,学士刘三吾主考,所取五十二名进士皆为南方人,北方官僚谤声四起,太祖怒,命张信等六位翰林复阅考卷。同僚劝张信将几名西北学子更换进来,以迎合帝意。然而,张信阅毕试卷,认为刘三吾无私,禀直而报:刘三吾没错。太祖益怒,下令将刘三吾戍边,将张信弃市。

这是张信的故事,比这一故事更具有传奇色彩的,是舟山人在张信死后对待状元桥的态度。

古代将执行死刑并将尸体暴露街头这一行为称为"弃市",即所谓"刑人于市,与众弃之"。按民间对死亡方式的划分,这属于横死。横死之人一般会被民间视为不祥,有关这方面的记载不胜枚举。但张信死后,"新娘子花轿必过状元桥"的风俗在定海却依然盛行,之后哪怕历经人口大迁徙,迁出的居民召回复垦后这一风俗依然延续,直至近代。定海人一直认为状元桥是能添喜的吉祥物,哪怕在张信之后舟山再没出过状元,仍坚信不疑。这种有悖民间常理之举,实在包含着太丰富的海岛民间心理。这就是定海状元桥最独特的"有意思",也是定海文脉之根中的思想光芒。

张信被弃市,具有浓重的威慑意味,但舟山百姓依然祭祀他;张信被弃市,但舟山百姓仍将"张公应魁,启我后儒"之状元桥视作吉祥物。于是,状元桥也就成了舟山文脉之风骨。

如今,状元桥也已重建。

四

如果说状元桥是舟山文脉之风骨,那么,成贤坊则是古代在民众中弘扬文脉之人文精神的载体。

明嘉靖二十三年(1544),备倭都指挥使刘恩在定海南城内翊圣宫左建起成贤坊。这是一个表彰乡里贤士的牌坊,贤士排名首位者为侍讲学士张信,随后是按察使陶铸、德兴县知县赵濬恭、佥事徐潭。后面这三位,俨然是张信风骨的追随者。

陶铸,南宋进士陶回孙的后代,曾以贡士任青田教谕,明洪武十六年(1383)任监察御史,不畏权贵,查处了刑部尚书开济和太师李善长私释死囚案。次年任福建按察使,查贪官污吏数十名,获皇帝下诏褒奖。后又揭发福建布政使薛大方贪婪暴虐,薛上本反诬,两人被一同逮解京师。真相大白后,薛下狱,陶铸复官。

赵濬恭,明永乐二年(1404)甲申科进士,授江西饶州德兴知县。在任六载,政务毕举,兴学校以振士风;造福故里,修凿荷池以灌良田。定海人民北路北端有个荷花池湾,位于今绿城丹桂园西北侧,赵濬恭所凿荷池就在此处。此池在20世纪六七十年代犹存,池旁有一惠泉井,为舟山第一古井。

徐潭,明正德三年(1508)戊辰科进士,历任上海县令、湘潭县令、崖州知县,后擢升山西提刑按察使司金事。任上海县令时,他毁淫祠,除积弊,惩豪强,济灾民。下属按惯例送好处费给他,他斥责不取。任崖州知县时,恩威并施,使峒、黎两族百姓和谐共处。钦定四库全书《江南通志卷·名宦》记载了他的事迹。

文脉重在势,势在精神传统。中国传统文化有两种重要的精神传统,即以天下为己任的担当精神和知其不可为而为之的执着精神,这在状元桥和成贤坊中得到了正解;中国传统文化中,对现实的关怀反思,对英雄的敬仰崇拜,对人道的追寻贯彻,都是人格精神的重要体现,这在状元桥和成贤坊中也能找到正解。

从奎星阁、文笔峰、砚池一组三景,到状元桥、成贤坊,舟山文脉的标志物蔚为壮观,成为舟山人文精神传承的象征。

奎光阁、文笔峰

奎光阁五层八面，飞檐翘角，典雅古朴；文笔峰似倒竖的毛笔直指向天。它们静静地耸立在古城柔和的视线里，承载着定海古城的文脉之基。

古城夜景

　　夜空下的古城，流光溢彩，妩媚动人。久别的奎光阁，久别的城楼，又扑入我们的眼帘。

迁徙与展复

来　其

定海历史上，有两次不同寻常的人口大迁徙。

说到迁徙，我们马上会想到鸟的迁徙。由于气候的变化，在北方寒冷的冬季和热带的旱季，一部分鸟类为了应对食物的短缺，要经过长距离的飞行，迁徙到其他食物丰盛的地区。迁徙行程最长的是北极燕鸥，它在北极地区繁殖，却要飞到南极海岸越冬。

我们人类也有过大规模的迁徙，战争与动乱是大迁徙的主要原因。现在的苏南、浙江一带，有很多家族是在北宋靖康之变后，宋室在江南建立政权时，从中原迁徙过来的。这次南下移民约有 500 万，是我国历史上最大的一次中原汉民族南迁，远至福建、广东的东南各省都有大量北方移民。由于南宋定都临安府（今杭州），所以密集的移民区在苏州至宁波一带，尤其是杭州城里。

与这种因战争而导致的迁徙不同，定海历史上的两次大迁徙，都发生在和平年代。明朝洪武十九年（1386），信国公汤和奉命经略海上，在浙江沿海地区修筑城堡。次年，奏请遣徙舟山各岛居民入内地。定海紫微乡人王国祚冒死赴京"告御状",才准留舟山本岛居民547户,8805人,其余46岛居民13000余户,34000余人皆迁徙到浙东、浙西各州县及安徽凤阳县。这次迁徙,表面上的理由是"悬居海岛、易生寇盗",实质上却是朝廷海禁政策的一环。

定海另一次大迁徙是在清朝顺治年间。这次海禁政策比前一次更加严厉,施琅《靖海纪事》序记载:"迁濒海数十里居民入内地,以绝其交通之路。朝命甫下,奉者过于严峻,勒期仅三日,远者未及知,近者知而未信;逾二日,逐骑即至。一时跄踉,富人尽弃其资,贫人夫荷釜,妻襁儿,携斗米,挟束稿,望门依栖。"也就是说,限期迁徙的时间只有三天,距离远的人根本来不及知道消息,距离近的人就算知道了消息,也不相信。过了两天,军队骑兵就来赶人,于是富人抛弃所有财物,贫穷的人拿着锅子带着妻子儿女,流离失所。这次人类的迁徙要比鸟类不幸得多,候鸟在迁徙前有很多时间准备,通过多吃多睡把自己养胖,体内积累下来的脂肪,就能为长途跋涉提供能量,但定海居民在清初的迁徙,什么准备都没有。

舟山在春秋时已种植水稻,唐代成为重要产盐区,宋代形成鱼汛,但明清两朝两次大迁徙却导致社会发展大断层。迁徙后房屋被放火焚烧,岛上到处是断垣遗址。没过几年,稻田、盐场荒芜了,桥梁、沟塍被水冲垮了,山林里各种野兽多了起来，坟墓也渐渐坍塌，髑髅枯骨散布在荒山野岭，昔日繁荣的家园再也不是宜居之地。朝廷还规定，凡官员兵民私自迁移到海岛，盖房居住、耕种田地的，一律拿问治罪。不难想象，在中国这样一个安土重迁的农业国度，让人们放弃祖祖辈辈的生存之地，久客他乡，那种精神上的流离失所、无依无靠，尤其是历年居远，子孙莫知其所，是何等痛苦之事。因此，尽管严禁，仍有人违禁潜回。据《金塘镇志》载，康熙二十年（1681），有个叫陆文韬的人就违禁迁居金塘岛。陆文韬不会是违禁第一人，距此更早，定海有"康熙四年七月初五，飓风拔树，淫雨淹禾"的记载，如无迁居海岛之人，又怎么会有稻禾？

到了康熙二十二年（1683），台湾已经平定，朝廷想重开海上贸易，之后，清政府颁布"展海令"，召民开垦，并设舟山镇。又过了几年，舟山镇总兵黄大来与巡抚张鹏翮联名奏请恢复县治，康熙准允了。但回迁者多数已贫穷潦倒，约八成人以垦荒为生，其余则以捕鱼、煮盐、做手艺和小型贸易为谋生手段，这些人有些还是定海原先的富裕人家。尽管如此，对于那个奏请设县的黄大来，百姓还是感激涕零。康熙二十九年（1690），黄大来病逝，百姓在城南道隆山建了座太保庙，年年祭奠。

展复大业，首要之事是筑城。明万历十三年（1585）间所筑的定海城墙，此时早已毁坏。据说，筑城的奏折是浙江提督陈世凯抱病疾行千里,专程上京呈报朝廷的。他于康熙二十八年(1689)十二月初三叩阙觐见康熙,康熙见他气喘甚急,就跟近侍诸臣说,这个人病势甚危,但近侍诸臣都说无妨。然而,陈世凯第二天就病故了,得知此事的康熙叹道:此归果殁矣⋯⋯甚可伤悼! 多少有点埋怨近侍诸臣的意思。于是,十六日辰时,当大学士伊桑阿等内阁官员拿着陈世凯生前的折本请旨,说陈世凯请求采取募捐集资的办法建造定海城,工部商议后觉得不可行,康熙就不高兴了,他不但批准了陈世凯所奏,还传旨拨皇银建造。

陈世凯,字赞伯,湖广恩施人,是一位勇敢善战的武将,军中呼为"陈铁头",康熙二十三年(1684)任浙江提督。除了抱病亲递折子,历史上还有一个有关他与舟山的故事:康熙二十六年四月,他为法雨寺请来了一个住持,结果这一年法雨寺建起了藏经阁、东禅堂、三圣堂、官厅、三生堂、印寮,翌年又建起智食楼、教诫楼。那时普陀山百废待兴,倘没有浙江总督的支持,是很难在短短两年内如此大加建造的。

这一趟进京奏请重建定海城,更不是一件易事。康熙平定三藩之乱和台湾之后,国库财力已十分紧张,动支皇银建城,此前只有过一次,那就是康熙二十五年批准台湾建城,此外连河南开封府城、直隶通州城的修建都是靠捐纳,而且定海城规模不小,共动支皇银 31280 两。康熙还调集宁波府知府、同知,镇海县知县,镇海、慈溪、象山诸县县丞、典史、巡检等，分别担任定海建城的总裁、监造、承造、管工，可以说重视到了极点。康熙如此重视，除了感到定海"关系紧要，捐纳非善事"，更主要的还是被陈世凯感动了，陈世凯叩阙觐见的次日就撒手而去，令康熙难以忘怀，这实际上是以死相谏呀。定海城是康熙二十九年（1690）四月十六日动工的，十六个月后就竣工了，为定海百姓日后的安居乐业打下了基础。

展复后的几十年里，定海人很有幸，遇着了黄大来、陈世凯、周圣化、缪燧，他们既是清官，又是能吏。或许正是因为之前的苦难，才有了如此的幸运。

周圣化任县令时，百姓住的还是草屋，常罹火灾，他就捐钱帮百姓换茅草为瓦爿。筑城后，他又捐资修筑海塘，动员百姓开垦农田。此后周圣化在定海当了三年知县①，离任时，定海百姓遮道攀辕挽留。周圣化的继任者叫缪燧，他当了二十二年定海知县，这在地方官三年一调任成为吏制的清朝，可谓罕见。缪燧对定海展复的功绩，主要是修水利。当时定海每遇到大风潮，海水就会漫溢陆地数十里，毁船、毁田、毁屋，溺死人无数。缪燧修筑了二十三条海塘，造了万余亩良田，今白泉北半部港湾的海积平原，大部分就是那

① 据光绪《定海厅志》，周圣化于康熙二十九年任定海县知县，在位三年，而继任者缪燧为康熙三十四年到任，时间衔接不上，或许记载有误。

时围涂造田形成的。缪燧的另一大功绩是兴学。他初来定海时曾感叹："子弟十三四以上皆樵牧,不知诵读为何事。"为振兴文教,他捐俸重修学宫,设立义学,并延请鄞、慈等邑名士来定海教导。自此,学风渐兴,"岁科两试,每试得六七人"。

关于缪燧的传说很多,如说他穿土布衣、草鞋,在海塘上与民众同吃同住同劳动,后来腿扭伤了,人们才知道他是县老爷。这些传说的可信度应当很高。不过,他以知县之尊,去干普通劳力之事,其用意不仅仅是体察民苦,更不只是为了增加一名劳力,而是以身作则,为修建工程减轻舆论压力。他在任内,不仅修筑了海塘,还建了不少碶闸,挖了几十条河,掘了几百眼水井,如此浩繁工程,在没有机械工具的清朝,只能全凭人工劳作,其艰辛困苦不难想象。因此在他任知县的二十二年间,劳役一定繁重,但史书却说他"役虽繁而民不受扰",个中原因除了这劳役能给百姓带来实实在在的好处,还在于他能以自己的身体力行堵住悠悠之口。

黄大来、陈世凯、周圣化、缪燧,四位循吏开创了1686年后定海的灿烂文明。一段舟山展复史,留下了他们坚韧不拔的身影。

古城书院弄

宋　墨

定海历史上的书院，一般至明清之际遭毁弃，其书院名称也自然慢慢湮没于人们的记忆之中，而有一座书院的名字，却仍然徘徊在定海人心中，那便是"蓉浦书院"。

现在的"蓉浦学院"之名就源自"蓉浦书院"，书院原址在定海老城北部，它所在的弄也因此而得名"书院弄"，东起人民南路，西至建国路，长220米，宽3米。在一些中老年定海人的记忆中，书院弄是他们青少年时期的求学之地，伴随他们度过了难忘的青春岁月。因为，在这里，曾经开办过城关三小、舟山小学和定海二中。如今，这些学校早已合并迁址他处，唯有书院弄这一带着书香味的地名留存了下来。

时光追溯到300多年前的清康熙年间，一阵阵清朗的读书声，常常从悠长的书院弄中传出。定海古城在经历了明、清两代数次海禁之后，于清康熙二十三年（1684）后逐渐展复，二十七年（1688）设定海县。当时，古城百废待兴，教育断层、文化凋零。清代第二任县令周圣化和第三任县令缪燧，修葺了学宫，重建了县学，开凿了泮池，复兴了教育。

特别是第三任县令缪燧就任后，不仅重建了学宫、扩大了县学的规模，还自捐俸银在书院弄建立了为贫困子弟免费提供教育的义学。蓉浦书院的创建，便渊源于缪燧。

缪燧（1650—1716），字雯曜，号蓉浦，江苏省江阴县申港镇人。16岁时，以贡生入国子监学习，考试第一，清康熙三十四年（1695）从山东沂水调定海，任定海知县，达22年之久。他为官清廉，勤政爱民，为老百姓做了很多好事。康熙五十一年（1712），有感于缪燧治县利民的功德，生员黄灏等五十九人在明代大学士张肯堂雪交亭故址，为缪燧建功德生祠，缪燧谦辞不受，命改为书院，初名文昌书院，作为文人学士读书治学的场所。书院落成后，广请名师教授，制定奖学机制，一时名声远播，吸引大量有志人士就读。康熙五十五年（1716）三月初三，缪燧病故，定海士民特地赶往府衙为其扶柩致哀，并在定海普慈寺（现已毁）旁建缪燧衣冠墓，题额"其人如在"以示纪念。缪燧去世后，义学和文昌书院合并，黄灏等以缪燧的号"蓉浦"改其名为"蓉浦书院"。书院在每年三月初三祭扫缪燧衣冠墓。

《蓉浦书院碑记》记载："隔桥芙蓉数百株，杂四时花卉、翠竹青松，时与岛雾海霞相为阴映，士民合谋建书院于此。因芙蓉之盛，用美厥名，志我公之号。"古人选址都有讲究，可以想象当年蓉浦书院所在地定是个风水宝地。"流泉自清泻，触石短长鸣。穷年竹根底，和我读书声"，书院内的幽寂与院外的喧嚣完全隔绝，仿佛闹市中一块难得的净土。置身于这样一个小桥流水、清幽雅致的氛围中，感受着古时学子在此读史诵经、讲学研讨的情景，更多了一份书香诗韵，一份浓郁的文化气息。这里的一草一木，经过了文化的熏陶，显得超然脱俗，气宇不凡。

其实，到了清朝，书院的性质已经和前代大相径庭，朝廷提倡官办书院，"学以致仕"，使书院成为地方文教机构，即科举考试的预备机关。蓉浦书院大概也属于这一类型。当时其院产有民田 35 亩，民地 150 亩，涂田 27 亩，山 100 亩，荡田 77 亩。嘉庆十一年（1806），设专款资助贫寒士子作参加乡试的川资，每科给制钱 30 贯，如能参加礼部试，每科再增给制钱资助。道光二十年（1840）鸦片战争爆发，定海沦陷，书院被入侵英军焚毁。咸丰七年（1857），缪燧第五世孙缪步瀛出任定海厅同知，重建书院。光绪三十二年（1906），书院与义学一起被改建为厅立高等小学堂，为定海历史上最早的公立小学堂。民国元年（1911）改称县立高等小学校。后又改称定海县立第一小学、县立蓉浦小学和县立书院弄小学。1939 年，入侵定海的侵华日军强占书院弄小学作为司令部，学校师生迁至私立舟山初级中学小学部合并办学。抗日战争胜利后，于书院弄小学原址创办私立舟山小学，后改称为定海县立简易师范学校。舟山解放以后，蓉浦书院旧址先后被改建为定海县城关镇第三小学、定海县师范学校附属小学、舟山小学和定海二中。

　　如今,蓉浦书院旧址已成为书香苑居民小区,不过"书香苑"名字取得好,书香浓郁之地融合现代建筑,只是耳边再也听不到那琅琅的读书声了,但在老定海人心中,除了感叹古城变迁中的岁月沧桑,更多的是怀念,这份怀念也蕴含了对书卷气的向往。

古街风韵

陈　瑶

几乎在每个城市都有那么几条年代久远的古街,深藏着这个城市某一段历史的记忆和典故。

曾经的定海古城,以状元桥为中心,贯穿着东、南、西、北、中五条大街,大街连着小巷,纵横交错。"小桥流水""枕河人家",地道的江南水乡味道,也曾是老定海城里的一道风景。可惜,那旧时的景象,已不复存在了,如今保存较为完整的东、西、中三条古街,算是钢筋水泥丛林中的几处珍藏了。

古街古巷,透着浓浓的世俗气息,时而在街边醒目的招牌上,时而在脚下凹凸不平的青石板上,时而在刻着岁月痕迹的白墙黑瓦上。虽为闹市区,却从不失文化韵味。渔民画、贝雕坊、船模坊、烙画馆、海鲜坊、咖啡吧……这些散发着海洋文化元素的特色店,融"艺、佛、茶、食"于一身,一起汇聚在修缮一新的中大街上,尽显着历史与现代交错之美。

古街悠长,青石板铺就的路面,街边的二层木结构房屋,依然保存着明清时期的建筑风格,独具韵味。古门古窗,古坊古铺,主色调是红色,暖暖的,仿佛让这里的空气也温柔起来,让时光也放慢了脚步。暗红的大门,高高的门槛,雕花的窗,糅合成古街独特的风情。古街两头是高而斑驳的公墙,以前墙上爬满了坚韧的藤蔓。公墙是这一带建筑的特色,俗称隔火墙,隔火墙中间建月洞门,供人车通行,同时将街区分隔开来,又可以防止火灾发生。

这三条古街要数西大街最热闹繁华了。西大街东起人民中路,西至环城西路,路面为青石板,原为西乡百姓入城的交通要道。早在 20 世纪 30 年代,就是老城区的商业街了。从西门将军桥至古城中心的状元桥,各类大小店铺林立,是早期定海最繁华的街市,现在亦是如此。"礼品饰品工艺品一条街"的名头,随着人气的旺盛,自然而然形成了。街面挂着的那些琳琅满目、色彩缤纷的小饰品,吸引着少男少女们流连目光。流行前卫的个性饰品、藏族野性风格的银饰品、文艺清新的水晶饰品……时尚创意的元素,自由随性的氛围,都完美地融合在古街拙朴的气息里。

繁华嘈杂的街面,人群来来往往,表面看市井琐碎,却充满了日常生活的腾腾热气。古街虽小,但往往能将很多感官体验放大,比如气味,比如声响,比如颜色。除了饰品店,还有各色小吃店、小吃摊,卖臭豆腐、重庆麻辣烫、羊肉串……曾经的老城隍庙,更是聚集了各种特色小吃,到了晚上,城隍庙外墙上挂着的大红灯笼特别惹人爱,光线虽不亮,但却被人群烘托得明媚而暖人,只可惜现在已经没有了。

古街是适合怀旧的,沿着喧闹的巷弄,随意便可拐进一座老宅,四合小院,多为一进,由台门、正厅和两侧厢房组成,正厅与厢房以回廊贯通。高耸的台门,微翘的檐角,雕花的廊柱,镂空的窗棂,像被时光封存了一样,处处透着古色古香。

拐进街角深处,总有几家精致、富有情趣的店铺隐藏其间。画廊、工作室、咖啡吧、小酒吧、十字绣坊、美甲馆、古玩店、理发店……把这儿点缀成浓郁历史与都市风情交织于一体的特色街区。街角有一家画室特别引人注意,门口挂着一幅黑白的人物画像,这散发着古老墨香的旧式画像,曾经于某个年代流行过,在如今这个快捷的数码时代,谁还会有耐心和雅兴去消磨画像时光呢?古老的画像艺术似乎也能唤起现代人感受岁月沧桑、领略消逝之美的念想。再往里走,还有很多铺面空置着,朴素的红色门扉掩着,门上张贴着求租信息。也有几间居家住人,这里住的老年人较多,也许他们从小生活在这条大街上,早已习惯了街面的热闹与喧嚣。一位老太太坐在门口的藤椅上,静静地望着来来往往的人群。在她的眼中,过去的痕迹和今日的变化,也只不过是眨眼的工夫,谁又能留住前世今生的平凡与不凡呢?

当深秋的暖风与古街拥抱，当无数个陌生人擦身而过，在他们的回忆里，便有了一次属于古街的完美散步。

华灯初上，霓虹闪烁，一条古色古香的历史文化老街，不经意间已是风情万种。

西大街

　　古街色调是红色，暖暖的，仿佛让这里的空气也温柔起来，让时光也放慢了脚步。

定海道头

宋 墨

定海道头，原名舟山渡，始建于宋代，南宋宝庆《昌国县志》记载："舟山渡，去县五里，趋城由此涂出。"曾经，这里是一片古老的沿海码头，船靠岸，乘船者登船，此即行路之起始，也即道之头，故称"道头"。舟山人旧称"道头"，是对埠头、码头的称呼。定海道头，从简易的泊船处，到兵船重港及商贸之地，历经千百年风雨洗礼，见证了定海港的兴衰与变迁。

追溯历史，180多年前，定海总兵葛云飞带领定海军民在海边筑城墙，抵御英军入侵，那时道头还是一片滩涂。直至19世纪末、20世纪初，大小客货轮靠埠道头港，带来人流物流后，道头才开始热闹起来。一些小商贩、手工业者到海边设摊、打工，进而生根落脚，盖房开店。随着道头港的日趋繁荣，道头市场雏形初具，水产业、米业、盐业、渔需品业等争相驻足，纵横相交的道头大街，商铺林立，渔船鳞集。

随着时代的变迁，交通运输业快速发展，道头周边原来的客货运枢纽功能逐步退化，一些码头岸线年久失修，因此,改善定海港沿岸形象就成为21世纪定海港发展变迁之必然。随着古城改造步伐的加快推进,城市面貌日新月异,昔日的道头港,踪影已难寻觅。

定海道头,作为舟山的重要窗口,沿港东路滨海区域被定位为滨海综合性文化休憩公园,该项目被列入舟山城市建设的总体规划中,于是一座崭新的海滨公园启动建设。它位于定海城区南端的沿港东路,民间码头至增产桥之间,地处繁华闹市,南面临海。2005年5月,海滨公园开工建设,占地面积4.3万平方米。次年起,对外开放。现在,海滨公园设有观光平台、光影广场、健身广场、儿童乐园、风味餐厅、茶室等休闲场所。在公园东侧,建了一个游艇码头,几艘游艇停泊在浮动码头边上,通过栈桥连接临海观光平台,为游客提供游艇自驾、垂钓、观光等海上旅游项目。

可以说,海滨公园是一个融合舟山海洋特色的城市文化休闲公园,不仅具有得天独厚的地理优势,更包含诸多海洋文化元素。此外,它通过增设公园主题墙、城市记忆景墙等一批新的公共设施,向市民和游客展示定海的历史文化、风土人情。从此,海滨公园兼具了城市文化公园的功能,也成为定海城市文化公园的新地标。

一块刻着"定海道头"4个金色大字的石碑,竖立在海滨公园入口的醒目位置;临海的向阳桥上,最引人注目的就是那高耸的三桅白帆了,从远处看,整座木桥就像一艘即将扬帆起航的巨大帆船。

夏天的海滨公园最是热闹。夜幕降临,华灯初上,人们纷纷走出家门,来到海滨公园避暑纳凉,临海凭风,锻炼健身。岛城的白天还是很闷热的,但是到了晚上,一走进海滨公园,一股海风拂来,白天的灼热感顿时消失得无影无踪。夜晚的海滨公园,每一个角落,清凉都是触手可及的。散步、遛弯的老人,玩着轮滑、滑滑梯、堆沙子的小朋友,还有随着音乐舞动的广场舞大妈,剑挥拳移的老人,就连公园的木椅上都坐满了人。一把扇子,一阵清风,让你不自觉地慢下脚步,感受那一份悠然自得。步行至临海观光平台,或是倚在海边的木栏杆上,静静地听着海浪声,如同听一首小夜曲,让人不禁畅想对岸的星光点点;或是聊着家常,回忆起儿时的光阴,那个蝉鸣阵阵、流萤飞舞的夏日夜晚,那个和小伙伴们围坐在一起,吃着西瓜、摇着蒲扇、唱着歌曲的纳凉晚会。

2018年,紧邻海滨公园的宋都海滨新天地特色街区正式开街,集美食、购物、潮玩、夜景于一体,充满现代化时尚气息,带动了海滨公园周边的人气,也为市民新添了一处娱乐休闲之地。

海滨公园,身边的风景,贵在城中,美在自然。

定海道头

　　临海的向阳桥上，最引人注目的就是那高耸的三桅白帆了，从远处看，整座木桥就像一艘即将扬帆起航的巨大帆船。

两百年前定海城

来 其

一

1793 年是清乾隆五十八年。6 月 21 日，也就是农历五月十四日，舟山洋面上忽然有一艘外国船自南驶来。自乾隆二十二年(1757)禁止外国商船到定海、宁波的上谕下达，定海"闭关"后，三十多年来番船驶入定海港已属罕见，岸上的人都十分惊讶。

率兵巡洋的定海总兵马瑀远远看见了，十分兴奋，以为是英国使团到了，就立刻迎上前去。上船询问，才知道是一条探船，来打探英国使船是否已到舟山。船上管兵官员名叫全波罗嗒，有跟役水手 40 人，铜炮 6 位，铁炮 2 位，鸟枪 16 杆，还有伙食衣箱，并无其他物件。所带的通事叫安顿，是吕宋国(古国名，原指今菲律宾群岛吕宋岛的马尼拉，后其领土扩大至全岛)人。马瑀细细查验完毕，便排列队伍，照料探船进港。次日，马瑀与知县张玉田一起在道头迎接英国人上岸,十六日,在天后宫摆设筵宴,将猪羊米面等物送上船去,忙得不亦乐乎。十九日,马瑀护送英国探船出港。

马瑀如此隆重地迎接一条英国探船,是因为早在这一年农历正月十八,朝廷就有廷寄传来:

> 著传谕各该督抚等,如遇该国贡船进到口时,务先期派委大员,多带员弁兵丁,列营站队。务须旗帜鲜明,甲仗精淬。并将该国使臣及随从人数,并贡件行李等项,逐一稽查,以肃观瞻而昭体制。

这一年,整个皇朝都知道英吉利的使团要来给乾隆祝寿,皇朝上上下下都在传说这事。大清帝国有许多属国,常来进贡,英吉利国并非清朝属国,此前与清朝有过数次往来贸易,这是他们第一次派使者前来贺寿。乾隆皇帝对此很是高兴。

该年农历五月二十七日,即 1793 年 7 月 4 日,英吉利使团在使官马戛尔尼的率领下,乘坐着拥有六十四门火炮的"狮子"号战舰而来,一路历尽艰险,有一条叫"豺狼"的小型护卫舰还在半路上失踪了。使团抵达舟山时,除"狮子"外,还有三条船——"印度斯坦"、"戛考尔"和"克拉伦斯"。

他们本来是不可能经过舟山的。在这之前,"外夷各国,凡遇进贡,俱由例准进口省分,先将副表贡单呈明督抚,奏奉允准之日,委员伴送使臣赍带贡物,赴京呈进",也就是说,只能从广州上岸,呈上贡单副表,然后走陆路上京。但广东巡抚郭世勋向乾隆报告说,英国使团贡品繁重,由广州水陆路程到京纡远,恐有损坏。"请敕下浙闽及直隶省各督抚,饬令所属查验放行,由天津进京。"

乾隆看了郭世勋的奏折,龙心大悦,下旨"自应准其所请,以遂其航海向化之诚,即在天津进口赴京"。他很体恤地说道:"但海洋风帆无定,或于浙、闽、江苏、山东等处近海口岸收泊,亦未可知。该督抚等如遇该国贡船到口,即将该贡使及贡物等项,派委妥员,迅速护送进京。"继而,又命各有关督抚沿海探听英使消息。

就这样,1793 年,舟山史无前例地迎来了一个英国使团。

二

1793 年距今已有 200 多年,那时候定海城是什么样的?

《帝国掠影——英国访华使团画笔下的清代中国》一书中,有两幅画是描绘定海城的,分别是《舟山港的南门》和《定海塔》。

关于《舟山港的南门》,"画家原图说明"写道:

中国政府以前是允许英国人在舟山停留的，18世纪中期，东印度公司曾一度在那里设有机构。舟山位于北纬 30°2′的 latitude，大约是从广州到北京海岸的一半处。城墙高约 30 英尺，可把单层的房屋完全遮蔽起来，在城外只能看到高于城墙的塔和公共建筑。中国的砖是蓝色或暗灰色的，英国的砖则通常是红的或橘红色的，这可能因他们用不同的土和不同的烧造方法制成。在城墙顶部的墙垛处没有安设大炮，但仍为射手留了小射孔。城墙上和城门旁有防卫营房，是为驻留的士兵住宿的。夜里要锁城门，那就没人能有借口进城了。

这里房屋的屋檐都延伸出很长一段，并且呈向上弯曲状，可能是由于中国建筑的设计源自帐篷：它与用四根绳子拉起的帐篷的形式很相似。房脊和门楼的房檐，都用动物的造型等作装饰，建筑物的墙和房梁被漆成各种颜色。拱门上的黄色木板上写有中文字，可能表明的是城市的名字和等级。车马货物进城，一般都由脚夫这个阶层的人经营的。

另外他们用轿子。由于中国的马车不装弹簧，这些车就只比欧洲农夫用的而非军人用的车略强一点点。一般中国人搬运东西的方法是挑担子，比如运蔬菜和水果。

这篇说明颇为详细，解释了画作的各个细节。英国人的记录中，有两点如今读起来仍颇有意思。一是他们首先想到的，是他们曾经在这里设立过东印度公司的商业贸易事务所。不过时间应该是在 1698 年[①]，虽说时间已过去近一个世纪，但他们对这段短暂的贸易繁荣期仍念念不忘，期望能重新回到过去的时光。二是他们对舟山地处北纬 30°的地理位置感兴趣。古代舟山人不可能有纬度概念，就是在当代，也是近年才有人关注到北纬 30°对于舟山的意义，并在新城建起"舟山北纬 30°"的地理坐标雕塑。沿着这条纬线在地球绕行，有许多神秘莫测的自然奇迹和文明之谜：地球山脉的最高峰珠穆朗玛峰；海底最深处马里亚纳海沟；埃及境内的尼罗河、伊拉克境内的幼发拉底河、中国的长江、美国境内的密西西比河，均是在这一纬度线入海；古埃及金字塔，狮身人面像，北非撒哈拉沙漠的"火神火种"壁画，死海，巴比伦的"空中花园"，令人惊恐万分的百慕大三角区，玛雅文明遗址，也都在这条纬线附近。而在 1793 年，英国人就已关注到定海同样处于北纬 30°，当时这块封闭了多年的土地，对他们来说同样是神秘莫测的。

———————

① 一说是 1700 年，见《定海文史资料》第二辑。

清朝一代,建于康熙年间的定海城池,曾在嘉庆十八年(1813)、道光二十七年(1847)、同治十年(1871)和光绪年间有过几次修葺,其中道光二十七年那一次,是因原城墙被兵燹所毁,几乎是重建的。因此,《舟山港的南门》画的应该是康熙年间的定海城门。康熙《定海县志》上的记载"东南西北四门,不立门名,门上飞楼四座……窝铺三十八座"也与此画所绘相吻合。借助这幅画,我们终于看到了200多年前定海城门的真实模样。

另一幅《定海塔》,也有一段"画家原画说明":

中国人注重遵从道德和宗教的职守,这个国度里到处是各种各样的寺庙。每遇大事,人们必定要去祭祀,除寺庙而外,几乎每家每户甚至每条船上,都要供奉自家的小神龛。

中国的宗教意识和罗马教堂有相似之处:都有偶像,中国人的偶像被称为观音。她与圣母和圣子的特征十分类似,都是妇女和婴儿形象的雕像,也都是头顶后的背光四射,前面也日夜燃着蜡烛。

相当多的中国人信佛,相信转世轮回,此生行善则来世极乐。他们认为没有信仰的灵魂会受到折磨,并影响到阴间忍受苦难的程度。

图中身穿宽松长袍的是和尚，在寺庙工作。

背景是定海城。

这座"定海塔"，三层高，每层有八角飞檐，檐角悬有风铃随风作声。民国《定海县志》卷首"列图"中，有奎光阁的照片，与英国人所绘的"定海塔"极为相似。历来认为，奎光阁系清道光十六年（1836）定海县知县王丕显发起兴建，王丕显还撰有《奎光阁记》。但英国人对定海塔的发现，使人对这段历史记载生疑，或许在道光十六年之前定海已有奎星阁，奎星阁的历史可能要向前推半个世纪。

在 1793 年，英国人是首先通过定海看中国的，定海是留给他们的"中国第一印象"。英国人就像是另一个星球的来访者那样，对定海的一切都感到十分陌生、非常好奇，非要探究出缘由来。而在 200 多年后的今天，我们一点点搜集到英国人当时留下的痕迹，其实也是在重温一段极其特殊复杂的历史。

三

根据清廷档案的记载，英使船队是在乾隆五十八年五月二十七日（1793 年 7 月 4 日）到达定海的。浙江巡抚觉罗长麟为此奏道：

据定海镇总兵马瑀等咨称，五月二十七日在内洋巡哨，见有夷船一只，自南驶至内洋，并远望有夷船三只，在外停泊。该总兵等迎上夷船询问，系嘆咭唎（英吉利）国进贡船只，据贡使吗嘎尔呢（马戛尔尼）称，因大船笨重不能收口，二十九日即欲开行，前赴天津。

马戛尔尼在《1793 乾隆英使觐见记》里，把舟山称为"珠山"。清人赵翼《廿二史札记》说："珠山即舟山也，四面皆海，昔勾践欲栖夫差于甬东，即此地。宋为昌国城，明属宁波之定海县。"马戛尔尼写道："3 日礼拜三，抵珠山下碇。"但参考斯当东的《英使谒见乾隆纪实》，英国使团船队到达舟山洋面的时间还要早几日。大约是船队在航行途中走散了，"狮子"号首先抵达舟山群岛的边缘。它选择一个地方抛锚，然后等待其他船只。7 月 1 日，"印度斯坦"号、"戛考尔"号、"克拉伦斯"号赶来了。这一天天气不好，马戛尔尼在《1793 乾隆英使觐见记》里写道："自上月十九至今日，无日不雨，无日不雾，天色沉黑如晦，有时加以风警，航行至此，困苦已极。"

"狮子"号停泊在离舟山本岛 50 海里附近的海面上，马戛尔尼留在"狮子"号船上，斯当东等人则登上"克拉伦斯"，这艘双桅横帆船离开船队驶向主岛，在六横岛附近停泊，找到一位老渔民，作为去定海的向导。离开六横岛后，"克拉伦斯"航行途中遇到了险情。

众岛之间有些水路潮流湍急，突然起了风，飞快的急流冲出三个漩涡，第一个漩涡推着"克拉伦斯"号冲向鸡头岬，一位引水员差点被主帆下桁击落到海里，一位传教士急切地大叫："圣母玛利亚，显灵吧，显灵吧！"幸亏第二个漩涡又把他们推离了鸡头岬。待逃离第三个漩涡，船只就被一股平稳的水流飞快地带向前去。整个历险过程中，只有那位在六横岛找到的老渔民向导最为冷静。遇到三个漩涡时，英国船长本想下锚，但老渔民示意不必，一则水太深，一则也没必要。英国人还不信，放下铅锤去测水深，结果放了120英寻（1英寻＝1.8288米）还没探到底，这才死心。

这段遇险经历留给英国人的印象实在太深了。约翰·巴罗是英国使团运送礼品的总管。1804年他在伦敦出版了《我看乾隆盛世》。在这本书里，他仍心有余悸地写道：

> 湍流翻起的黄土浓厚，只有泛滥期的尼罗河或中国的黄河才会比鸡头岬海面的漩涡挟带有更多的泥土了。法罗海峡其下的锡拉岩礁产生的激流，卡律布狄斯大漩涡，这些令古代航海家提心吊胆的著名险境，虽然可能更危险，却也不可能比这里的激流和绕着这块中国大陆的悬崖像开水般沸腾的漩涡更叫人心惊胆战了……

遭遇这场险情，英国人的心情既迷茫又兴奋。使船4日晚在洋面锚泊，5日破晓时乘着轻风起航。"克拉伦斯"驶进定海港时，按例鸣炮七响致礼，岸上也循例放炮三响答礼。斯当东问为何答礼之炮只有三声，上船的清朝官员说，中国风俗不论何事，敬礼之炮以三声为限。斯当东也就没话可说了。

四

相隔将近一个世纪，英国人终于又一次踏上定海的土地了。这座东方古城让英国人觉得非常神秘，斯当东在他的《英使谒见乾隆纪实》里兴奋地写道：

> 这里的房子都只有二层。曲线优美的屋顶上，彩瓦宛如兽皮。屋脊顶端上有一些怪兽塑像。在欧洲的城市中，定海非常近似威尼斯。不过较小一点，城外运河环绕，城内沟渠纵横。架在这些河道上的桥梁很陡，桥面上下俱用台阶，好似利阿尔图①。街道很狭，好像小巷，地面铺的是四方石块。房子很矮，大部分是平房，这点与威尼斯大不

① 威尼斯城桥名。

相同。……

　　这里距赤道只有三十度，整个城市充满了活泼生动的气氛。

　　这就是现在被我们反复引用的"英人笔下的东方威尼斯"的出处。但英国人所记叙的定海见闻，不仅仅是这些浮光掠影的风景。随着与定海官员的交往越来越深入，英国人发现了更多令他们惊异的东西。

　　在清廷档案中，关于英国使团在舟山的经历，主要见于浙江巡抚觉罗长麟的一份奏折。在这份奏折里，我们知道了英国使船在舟山停留了两天：五月二十九、五月三十，即 7 月 6 日和 7 日。其中，7 月 6 日，英使团进了城，赴总镇府参加筵宴。使团副使节乔治·斯当东、马戛尔尼的私人秘书约翰·巴罗等都参加了。

　　这是一次很隆重的宴会，从英国使团的记录中可以看到，宴会给英国人留下了很深的印象。而对于定海官员来说，安排这么隆重的赐宴，似乎有点未卜先知的意味。因为当时他们并不知道，就在 7 月 6 日那天，远在京城的乾隆得知英使船抵达浙江，降下谕旨，令沿海督抚妥为接待护送，赐宴也是一项接待内容，护送谕旨的快马在定海官员与英国使团的杯觥交错中正驰骋在一路无阻的驿道上。

　　清朝的定海总镇府在镇鳌山麓，也就是现在的陆军礼堂东侧。历代志书，对这里多有描述："山自北来，为龙峰。蜿蜒南走，屹为一小峰。"（宝庆《四明志》）"镇鳌山在海中，屹然有六鳌背负之势。"（大德《昌国州图志》）"城西北隅。雉堞跨其上。平峦蜿蜒，苍翠可掬。"（康熙《定海县志》）从宋朝起，这里一直是官府衙署、参将府、总镇府，是块风水宝地。

这座总镇府，是康熙二十二年（1683）黄大来当总兵时所建，规模虽没像后来道光二十七年（1847）裕谦奏请建造的总镇府那样宏大，但也有门厅、大堂、二堂和好大一个院子。斯当东在他后来所写的书里描写了到总镇府赴宴时的情景：宽敞的宴会厅，四周是柱子长廊，饰有各色流苏的挂灯把宴会厅照得通明。有的挂灯是用绣花薄纱做的，有的则是用角质薄片做的，十分透亮，以致他误将其认作玻璃罩子。显然斯当东对此做了询问，他有些夸耀地写道："把羊角放在滚烫的开水里泡软，然后削平、刮净、拉长，这种制作方法虽然简单，但除中国之外，在别国都未曾见过。"总镇府的宴会给他留下的印象实在太深了，他还发现了一件"怪事"：许多桌子上摆着矮树盆，有松树、橡树，结满果子的橘子树，所有这些灌木都不超过二尺高，然而看上去都显得非常苍老。在这之前，斯当东可能没见过盆景。

这一天，除了赴宴，他们还游览了定海城。巴罗对此记载得比较详细：

　　我们用这一天剩下的时间去了一趟定海。可是由于人太拥挤，天又出奇的热，我们只走了一条街就庆幸有一座庙可以歇息。庙里的和尚殷勤有礼地以茶、水果和点心款待了我们。陪同的官员劝我们回程时坐轿。我们听从了。可是轿夫也被人群堵得几乎寸步难行。因为人人都想把头伸到轿窗前来满足一下好奇心，咧着嘴笑嘻嘻地喊一声：红毛。

　　乾隆朝，定海南城门至龙须桥，也就是后来的南大街，以及后来形成东、西、中商业街的状元桥一带，已市肆骈列。据《定海县志》载，康熙二十七年（1688），已有定海商人肩挑背负，将地产鱼、盐、棉、茶，搭航贩运，销往宁波、镇海等地，购入粮油、布匹、日用品，运回定海。定海是这一商业活动的集散地。英国使团见到的应该是这一情形。而他们所到过的寺庙，根据笔者对一些史料的考证，最大可能是祖印寺。清初迁徙后，城尽毁，独此寺大殿巍然，仿若有神灵呵护，康熙三十一年（1692）又经总兵蓝理的增建，更是焕然一新，是城内规模最大也最古老的寺庙。陪同的地方官员安排英使团就近在此处歇息，实在是有一片深意的。

　　当时的舟山居民，尽管觉得这些异族人像怪物，但态度还是友好的。英国人说，"他们看见我们涂有发蜡、撒有香粉的头发不禁哈哈大笑"。这只是一种调侃和好奇的自然流露,既没表示厌恶,也没感到害怕。而当英国人需要他们帮助时,他们就毫不犹豫地施以援手。巴罗因为吃了太多的水果,腹泻了。船队里虽有医生,但都在"狮子"号船上,于是,他就不得不向舟山官员求助,舟山官员立即请了一名中医为他治疗。马戛尔尼《1793乾隆英使觐见记》附录有巴罗的《中国旅行记》,文中记叙:

> 此医生见吾之后,不问病状,但以一手为吾诊脉。其诊脉之三指,时而此轻彼重,时而彼轻此重,达十分钟之久,释余手言曰:足下此病,乃多食伤胃之物所致。余奇言之神也,服其药一剂而愈。

五

关于200多年前英使团访问中国首站登陆定海的过程,多年来一直没有详尽披露,我的近5万字的《1793年舟山故事》对此做了深入挖掘,《舟山日报》曾以8个整版予以刊发。这里所载的,只是其中的一个片段。

清朝早期至中期,主要是康熙二十三年(1684)清政府颁布"禁海令"至嘉庆二十一年(1816)阿美士德访华团抵达中国，在这一个多世纪中，定海的对外开放有三个关键点。

第一个关键点是康熙三十七年（1698），清政府将浙海关迁移到定海，并在定海建起海关监督衙署和"红毛馆"。在这前后，中英定海贸易虽有波折但总体呈发展趋势。

第二个关键点是乾隆二十二年（1757），乾隆下令禁绝定海口岸中英通商，自此之后，虽有英国商人违制前来定海交易，但都未能成功，中英定海贸易一下子停摆了，由此也引发了英国政府一系列外交努力。

第三个关键点是乾隆五十八年（1793），马戛尔尼访华使团登陆中国，首站选择定海。"最重要的目标，即获取在广州之北各埠贸易之特许"，而在"广州之北各埠"中，英国使团首选地为定海，但这一要求包括其他要求都被清政府拒绝，英国政府通过和平谈判求得中英通商贸易的政策受到严重挫折。

那时候，舟山由于独特的地域优势，受到了当时世界顶尖强国之——英国的高度关注，成为他们梦寐以求的中英贸易港口和自由贸易区。由于两个国家制度不同和文明的差异，英国人以贸易方式获得中国门户开放的政策最终以失败告终，而定海也失去了一次对外开放的机会。

这是定海古城的一段很有意义的历史。

钞关弄的历史回声

来　其

一

在现在的定海芙蓉洲路与东大街交叉处，旧时有座石桥。

民谚说："东门有座文彩桥，上有芙蓉洲、带月桥，学宫门前登瀛桥。""东门有条马河桥，过施家河头、张家弄桥，学宫门前灯笼桥。"

这两句民谚中的文彩桥、马河桥，其实是同一座桥。

文彩桥下，东管庙弄对面，南起小河头，北至东大街，有条长 75 米、宽 2.5 米的小弄，叫钞关弄。钞关，就是海关。清朝前期的浙江钞关，曾设在这里。

海关叫钞关，是有历史渊源的。清人顾公燮考释："元末钱多银少，议行纸钞。明太祖设立天下各关隘，命以钞纳税，渐次收尽，故名钞关。"(《丹午笔记·钞关》)后来，明朝通行的纸币宝钞被废除后，钞关名称依旧沿用不变。清朝沿袭明朝关税制度,这一名称也就保留了下来。

在定海设立海关,自舟山展复后就被人提起了。清康熙二十二年(1683)重开海禁,此后,设广东澳门、福建漳州、浙江宁波、江南云台山四个海关与外国通商,三十三年(1694),浙海关监督常在给朝廷上了一道奏请"移关定海"的专折。

海关监督是朝廷的"专差主官"。二十四年(1685)时,浙海关监督还有两人,满汉各一员。到了二十八年(1689),康熙谕令:"嗣后海关著各差一人。"因此常在当监督时,他已是浙海关的最高行政长官。直到康熙五十九年(1720)起,浙海关才交由浙江巡抚兼理,此乃后话。

常在的奏折说:

> 初设海关时,定海尚未置县,故驻扎宁城。

这就是说,浙海关原本就该设在定海的,设在宁波只是因为当年定海尚未置县,现在定海置县也有年头了,理应移驻定海。这是为什么呢?常在又说:

> 凡商船出洋回洋,出入镇海口,往还百四十里,报税给票,候潮守风。又蛟门、虎蹲水急礁多,绕道陟险,外国番船至此,往往回帆而去。请移关

定海，岁可增税银万余两。

其实，自康熙二十三年（1684）起，粤、闽、浙、江四海关分别成立，往来于广东、福建间的英国商船，早就"有乘风至定海者"，只是因为"地方官员不敢擅留"，才不得不绕道冒险去宁波交易，这实在太不方便了，以致许多英国商船不敢来了。常在估算，如果移关定海，每年可增加税银 1 万多两。这是个什么概念呢？设关之初，浙海关年税额为 3 万余两白银，也就是说，可增税银三成。

对于这一点，朝廷自然喜欢，但又觉得，"移关定海，府城市廛，必致弃毁，定邑又须建造"，实在太浪费了。那时清廷还很穷，穷得连建造海关衙署的钱都要计较。因此，朝廷给常在的答复是：

仍令驻扎宁波，差役前往收税。

于是，自那年起，虽然浙海关衙署还在宁波，但海关关税已在定海收取。

那时的海关关税可谓名目繁多，大体上分为船钞、货税及规礼。船钞按商船的长宽尺寸征收，一艘西洋船需纳两三千两白银；货税是进出口商品税，根据货物的不同种类与品相，按斤、匹、个、件、副、只、条、把、筒、块等不同单位征收;规礼就是手续费,包括验舱、押船、贴写小包等费用。一旦外国商船到了定海,钞关便派员到船上收税。

钞关的事务不仅是收税,还有对进出港商船的稽征与缉私工作。稽征包括制发和检验船舶执照,登记核实放行;缉私即检验船只是否夹带违禁品,如有则处重罚。

这么繁杂的事务,又要差役不断来来往往,英国人是方便了,钞关衙署却更不方便了。

康熙三十七年(1698),浙海关又上奏了。海关监督"两年一易",这时的监督叫张圣诏。他依然像常在那样,把定海的港口优势大大地夸赞一番:

> 定海岙门宽广,水势平缓,堪容外国大船,可通各省贸易,海关要区无过于此。

在张圣诏看来,设立海关最好的地方就是定海了。这也绝非虚言,一百多年后英国人也是这样认为的。但张圣诏知道,多说这些也没用,朝廷最怕的还是花钱。于是他灵机一动,在奏折上妙笔生花:

> 自愿设法捐造衙署一所,往来巡视,以就商船之便。另设红毛馆,安置红毛夹板大船人众,可增税一万余两。府城廛市仍听客商贸易,不致

毁坏。

这对朝廷来说,只有利好:衙署、红毛馆不用花钱造,宁波府城仍能交易,每年又可增加1万多两的白银收入,岂能不动心?果然,"部议覆允,奉旨依议",答应了。

捐纳,是清廷除了定额化赋税收入之外的另一种筹款办法,那时修城、修仓、修堤甚至建造威远大炮,都有官商士民捐助。如乾隆二年两广总督鄂弥达就称,广东内河船只"从前原系地方文武捐造"(刘献廷《广阳杂记》卷二)。因此张圣诏"捐造衙署一所",在当时也属于惯例,只是数目大了点。

张圣诏是如何"设法"捐造的?最大的可能是从关税收入的积余部分中"捐出"。那时的关税由"监督酌量增减定例",实行定额制度(即包税制),规定各个海关的年度税收定额,由各关监督上缴户部,多奖少补。定额的依据是海关监督的申报,申报数额大概只相当于其征课总额的40%。因此,那时海关监督实在是肥差。监督要想把钱留住,还有"技术"上的办法,比如由清海关港口开出的"空船"在抵达英国时却满载茶叶,从英国开来的满载棉布的商船,在抵达清海关港口时却被认作"空船",这样两次流程上"零关税"而实际都征课到的税额,就能被留下了。因此张圣诏"自愿设法捐造衙署一所",其实还是羊毛出在羊身上,并不会太难。当然,这只是按照当时各海关的惯例推论而已,并没有找到(其实也无法找到)当时留下的文字记录。

但有一点可以肯定,在定海设立的并不像有些志书说的那样是浙海关派出机构或者分部,而是将浙海关迁移到定海。这在清光绪年间出版的《通商始末记》(即《国朝柔远记》)和清人夏燮的《中西纪事》中有更为明确的记载:

> 监督张圣诏……请捐建衙署,移关,以便商船,当增税银万余。诏可。(《通商始末记》)

> 迨定海既设监督,张圣诏始请移海关于定海。部议从之。(《中西纪事》)

二

康熙三十七年(1698),新的浙海关衙署建在了定海钞关弄。它的建筑面积有多大,至今未发现史料记载,但看一下浙海关移关前在宁波的衙署规制,大体上也能知道了。《宁波府志》记载:

> 海关行署,在府治南(旧理刑馆地),中为正厅五间,檐厅三间,两旁廊屋各五间。前为仪门,又

前为大门,门左为土地祠,东西两辕门,面南为照
墙。后为川堂,又后为内衙,计六间,书室三间。

那时,浙海关有镇海口、乍浦口、温州口、瑞平口、家子
口、头围口、定海口七大口,海关衙门设有四机构:稿房、洋
房、闽房、梁头房。《海关衙门须知事宜册》记载:

稿房:承办部、院、司、道、府、厅、州、县一应文
武衙门文稿档案及奏销,呈送黄册、青册,……又
船商贩运土酒赴本郡定海、象山及乍浦、台州各属
售卖向免输税,给照出口,俱由稿房填给,赴经过
口岸照验,并兼管梁头房、家子口税务。

洋房:承办奏销,呈送部、科册档底簿,并协解
盈余税银、收税册档,赴部交纳。因有经办税务,
历派清书进京,代办该房经征宁港商船置货报往
南洋、暹罗等处贸易、回棹进出洋税,及各省商人
从南洋、海南等处来宁贸易货税。

闽房:承办奏销,呈送部科稽考循环季簿等
簿,经征闽、广商船装载闽、广各省货物及宁港商
船由闽省载回糖货、橄榄、杂油等项货税。

梁头房:承办奏销、呈送户部红单,及沿海各
县成造新船,报销坏船,查催各县商、渔各船只梁

头册籍，经征鄞、慈、镇、象、定五厅、县出海贸易商船梁头税银，换给新照。其宁属渔、采、靖、渡等船向免输纳梁税，如有揽载货物出入镇海关口，验明梁头尺寸，照则征收梁税一限，填给印单。

要做的活可真不少。有多少人做这些活呢？《海关衙门须知事宜册》记载：

设经制书吏八名，分办稿房、洋房、闽房、梁头房、镇海口、乍浦口、温州口、瑞平口。……每年于关期年满时，由护关宪酌核各吏人地相宜，秉公派调；将调拨执事口址造册，禀详抚宪批示饬遵。

设书识四十一名、清书二十二名，分拨大小各房口办事。因口址繁多，沿海沿汊，均须派人稽查，额设清书不敷派拨，向听各吏自行倩帮。

设经制巡拦一百六名，按年掣拨各口巡查办事。

向设关代书一名，另颁状式戳记，遇有控告关政、船只税务事件，责成该代书盖戳呈投，不许道代书混行用戳,以示区别。

书吏即官署吏员,属雇员性质,往往父子师徒相传为业,相当于现在机关单位的普通干部,浙海关有书吏8名;书识,是正额书吏之外的一种临时性书吏,在经制之吏出缺之后,书识可以递补其缺,相当于现在机关单位的聘用人员;清书、书役、巡拦,则是处理杂务的"临时工"了。

既然是移关,有这么多事务要在定海办理,又有这么多人,那么,虽然定海新建的海关衙署是捐建,规制会小点,但也小不到哪里去。只是岁月悠悠,300多年前的定海海关衙署,现在已无从寻觅。

之后不久,红毛馆也在定海衙头横街建起来了。

关于红毛馆的建筑物,《定海县志》记载:"西洋楼九楹。"楹,古代计算房屋的单位,一说一列为一楹,一说一间为一楹。"九列"与"九间"相差悬殊,红毛馆究竟有多大?

民国时在定海道头开设过像泰丰木行的袁定华(1912—1974),曾回忆道:

红毛馆在定海西道头,是座高大西式建筑物,其屋面南朝北,广约十五丈,深五丈,凡两层,四周皆筑砖墙,分间也然,不用一柱,上架桁梁。窗户高敞,檐牙高啄,垩之粉色,颇觉壮观。西南辟有

小园，护以短篱，纷植花木，凿池蓄鱼，架笼饲鸽，

虽具体而微，却颇幽邃。

袁定华看到的，是红毛馆建成 200 多年后的遗址。在他那个年代，这个红毛馆已用作公安局道头分局和保定救火会场地。凭他的记叙，也无法说清"西洋楼九楹"的含义。

《清朝续文献通考》也对定海红毛馆有过记载，不仅道明了"红毛馆"这一名称的来源是"其时英吉利之名不著，但知其为红毛之番族而已"，而且也写到了红毛馆有多大：

迨定海既设，监督张圣诏始请移海关于定海。部议从之，乃于定海城外道头街之西特建红毛馆一区，以为番舶来往之逆旅，自是浙之定海商舶日多。英商以粤中不便，数来往舟山，见今昔情形之异，乃定计争之。

红毛馆一区，"区，域也"，说明红毛馆不止一幢房屋，而是形成了一个区域。这与《定海县志》记载的"西洋楼九楹"对得上号，九幢楼房当然已形成了一个区域。袁定华所写的红毛馆只是九幢楼房中的一幢而已。清代梁廷枏《夷氛闻记》记载："定海时尚未立县，英船至则泊舟山。迨新城定海，监督张圣诏乃筑红毛馆城外，使居焉。"九幢红毛馆里居

住过多少"红毛"？已难计其数，就像其门悬的"万国来同"匾额一样，是当时舟山对外开放的象征。于是，这里也成了往来巡视之文武官员洽谈和理事的场所，"凡有红毛船公务，会同文武官员集此理事"。

自此，海关衙署和红毛馆在定海热闹了半个多世纪。

三

浙海关移关定海后，英国东印度公司为了拓展商业贸易，还曾在定海设立事务所。根据徐中约在《中国的奋斗》中的考证，设立的时间是在 1698 年，也就是浙海关移关定海的同一年。书中写道：

> 该公司（指东印度公司）于 1698 年在靠近宁波的定海设立了一间商馆（factory）——一种商务代理机构或贸易办事处，以卡奇普尔（Catchpoole）为商馆领班。

不过，也有研究者认为，英国东印度公司在定海设立商馆的时间是在康熙三十九年（1700），萧致治在《鸦片战争与近代中国》一书中写道：

1700 年，英国东印度公司为了扩展贸易，派遣喀恰浦为第一任监督，将监督署、商馆设于定海。

一般而言，英国东印度公司的商馆应该设在新建起的红毛馆里，因此英国商馆更有可能设立在 1700 年。

对这次贸易，康熙《定海县志》"番舶贸易增课始末"有段记载：

> 康熙三十九年（1700）六月，到有红毛夹船二只。船主，一名"未氏罗夫"，一名"未里氏"。又八月，到"庐咖喇"船一只，九月到"飞立氏"船一只，一时称为盛事云。

这 4 条商船中的一条，直到第二年的 8 月还停在舟山。而第二年的 2 月，又有 2 艘英船来舟山。

这一年，英国东印度公司对定海的投资是 101300 英镑，而同一年他们对广州、厦门的投资，总共才 75200 英镑，可见对定海通商期望之深。

有关这期间英国商船来舟山贸易的资料很不完整。据马士《东印度公司对华贸易编年史》载，从 1644 年到 1704 年的 61 年间，英船到舟山贸易有 12 次。

美国人马士，曾在中国海关税务司任职。他的《东印度公司对华贸易编年史》详尽地记载了1635年至1834年期间英国对华贸易的情况。

61年间英船到舟山贸易12次,这在现在看来并不算多,但在当时已很了不起了。

况且,来舟山贸易的也不仅是英商。康熙四十九年(1710),到舟山的外国船就有10艘之多。而从康熙二十四年至六十一年(1685—1722)的38年间,从中国东南沿海经过舟山航道出入的中外商船共计1285艘,从中也可见舟山外贸繁华情况之一斑。

另外,浙海关还是清政府办铜要地,凡往日本贩铜的海外贸易船只进出口,必须经浙海关查验。为此,清政府特别铸给浙海关监督"监督浙海关兼理铜斤事务"的关防。

这期间,对于这片土地的开放,官方的态度是很宽容也很理智的。

据康熙《定海县志》记载,定海设钞关后,外国商船就近在定海经商,"故定海亦有市廛,互相交易",但起初几年,定海"货物未能囤积,必得装运郡城,是以行铺寥寥,不及宁波十之三四"。也就是说,只有货运码头,没有贸易自由区,市面仍不是很繁荣。尽管这样,纷争还是产生了:

昔日东西洋艘尽数收泊甬江，伢行①之利，惟宁民专之，今则设馆舟山，洋船有就近收泊者，定民亦渐分其利。夫专则视为义所当然，分则若夺其所固有，遂致怨毒之口，痛加毁诋。

宁波的牙侩（即经纪人）不甘心自己利益受损，"于是耸驾大题，危言动听，吁请洋船泊鄞之说，纷纷不已也"。其一大理由是商船泊定，系"营弁邀截所至"，这当然是无稽之谈，但居然也有人"祖庇之"。

但这一将影响舟山对外贸易的纠纷被迅速化解了。康熙《定海县志》载：

奉总督福浙部院金批：东西洋船，愿往宁波者，听其驾赴宁波，愿往定海者，听其停泊定海。两处勒石永禁。

总督福浙，即"福浙总督"，当时福建和浙江由一总督管辖。部院，指巡抚，清代各省巡抚多兼兵部侍郎和都察院右副都御史衔，故也称部院。总督是清代的地方最高官员，统辖一省或数省的行政、经济和军事，巡抚则是一省的最高行

① 为买卖双方说合交易，并抽取佣金的商行。

政长官。按《康熙定海县志点校本》注释,当时福浙总督和浙江巡抚都由一位姓金的官员担任。

有这么一位有身份的人物出面说话,化解这场纠纷自然不成问题。于是,到了1710年前后,在中外商船云集的定海港内,岸上已矗立着许多仓库,堆放着杭嘉湖的丝绸、武夷山的茶叶、英国的呢绒、日本的铜材等,在码头和街市上到处可以看到各国的商人、水手,听到各国的语言。

对于外国商船,定海海关也"加以体恤"。钞关原来设在定海城内东门文彩桥下,由于商船来时皆停泊于南道头和东港浦,为征税方便,迁钞关至南大街太保庙。后因城墙间隔,海涂涨,路途更为遥远,且帆船皆集于东港浦,于是钞关又迁至黄大来公祠。与广州海关相比,英国商人对定海海关要满意多了。

那么,英国人为何要蜂拥而来定海交易呢?除了这里的港口优势外,他们还看中了什么?

四

英国商人执意要在舟山进行贸易,主要还是出于商业营利考虑。钱塘江水系流经的浙、赣、皖三省毗邻地区,为著名产茶区。因广州一口通商的禁令,中国茶商须西向入鄱阳湖,经赣江,越大庾岭,南下广州。若能从舟山口岸出口,则只需循钱塘江水系往宁波,再转走海道便可,这样一来,英国商人茶叶收购价格能降低不少,品质也不易受损。

虽然茶叶到了 18 世纪后期才成为中国的主要出口商品,但自 1662 年,喜爱饮茶的葡萄牙公主凯瑟琳嫁给英王查理二世起,饮茶之风便开始在英国兴起。1664 年,东印度公司将 2 磅红茶作为礼品献给英王,每磅获奖 50 先令。1667 年,东印度公司在华商人受命购买了 100 磅茶叶运回英国,伦敦一家咖啡店老板托马斯·加韦宣传喝茶有舒筋活血,治疗头痛、眩晕,消除脾胃不适等功效,从此茶叶在英国从宫廷走向民间。

能在定海采购到比广东便宜的茶叶,英国商人自然更乐意在定海贸易。

除了茶叶,其他如杭嘉湖地区的丝绸、龙泉的青瓷,也因定海离产地近,收购价格比广州便宜。

英船踊跃赶到定海,还有一个原因是广东、厦门官吏索取的税额和规费太多了。用马士的话说,也就是还没学会"在贸易的羊身上剪毛而不单用一下子剥皮的方法"。

1689 年英国东印度公司第一艘驶进广州港的船舶,核定应缴纳 2484 两的高昂管理费,经过与海关官员多方讨价还价,费用降至 1500 两,其中 1200 两为船钞,300 两为付给"户部"(Hoppo,即粤海关监督)的规礼银(即所谓的感谢费)。讨价还价后减免的幅度竟然可以如此之大,可见勒索之重。

　　同一年,英公司船"公主号"到厦门贸易时,这里的勒索也很重,以至于该船大班报告称,在此处无法使官员让步,只有将贸易转往定海、宁波,或者放弃几年。

　　这是因为,在定海,他们常常能享受到"一切科税诸事,无不逾格从宽"的待遇,这更引起了英商的兴趣和重视。

五

　　乾隆二十年(1755),离浙海关移关定海已过去了半个多世纪,东印度公司派遣大班喀喇生(Samuel Harrison)和汉语翻译洪任辉(James Flint)等58人,带着每箱4000枚的6箱银圆、每箱120瓶的13箱英国酒,乘"霍尔德内斯伯爵号"与"格里芬号"商船北上,准备用这些东西购买和换取中国的湖丝、茶叶。

　　英船于四月二十三日(6月2日)靠泊定海。洪任辉对前来询问来意的定海官员称:"因祖上曾到此做过生意,要往宁波置买湖丝、茶叶等货。"这是指从康熙二十四年(1685)至乾隆元年(1736),英国先后8次共派15只船前来定海。

　　四月二十九日(6月8日),定海把总萧凤山率领县里的差役,把喀喇生、洪任辉护送到了宁波。两地官员因英船好久没来浙江了，加意体恤，招待洪任辉一行到宁波船王、商人李元祚的行店歇脚。浙江提督武进升上奏说：

> 查红毛船只多年不至，今既远番入境，自应体恤稽查。

闽浙总督喀尔吉善与浙江巡抚周人骥亦上奏说：

> 伏查红毛国商船，久不到浙贸易，今慕化远来，自应加意体恤，以副我皇上柔远至意。除饬令该道①派拨员役小心防护，并严谕商铺人等公平交易，其应征税课，照例征收，据实报解外，理合会折奏闻。

奏折送上去后，乾隆帝在审阅时，对英国商船造访定海进行贸易并未表示异议。

喀喇生、洪任辉对定海、宁波当地所予的款待与税则，殊为满意。

这一年的五月二十八日（7月7日），英船"格里芬号"到达定海，这回带来的番银有20多万枚。地方当局仍然热情

---

① 指绍兴道。

接待。

乾隆二十一年(1756)，又有一艘东印度公司商船"格里芬号"，驶进定海港，洪任辉再次随同前来。此外，还有一艘港脚船(即散商船)"哈德威克号"，也于这年靠泊定海。

这对于舟山来说是一次机会，如果清朝政府在稍稍开放和更加封闭之间选择的是前者，那么舟山许多历史将被改写。

可是，风云突变，一场变故发生了……

六

随着英国商船纷纷来到舟山，前往广州的英国商船数量逐年减少：1754 年 27 艘，1755 年 22 艘，1756 年 15 艘，1757 年 7 艘。

这时广州已形成了一个包括行商、粤海关监督、广东地方官员在内的利益集团，他们垄断了对外贸易，得利甚多，又怎么愿意将贸易转向浙江？使乾隆打消定海通商念头的是杨应琚。这个杨应琚，彼时任两广总督已近三年，是这个利益集团的总代表。

乾隆二十二年(1757)，他先是上奏，建议浙关正税，请视粤关则例，酌议加征一倍，部议从之。不过，乾隆进一步解释道：

是以更定章程,视粤稍重,则洋商无所利而不
来,以示限制,意不在增税也。

这时乾隆没有想禁绝在定海、宁波的中英贸易,只想将
定海关税提高到"视粤稍重",以限制来定海的英船数量。

"视粤稍重"的标准怎么定呢?上谕要求闽浙总督喀尔
吉善会同杨应琚商议。

双方肯定会有一番讨价还价。杨应琚自然明白皇上说
的是"视粤稍重",这似乎否定他建议的"视粤关则例,酌议
加征一倍",因此不敢太偏心。再说是会议,也不是他一个
人可以做主的。因此,商议结果还是维护了粤浙双方的利
益。乾隆二十二年二月二十三日(1757 年 3 月 24 日),喀尔
吉善会同杨应琚会奏更定章程的结果:

外洋红毛等国番船,向俱收泊广东。近年收
泊定海,运货宁波。请将粤海、浙海两关税则更定
章程。嗣后除照例科征之比例、规例二项,彼此均
无增减,无从议外,至正税一项,如向来由浙赴粤
之货,今就浙置买,税饷脚费俱轻,而外洋进口之
货,分发苏、杭亦易,获利加多。请将浙海关征收
外洋正税,照粤海关则例,酌议加征,其中有货物
产自粤东,原无规避韶、赣等关税课者,概不议加。

又粤海关估价一项，系按货物估计征收，如货本一两，征银四分九厘；但浙省货值有与粤省原例不符者，应照时值增估更定，其价同货物，仍循其旧。至船只梁头之丈尺，及货物进口、出口之担头，悉照粤海关税则，不准减免。

对于这个税则，乾隆朱批"依议"。

旨意到达浙江，刚巧有条从定海去的英船停在宁波，闽浙总督喀尔吉善即颁布谕令，劝告他们仍在广州贸易，不必再来浙江，如果再来定海、宁波，就要增征税饷了。

七

但杨应琚这一招并没能阻止英船来定海。乾隆二十二年六月初七（1757 年 7 月 22 日），英船"翁斯诺号"又来到定海旗头洋。英商表示"愿照新定则例输税"。"增税之后，番商犹复乐从"，杨应琚几乎没法了。

既然关税一致也无法阻止英国商船来定海，乾隆就有了将定海的浙海关升级的打算，即派出内务府专差官员督理关务。这年八月初八（9 月 20 日）上谕：

今番舶既已来浙，自不必强之回棹，惟多增税

额,将来定海一关,即照粤关之例,用内府司员补
授宁台道,督理关务。约计该商等所获之利,在广
在浙,轻重适均,则赴浙赴粤,皆可惟其所适。

在康熙初创四海关时期,各关都派有专差官员——海
关监督管关,但是后来榷关经过多次人事制度变革,到了乾
隆朝,四处海关中,除了粤海关一直由隶属于内务府的海关
监督专员专门负责外,其他三关都改为兼管,闽海关由福州
将军兼管,而浙海关和江海关都由督抚兼管。乾隆既然要
把定海的浙海关做大,当然要让身边的内务府官员来专管。

补授宁台道督理关务,乾隆连督理定海海关"升级"后
的官员级别都已想好了。

这时,又一个决定历史命运的偶然因素出现了。闽浙
总督喀尔吉善偏偏在这时候病故,浙江失去了一个与广东
争利益的地方要员。更要命的是,朝廷调杨应琚继任闽浙
总督,乾隆把察勘定海海关"升级"的事交给杨应琚办理,要
他"抵闽后,料理一切就绪,即赴浙亲往该关,察勘情形,并
酌定则例,详悉定议,奏闻办理"。之所以要杨应琚去察勘,
是觉得杨应琚"于粤关事例,素所熟悉"。

八

杨应琚见机会来了,便向皇上送了一道奏折,力陈浙江

通商的害处，"再四筹度，不便听其两省贸易"。

这道奏折击中了乾隆潜伏的心病。

乾隆对于康熙定下的四口通商，一直是心存犹豫摇摆不定的。而这时的四口通商，也只剩下广州、定海（宁波）稍有声势。在增加浙江关税的那道上谕里，他就曾犹豫地说道：

> 向来洋船俱由广东收口，经粤海关稽察征税。其浙省之宁波，不过偶然一至。近年奸牙勾串渔利，洋船至宁波者甚多，将来番船云集，留住日久，将又成一粤省之澳门矣，于海疆重地、民风土俗均有关系。

《清实录》中还记录了他的另一段话：

> 浙民习俗易嚣，洋商错处，必致滋事；若不立法杜绝，恐将来到浙者众，宁波又成一洋船市集之所。

接到杨应琚的奏折，他的态度变了，从准备在浙江开辟第二个"粤海关"一下子转变为"只许在广东收泊交易"。

细细玩味，乾隆的这道谕令是颇有意思的。谕令开头一段说：

> 杨应琚所奏勘定浙海关征收洋船货物，酌补赣船关税及梁头等款，并请用内府司员督理关税一折，已批该部议奏。及观另折所奏，所见甚是，前折竟不必交议。

事情十分清楚，让乾隆改变态度的是杨应琚的后一道奏折，这道奏折一下子改变了杨应琚和喀尔吉善商议后所上第一道奏折的观点。这后一道奏折里说的哪些话让乾隆觉得"所见甚是"呢？

> 粤省地窄人稠，沿海居民，大半借洋船谋生，不独洋行之二十六家而已。且虎门、黄埔，在在设有官兵，较之宁波可以扬帆直至者，形势亦异，自以仍令赴粤贸易为正。

可见，杨应琚是以粤生民计和两省海防这两条，抓住了乾隆的心。

九

这两条理由，特别是后一条，直至现在，仍有人认为有道理,认为乾隆变稍有开放为更加封闭是出于无奈,是为了巩固海防。

但其实,早在 1756 年,乾隆就做出"明岁赴浙之船,必当严行禁绝"的决定,实际上变四口通商为一口通商决策的一百多年前,康熙颁布实施开放贸易政策时,清廷也有过一场争论。这场争论,康熙却得出了与乾隆截然不同的结论。

这场交锋被有声有色地记载进《清实录》里:

> 乙亥。奉差福建广东展界内阁学士席柱复命,奏曰:臣奉往海展界。福建、广东两省沿海居民,群集跪迎,皆云:我等离旧土二十余年,已无归乡之望。幸皇上威德,削平寇盗,海不扬波,今众民得还故土,保有室家,各安生业。仰戴皇仁于世世矣。
>
> 上曰:百姓乐于沿海居住,原因海上可以贸易捕鱼。尔等明知其故,前此何以不议准行?
>
> 席柱奏曰:海上贸易,自明季以来,原未曾开,故议不准行。
>
> 上曰:先因海寇,故海禁不开为是。今海氛廓清,更何所待?
>
> 席柱奏曰:据彼处总督、巡抚云,台湾、金门、厦门等处,虽设官兵防守,但系新得之地,应俟一

二年后，相其机宜，然后再开。

上曰：边疆大臣，当以国计民生为念。向虽严海禁，其私自贸易者，何尝断绝？凡议海上贸易不行者，皆总督、巡抚自图射利故也。

席柱奏曰：皇上所谕极是。

"凡议海上贸易不行者……自图射利故也"，康熙真是一针见血。一百多年后的杨应琚，不容定海海关成为第二个"粤海关"，也是为图利。只不过，乾隆远没有康熙的那种自信，那种开放观念。

康熙朝这场"开放与封闭"争论之后，康熙三十三年（1694）与三十五年，常在、李雯两位监督分别提请在定海设关事宜，部议不准的理由也没提到边防问题。据康熙《定海县志》"番舶贸易增课始末"记载，当时"不准"的理由是"移关定海，府城（指宁波）市廛必致弃毁"，也就是担心外商就近在定海贸易，会毁掉宁波市肆生意；设关定海"恐縻正帑"，也就是担心另设官署会浪费国库钱财，担心的都是经济问题，也没提到边防。不是康熙和大臣们不重视边防，而是他们认识到只有民众富了，才能固边守疆。

十

乾隆二十二年十一月初十（1757 年 12 月 20 日），禁止外船到浙贸易的上谕下达了。杨应琚接到谕旨后，即晓谕英船回帆，并将旨意传给宁波、定海地方官员："明岁赴浙之船，必当严行禁绝……将来只许在广东收泊交易，不得再赴宁波。如或再来，必令原船返棹至广，不准入浙江海口。"

之后之事，《清经世文续编》中有简略的记叙：

> 是时方严丝筋绸缎出洋之禁，英吉利虽时时违制，潜赴宁波，无所得，仍遵新制，在粤通市，粤中初设洋商通事，洋行据为龙（垄）断之利，诛求不已，串通官吏，规费益增。

杨应琚的目的达到了，广东集团的利益得到了充分满足，但矛盾也激化了：

> 于是英商洪任辉等仍赴浙①，请在宁波开港。
> 而浙抚已奉新令，悉毁英商旅廨②，闻其舟泊舟山，

---

① 洪任辉是在乾隆二十四年五月三十日，即1759年6月24日到达定海的，在四洋礁面遭到巡洋清兵拦截后，洪任辉说："广东生意不好，欲仍来浙江交易，故坐小船先来探信，其大船在后面。"定海官员自然不敢再让他靠岸。

② 舟山"红毛馆"就是这时候被毁的。

遂发令驱逐,断其岸上接济之食物。

洪任辉愤甚,乃由舟山泛海直抵天津,仍乞通市宁波,并许粤关积年规弊。奉旨诘责,饬将洪任辉由旱道押赴广东。遂于二十四年七月奉命"著福州将军以钦差赴粤按验",苛勒有状,将监督家人问罪。

"苛勒有状",据洪任辉的诉状,大致有七条:纵关口勒索陋规;关宪不循旧例,俯准夷商准见,致家人吏役勒索之害;资元行故商黎光华,拖欠公班衙货本银六万两;随带日用酒食器物苛刻征税之苦;夷商往来澳门,勒索陋规;勒补平头;设保商贻累(《军机处录副奏折》)。钦差审讯结果,粤海关各种需索陋规宣布免除,但洪任辉"勾串内地奸民,代为列款,希图违例别通海口",判令洪任辉"在澳门圈禁三年,满日逐回本国"。指使洪任辉告状之人徽商汪圣仪被抄家流放,代撰诉状的四川商人刘亚匾被处死,监督李永标的家人与一些低级官吏受到严厉处分。但李永标只被革职,理由是陋规系家人书役得收,他毫无所知,要不是乾隆认为"家人勒索,即主人勒索",或许连这处分也没有。整个利益集团的其他成员更是没事,包括那个杨应琚。

杨应琚最后还是被乾隆"赐自尽"了,但这与粤海关无关,他的罪名是"贪功启衅""掩败为胜",欺君罔上,是在与缅甸作战之后。

自此，定海再没有外国商船来，直到 1897 年。

钞关弄从此寂寞。

卷一　定海古城：舟山的文脉在哪里

阿爹出门"赚元宝"

来 其

民国《定海县志》记载:"定海经明清两代的迁徙,先民筚路蓝缕,垦辟草莱,谋生之道,艰苦卓绝……且地狭人稠,生活维艰,而冒险之性,又岛民所特具,饥驱寒袭,迫而之外。"又:"(定海)其土地则沿海平壤类多斥卤,腹境处丛山中又硗瘠少水,俱不适种植,以故禾稼所出,岁不足以自赡。"虽"日以开辟之事",但仍是"生齿日繁,地之所产不给于用"。

"迫而外出",首选之地便是上海。这不仅因为定海与上海仅一水之隔,一苇可航,更因为上海在开埠后由一个普通的地区商埠迅速成为全国经济中心、远东金融中心,其多功能城市的集聚效应吸引了大批移民。

一

移民中,甬商是一支重要力量。早在嘉庆二年(1797),上海的宁波人同乡团体就着手建造"四明公所"。到 19 世纪初期，旅沪宁波人所从事的行业已延伸至海盐、豆类、杂粮、药材、南北货等。1852年，旅沪宁波人已有6万多人，居上海外籍人口总数的第二位，清末，上海居民中宁波人已达40万人。

这里所说的"甬商"是一个广义的大概念，其中的地理范围包括旧宁波府下辖的鄞县、奉化、慈溪、镇海、象山和定海等地。

那么，"甬商"中有多少定海人呢？

《定海县志》记载："光、宣以来，商于外者尤众。"这说的是最早外出的时间。"迩年侨外人数，几达十万，家资累巨万者，亦既有人。""侨商以上海、汉口二处为最多，当不下二万人。"据1946年的一份统计资料载，仅参加宁波旅沪同乡会的舟山商人就达1775人。1948年，定海旅沪同乡会第八届征求会员大会征得会员2608人，据当时统计，旅沪定海籍人士成人总数约5万。

对这些旅沪定海人来说，在外国商行或银行中谋职是起步阶段的一大出路。《定海县志》记载："充任各洋行之买办所谓康白度者，当以邑人为首屈一指，其余各洋行及西人机关中之充任大写、小写、翻译（昔曰通事）、跑街（曰煞老夫），亦实繁有徒。"

定海人对外国商人并不陌生。清康熙二十三年（1684）开海禁，三十七年，浙海关从宁波移驻定海，"分设浙海关署于宁波、定海",定海还设立了"红毛馆"。"荷兰、英吉利等西欧商船鹜趋定海。"仅康熙四十九年一年之内,来定海的英国商船就达 10 艘。这是定海人"充任各洋行之买办"的历史因素。

19 世纪末,清廷将进口商品的税厘征收包给买办商人,包税者往往可以从中获取巨额利润。定海商人在沪充任外国洋行、银行买办和掮客的甚多,往往以此致富再经营他业。如朱葆三曾为英商平和洋行买办,其子朱子奎曾为日商三井洋行买办,刘鸿生曾为英商开平矿务局买办,他们实际上是从事对外贸易的新式商人,后来都转化为民族资本家,同洋人进行商业竞争。

当然,更多旅沪定海人并没有这么好的运气,"各乡男子多有在沪上轮埠充当苦力者,谓之码头小工,女子则多佣于沪上住宅"。此外还有一个流向是到船厂、纱厂、烟厂、面粉厂等工厂去充当工人。

这些定海人,世代出没于惊涛骇浪中,县志记载:"彼航海者,其所求固在利也,然求之之始,却不可不先置利害于度外,以性命财产为孤注,冒万险而一掷之。""古来濒海之民,比于陆居者活气较盛,进取较锐。"在上海这个冒险家的乐园里,他们中的一些优秀分子也不是没有发家的机会。如周祥生,14 岁至上海做杂工,不久至一外商饭店当侍应生,28 岁就创办了祥生出租汽车行。

1878 年,旅沪定海商人成立了定海会馆善长公所。这是定海商人在上海滩已具较大影响力的重要标志。与四明公所一样,善长公所的主要事业为"建殡舍,置义冢,归旅榇",当时客居他乡的定海人,已需要这样一个"联乡谊而安旅榇"的中心机构,可见人数已具相当规模。

　　这时期,定海人在四明公所也已发挥重要作用。公所自嘉庆年间创建后,一直缴纳常赋。公所平时没有固定的经费来源,只是从赊棺寄枢、会员会费及房产出租中截取部分钱赀,维持日常开销,因此常赋是笔不小的开支。1843 年,公所董事托请担任上海知县的定海人蓝蔚雯"援案详请编入官图,免常赋以为例"。蓝应允将公所之地编入官图,"详免税课",还亲自撰文"泐石志之"。由于得免常赋,自此公所经费"得以日渐充裕"。这是定海人为所有宁波府赴沪商人做的一件好事。

　　后来成为上海滩著名企业家的定海籍人士中,有几位便是在这个时期起家的。如朱葆三 1862 年以 14 岁的年纪去上海,在协记商铺当学徒,到 1878 年就自设慎裕五金号和新裕商行。

　　19 世纪末定海商人开始登上上海滩创业舞台的另一标志性事件,是 1897 年中国通商银行在上海成立。这是国人自办的第一家银行。通商银行 10 个总董中,有一个定海人,他便是朱葆三。行中最重要的 7 位职员中,有常务董事、朱葆三之子朱子奎等 2 位定海人。

到 1911 年宁波旅沪同乡会成立时,朱葆三已是上海滩的名人,被公推为副会长。

二

20 世纪头二十年,一大批后来成为上海滩风云人物的定海籍企业家几乎全都露面了:刘鸿生已成为"煤炭大王",并用运销开滦煤赚来的钱,在苏州创办鸿生火柴厂;厉树雄经营静安寺路段地产业获得成功;许廷佐、周祥生以数年所积资财分别开办饭店;王启宇集资创办了达丰染织厂,开始生产各色丝光线。定海籍企业家巨子中,只有董浩云等几位此时还在上海读大学。

1920 年 10 月,朱葆三、王启宇、陈金箴、丁紫垣等人发起成立定海旅沪同乡会,公推朱葆三为会长,设会址于法租界。再过十年,金塘旅沪同乡会也成立了。

同乡会为初来乍到的定海老乡提供膳宿及信息,帮助找工作,以及予以精神上的支持,结果使定海人迁徙上海愈加方便。朱葆三等"大亨"初到上海时,都是以一介学徒的身份为奋斗起点的,这就为后来者提供了"参照样本",甚至因为其示范作用而成为其他定海人迁沪的理由。

由于众多定海人蜂拥而至,定海旅沪小学校也在 1932

年应运而生。校址设于法租界平济路定海会馆内,初办时学生55人,后增至100多人。此时由宁波人在上海创办的学校已达22家,这些学校中都有定海旅沪人士子弟就读。

这时期定海旅沪商人的领袖人物依然是朱葆三。上海总商会有"第一商会"之称,自它成立之始,5名总董中就有1名定海人,那就是朱葆三。1918年,朱还担任了会长。1912年中华民国临时政府成立,就任中华民国临时大总统的孙中山辞去中华银行总董之职,由朱葆三接任董事长。这两大事件足以证明朱葆三在当时商界的地位。

20世纪30年代,上海华资银行业进入最活跃的发展阶段。1931年11月12日,刘鸿生创办的中国企业银行正式开业,资本总额国币200万元,实收半数,刘鸿生和其弟刘吉生投资总数达97.5万元,占股97.5%。定海商人涉足银行的还有韩芸根(上海煤业银行)、周仰山(大同银行)、钱达三(中华银行)等等。

甬商之中,最早在上海创办钱庄的并不是定海人。刘鸿生1903年创办新昌(联记)钱庄时,离镇海方性斋在上海创办汇康钱庄已相隔90多年,但新式银行业兴起后,定海人却后发而先至了。

除了银行业,定海人在当时上海商业贸易、交通运输上也颇有成就。定海盛产鱼、盐,上海所需之海产,大都是定海货。五金商业是19世纪60年代开始产生的,1878年朱

卷一 定海古城∵舟山的文脉在哪里

葆三就在上海新开河路开设慎裕五金店,到 20 世纪 30 年代,更多在上海做小本生意的定海人循前辈足迹开设起五金店。煤油是在 19 世纪末进入中国市场的,那时,"经理煤油亦邑人特擅之业也,美孚、亚细亚二大公司其各埠分销处几十之六七由邑人承办"。交通运输业方面则有周祥生,周在 1923 年创办祥生汽车行,八年后成立了祥生出租汽车有限公司,至 1937 年,已成为与美商云飞、英商泰来相抗衡,独占上海出租业之首的华商车行。此外还有丁钦斋(银章洋货号)、庞孝修(元泰呢绒号)、韩山曦(涌记煤号)、王清夫(人和煤号)等等。

定海籍商人在 20 世纪 30 年代的上海滩开创的最壮丽业绩是民族工业,刘鸿生取代朱葆三成为领袖人物。当时上海滩已出现企业集团,与其他企业集团不同,刘鸿生以横跨几个行业创业成为一道奇景。刘的大中华火柴股份有限公司,在 20 世纪 30 年代已发展成为拥有 7 家火柴制造厂的全国规模最大的火柴公司,年产火柴占全国火柴总产量的 15%。刘还投资水泥业、煤球业、搪瓷业、毛纺业和煤矿业等,都取得了不俗成绩。

那时期定海人办的企业还有郑秀坤的中国纽扣厂、王启宇的宝兴纱厂、周晋镳的华新纺织厂、周金箴的同利机器纺织麻袋公司、刘吉生的中华工业厂、韩之鹏的伦章造纸局、张竹卿的利兴烟草厂、顾松泉的中兴面粉公司、郑世农的百中堂药厂、胡立成的中华机器纱管厂等等。据记载，宁波旅沪工商业者在1937年前共创制了13种名牌产品，其中有2种是定海人创制的。刘鸿生的大中华火柴厂生产的美丽牌火柴，使瑞典凤凰牌火柴销路大减；王启宇的上海毛绒纺织厂生产的小囡牌绒线，"闻名遐迩，行销甚广"。

三

定海旅沪商人在异乡能够形成一个团体，与他们重乡情、相互扶持、团结拼搏，建立了深厚的友谊有关。这样就能风雨同舟，共同抵御许多经营风险。史料记载了这样一件事：1909年，朱葆三和虞洽卿合资创办宁绍轮船公司，以与英商太古公司和法华合资的东方公司相抗。宁绍轮一开航，就在船上挂牌"立永洋五角"，即每票5角，永不涨价。这使太古轮乘客锐减，甚至只好放空船。太古轮自恃资本雄厚，把票价从1元降到3角，不但如此，还给乘客赠送毛巾、肥皂，企图压垮宁绍轮。东方公司也如法炮制。果然，乘客又被拉过去了。定海、宁波同乡闻讯，组织"航业维持会"，发动同乡捐款，支援宁绍公司。这样，宁绍公司也把票价降到3角，由航业维持会补贴2角。同时，上海所有定海、宁波商人相约，把浙沪间货运尽管交给宁绍公司承运。不久，终于迫使太古公司做出和解表示，主动把票价回升到5

角。据说,航业维持会一共贴出了 10 万余元。

定海商人的这种友谊在很大程度上是通过定海旅沪同乡会、定海会馆、善长公所等团体来维系的。这些同乡组织,以增进同乡福利为己任,既满足了乡人在客地寄托乡情的需求,也使其能依恃团体的帮助,尽快消除"独在异乡为异客"的陌生感,完成他乡异地的适应过程。

1920 年 10 月定海旅沪同乡会成立后,即开展 9 项会务活动:增进同乡福利;介绍同乡职业;调查同乡职业;推进同乡子女教育和社会教育;调解同乡之间纷争;济助困难同乡;促进故乡教育、卫生、福利建设,以及改进习俗和提倡学术等。

每每遇到救灾等紧急事件,定海同乡间的互济互助情谊就愈加显现。1931 年 8 月,汉口发生大水灾,由于定海旅汉人数众多,同乡会立即配合宁波同乡会所组织的"急救汉灾会",派出轮船驶往汉口,接回受灾同乡。随轮前往灾区的还有数名自告奋勇的定海籍医师和护士。定海"金顺兴"渔船在吴淞口被大轮船撞沉,10 余名船员落水,船货俱毁,经同乡会多方追查,方知系招商局"海京"轮所为,几经交涉并通过法律途径,终于为"金顺兴"船员追得赔偿金。1932 年"一·二八"事变、1937 年"八一三"战役爆发,定海旅沪同乡会设立收容所,安置从闸北、南市等战火波及地区过来的受难同乡,并洽轮遣资护送回籍,总数达千余人。

定海同乡组织在帮助同乡就业、解困方面出力颇多。同乡会曾一度设立职业介绍委员会，朱葆三、刘鸿生、许廷佐、周祥生等都非常关心。他们根据同乡申请者的学历、经历、技能、特长，设法把他们推荐给相熟相知的工商企业。为了资助同乡小本经营，同乡会特筹集基金 10 万元，设立同乡小本贷金，为刚刚开始做小生意的同乡提供无息贷款。凡同乡在生活、工作、医疗等方面遇到困难，同乡会总是有求必应，设法予以帮助。

普及教育事业也是定海旅沪商人帮助同乡的重要方法。他们先后在上海创办定海旅沪第一小学和定海旅沪第二小学，以半义务性质，培育同乡子弟。第一小学首任校长赵赛芝，从不领取报酬，苦心孤诣办好同乡教育。1941 年起同乡会还设立奖学金，每学期奖掖 50 名贫困同乡子弟攻读不辍，先后发放了 8 期。也有个人设置奖学金的，如厉树雄为纪念其父厉虞卿而设置了"虞卿奖学金"。

除了定海旅沪商人同乡会，定海赴沪商人还依托四明公所、宁波旅沪同乡会为乡人服务。从 20 世纪初起，朱葆三、刘鸿生等定海籍商业巨子就先后在四明公所和宁波旅沪同乡会担任要职，朱葆三还曾担任上海总商会会长。从清末到民国时期，上海地方性对外交涉往往由江浙财团操纵，上海总商会起了很大作用，而宁波旅沪同乡会的态度往往和上海总商会是一致的。定海籍商人在这些组织中的领导地位,使定海商人在与洋人的斗争中不至于过分吃亏。此外,在那时期历次抵制外货的爱国运动中,上述组织均抱积极推动、参与的态度,从而在一定程度上促进了民族工商业的发展,也为好几名定海籍企业家创造了借机崛起的机会。

四

20世纪40年代后期至50年代初期,一批定海籍企业家迁到香港定居。从那时起至今,又形成了一个定海人在外创业的高潮。董浩云、方新道等是20世纪三四十年代就有成就的老企业家,五六十年代则涌现出更多新锐。他们以奋发足迹和卓越业绩,令乡梓荣耀、邑人自豪。

周亦卿,祖籍定海,1952年随父母从上海迁居香港,次年考取台湾大学机械系,1960年从台湾回到香港,不久被香港祥康有限公司聘为机械部经理,1965年至1969年任香港日立电梯工程有限董事,1970年创立其士集团,任集团主席兼董事总经理。经过多年的发展,其士集团现已成为一个多元化的大型跨国企业。

杨良鋆,祖籍定海,12岁随做生意的父亲离开定海,1948年只身去香港,到20世纪70年代末期已成为一位颇有成就的企业家,曾创办香港东方石油有限公司、华孚石油有限公司等。

包起昌，1925 年出生于定海金塘岛，18 岁时迫于生计去上海滩闯荡，1957 年 8 月到香港定居不久就开设了香港皇家皮草公司，几年后又开设皇家贸易公司、雷斯贸易公司、莱化硝皮有限厂等，20 世纪 80 年代后又把投资方向转到内地。

陆如卿，1946 年 17 岁时离开家乡金塘，1947 年去香港，1969 年开始经商，创办多家公司，1971 年起开始与内地做服装等生意。

方如根，祖籍定海金塘大丰，1949 年 20 岁时去香港，1960 年在家中开设皮草加工厂，6 年后设门市部。到 20 世纪 80 年代末，方氏皮草业已蔚为壮观，成为一家国际集团公司。

方浩然，1950 年 19 岁时离开家乡金塘去香港，1956 年开办皮草行，1958 年涉足投资开发地产，现为香港和都发展有限公司董事会主席和香港冠福投资有限公司董事长。

何纪慈，1935 年出生于定海临城，1964 年赴香港定居后，第二年就创办高富商业有限公司，在美国、加拿大及中国内地和香港有多家公司。

••••••••••••

清光绪年间，当第一批定海人外出经商的时候，他们的愿望是极其简单的:"阿爹出门赚元宝。"岁月悠悠,在外地的定海人已经历三四代的变迁,原先朴素的愿望已衍生出更加丰富的内涵。不管是简单还是丰富,他们的人生都是壮丽的。

定海康白度

来　其

《定海县志》载："充任各洋行之买办所谓康白度者，当以邑人为首屈一指，其余各洋行及西人机关之充任大写、小写、翻译（昔曰通事）、跑街（曰煞老夫），亦实繁有徒。"

康白度这个职业，用现在的话来说，就是"海外商务代理"。

发生于第一次鸦片战争期间的一件事与此有密切关系。姚公鹤《上海闲话》载，有个叫穆炳元的定海人在英军攻陷定海时被俘，后随英军到上海，为英军翻译。上海开埠后，他颇受洋商信任，"无论何人接有大宗贸易，必央穆为之居间"。因为他应接不暇，所以就"收学徒若干，教以英语，教以与外人贸易之手续法"。穆炳元以通事的身份参与外贸活动，是洋商雇用买办的开始。

一

继穆炳元之后，定海人在上海的最大买办便是朱葆三了。

买办在过去的几十年里名声不佳。但"买办"一词本身没有贬义,在英文和葡萄牙文中都是"采购者"的意思。《红楼梦》第五十六回写道:"姑娘们所用的这些东西,自然是该有分例,每月每处买办买了,令女人们各房交送我们收管,不过预备姑娘们使用就罢了。"这说明在清朝,官宦人家的采购人员已被称为"买办"。

乾隆二十二年(1757),清政府规定广州为唯一的对外贸易口岸,英、美、法、荷兰、瑞典、丹麦、西班牙等国的商人纷纷来到广州,租赁十三行行商提供的房屋作为商馆。商馆与外界完全隔离,且管理这些商馆的公行又无法包办外商庞杂的贸易事务并给予生活上的照应,于是就给他们配备了一些华人,这些华人也被称为"买办"。

五口通商后的起初几年,洋货进口情形并不像在《南京条约》上签字的英方代表璞鼎查所预料的那样乐观。璞鼎查曾兴高采烈地向英国商人宣称:我已经为你们的贸易打开了一个崭新的世界,这个世界如此庞大,以致所有兰开夏的工厂加在一起尚不足以供应中国一个省份所需要的日常备用衣料。于是,英国几乎所有的工厂主都眉开眼笑,他们运来了五花八门的商品——刀叉、钢琴、皮鞋、女人用的胸罩……他们相信,凡是人都需要和吃喝拉睡有关的物品,人口密集的中国必定需求量很大。可是,这些商品到了通商口岸后却卖不出去,即使是肥皂、铝锅等日常必需品,也没什么销路。同时,中国人也不太乐意将生丝、茶叶等土产品卖给洋商。愁眉苦脸的洋商开始抱怨璞鼎查:"璞鼎查阁下想象中的这个美妙的虚构是从头到尾毫无根据的。"由商务印书馆出版的《中国买办制》一书记叙了当时外商的无奈:"中国经济状态,与欧美大异,外商殊难了解;学习中国语言之困难;调查中国商人之资产信用,颇为困难,而中国商人亦难置信于外来商人;中国商场中诸习惯,货币度量衡等,复杂万端,不易通晓;中国货币制度,颇为复杂,品质形状相异之各种货币以及票据等,随时流通于市场,欲辨其真赝,鉴其良否,均须特殊技术,外人于此,俱为不可能之事。"

不过,到了19世纪末,外国洋行在中国的贸易已发展得非常迅速。上海开埠后的第二年,即道光二十三年(1843),英美商行只有11家,而过了30年即增加到343家,到了光绪十九年(1893)又发展到580家。这都是因为在这之前许多华商开始充当买办的角色。除了雇佣关系外,通过订立合同的居间商形式也出现了。《剑桥中国晚清史》记载:自《南京条约》签约至19世纪末,买办人数已增至约2万人。道光二十六年(1846)英国商人的一份商务报告中写道:价格低廉的洋货,只要一经华商之手,就能在内地产生一种经常性的需求,增加数以万计的顾客。有的洋行大班甚至惊呼:"外商已经不是一名商人,而不过是买办的代理人。"

　　五口通商前,中国商人是不能直接和外国商人做生意的,十三行实际上是朝廷指定的特权商人群体,外国商人所期待的自由贸易无法实现。道光二十四年(1844)的《望厦条约》规定:外商"雇觅跟随、买办及延请通事、书手……均属事所必需,例所不禁,应各听其便","中国地方官勿庸经理"。这就使买办名正言顺地成了一种职业。19世纪末,清廷又将进口商品的税厘征收包给买办商人,包税者往往可以从中获取巨额利润。定海商人在沪充任外国洋行、银行买办和捐客,就始于此时。例如,朱葆三曾为英商平和洋行买办,厉树雄曾为意商华义银行买办,刘鸿生曾为英商开平矿务局买办。他们实际上是从事对外贸易的新式商人,后来都转化为民族资本家,同洋人进行商业竞争。

　　朱葆三家堪称买办之家,是上海滩最大的买办家族。除了他自己是买办外,其长子朱子奎曾为日商三井洋行买办,次子朱子聪也曾任平和洋行买办,三子朱子方是汉口平和洋行买办,后兼任日清公司汉口分公司买办,四子朱子衡继朱葆三任平和洋行买办,长孙朱乃昌任职于三井银行买办间。

　　在当时,买办资本比起其他的中国资本,积累得更快,规模也更大。英人斯嘉兹在《在华十二年》里说他认识一个买办,名义上每月收入只有二十五元,做了六年买办以后,在为一个亲戚作保时,该买办已经能提供一万元的保证金了。《剑桥中国晚清史》说,在半个世纪里,买办的全部收入约为五亿三千万两,当然这笔钱不是由两万人平分,因为买办有大小之别。

买办的收入是相当丰厚的。早期的外商企业给买办的月薪是一百两至两百两银,以后逐渐提高到五百两至一千两。这虽不是小数目,但在买办的总收入中可以说微不足道,买办一般用这笔钱支付买办账房办事人员的薪资。买办的主要收入是佣金。佣金是买办招徕买卖后的分成。佣金多少由招徕业务的规模而定,而各个时期的佣金是不同的。刚开始做业务,需要拓宽贸易渠道时,佣金较高;一旦愿做这个生意的买办变多了,佣金也就降低了。各行业的佣金也不同,像朱葆三从事的主要是进出口贸易,佣金比例一般为3%左右。除收取佣金以外,买办在帮助外商推销商品的同时,大都还有自己经营的店铺字号,这样还能通过经销、包销赚钱。对此,洋行非但不会反对,反而认为买办行号所联系的华商,会为洋行带来更多的生意,并使洋行购得更多的货物。

金时荣先生在《宁波商帮文化》一文说:"鸦片战争后,宁波帮凭借自身特殊的有利条件,迅速介入新兴的对外贸易领域,并形成了以买办商人和进出口商人为代表的宁波帮新式商人群体。什么是买办? 买办就是外资洋行中的中方经理，是中西方贸易的中介人。我们说买办和进出口商人是新式商人，是因为他们从事的交换，已经不是以小农为交换两端的传统交换，而是以中国农产品和西方工业品相交换的国际贸易。这种交换以前所未有的剧烈程度冲击着中国根深蒂固的自然经济形态，为商品经济的发展扫清道路。"这个评述还是比较中肯的。

二

定海人能在上海洋行之康白度者中首屈一指，还有一个重要原因是在当时社会经济生活里，官场对于商场的作用是非常重要的。而在这方面，定海康白度，尤其是朱葆三，有着很大优势。

道光二十三年（1843）上海开埠，知县是定海人蓝蔚雯。在他之前，有一个叫叶机的定海人从嘉庆十九年（1814）起当了7年上海知县。

自康熙年间下令开海禁至嘉、道年间，上海的海上贸易额直线上升。当时，由上海出吴淞口向南，至浙江、福建、广东被称为南洋，迤北由通海、山东、河北达关东，被称为北洋。上海由此成为南北两洋海上贸易的枢纽，北洋航线把苏松地区的纺织品输往天津、辽宁，又把关东的大豆等食粮运回；驶向南洋航线的商船，则把当地所产棉花输往广东、福建,换回蔗糖等南货。出入上海港的船舶有沙船、卫船、南船、宁船等。其中宁船专走宁波。宁船又称绿眉毛船,首尾翘起,抗风性能好,航速快,从吴淞口到定海只需18个小时左右,顺风时10个小时左右也够了。宁船每年出入上海港的在200艘以上,在宁船撑船的、当水手的有许多是定海人。叶机在上海当知县的时候,已有定海人在那里经商。

30年后,定海人已在四明公所发挥重要作用。公所自嘉庆八年(1803)创建后,一直缴纳常赋。公所平时没有固定的经费来源,只是从赊棺寄枢、会员会费及房产出租中收取部分钱赀,维持日常开销,因此常赋是笔不小的开支。道光二十四年(1844),公所董事托请蓝蔚雯"援案详请编入官图,免常赋以为例"。蓝应允将公所之地编入官图,"详免税课"。由于得免常赋,自此公所经费"得以日渐充裕"。这是定海人为所有宁波府赴沪商人做的一件好事。

此后又过了几年,上海滩的第一位定海籍"大亨"朱葆三便横空出世了。

朱葆三是在1861年去上海,在协记商铺当学徒的,当时仅13岁,到1878年便自设慎裕五金号和新裕商行。

19世纪末期,上海洋货业由洋布、五金、洋杂货三分天下,进口五金业是一个新兴商业行业,包括五金、钢铁、五金零件、玻璃等。当时,频繁出入上海口岸的外国轮船、先后来沪设立的外资工厂、国内在洋务运动中陆续兴办的军用和民用企业,都需要添配一些五金器材。这是原有的打铁铺、铜锡店所无法满足的。同治元年(1862),一个叫叶澄衷的镇海人在上海开设了一家五金商店——顺记洋杂货号。叶澄衷出身于浙江镇海的贫苦农家,少年时为谋生,经人荐至上海法租界某杂货铺习业。他经常在黄浦江上驾着舢板,向外轮兜售酒肉食品,换回一些船用的五金工具,之后就开始设摊经营五金器材和"吃食五金"(罐头食品)。一次偶然的机会,他结识了美孚洋行"大班",从此业务蒸蒸日上,开设多家顺记分号或联号,主要经销船上五金及洋油、洋烛、洋线团等日用洋货。仅几年时间,他便"拥资累巨万,名显海内"。

朱葆三去上海当学徒时,正是叶澄衷开办顺记号前一年。朱葆三,名佩珍,以字行,清道光二十八年(1848)出生,世藉浙江省黄岩。他3岁那年,父亲朱祥麟由大清绿营平湖县乍浦营都司升任定海营游击,于是举家迁居定海县城。1859年,太平军进攻浙江,定海一度形势吃紧,朱祥麟负责守城,将家眷迁至定海县东乡北蝉村,11岁的朱葆三每天早上从北蝉村赶往县城为父亲送饭,回家时在集市买回油盐酱醋等食用之物,徒步往返数十里。《中华民国史资料丛稿·人物传记》记载,他还曾在桃花岛胡柏房家放过牛。胡柏房的胡家是胡氏的一支,指的是定海桃花小竹山的胡家,过去曾是该地有名的殷实人家,为抗日战争前上海联安轮船公司总办胡馥君的先辈。

童年的生活磨炼,铸就了朱葆三吃苦耐劳、刚毅不屈的性格。朱葆三13岁时,父亲身患疾病,旷日持久的求医用药使家境日趋困苦。母亲方氏无奈之下托人把朱葆三带往上海学艺谋生。他离开家乡时,随身仅带一只旧竹箱和一套旧铺盖。

协记是家很小的吃食五金店铺。它是专门出售进口洋酒罐头食品兼营小五金器具的商店。在这里,朱葆三白天勤快学做生意,夜里练习珠算,攻读商业尺牍。这时期,上海滩上洋行势力已经壮大,倘若会几句"洋泾浜"式的英语,对与洋人做买卖大有益处,因此许多人去英语补习班学英语。朱葆三当学徒的"月规银"只有五块钱,缴不起补习英语的学费。他结识了邻近店铺的学徒,那学徒正在英语夜校学习。朱葆三就把每月的月规银都送给他作为辅导费,请他每天晚上传授从夜校学来的英语,一段时间后,朱葆三居然可以勉强应付生意场上与洋人的沟通了。3年后,他16岁,就当了账房和营业主任。他19岁那年,协记经理病故,店主见他为店里做成过几笔洋商生意,就叫他当了经理。这一当就是10年。这段时间,他通晓了经营"小五金"

业的一切门道,也结识了业界一些头面人物,加上长袖善舞,头脑聪敏,善交际,重信义,生意才能备受称道。协记盈利可观,朱葆三分得不少红利和额外酬金。

清光绪四年(1878),朱葆三30岁了。协记店主去世,因家中子女年幼无人继承,只得关店歇业,朱葆三萌发了自己开店的念头。他用历年积蓄,再拉一点股子凑成五千两规银的股本,在上海外滩新开河开了一个单开间门面的慎裕五金号。慎裕开业后,朱葆三请顾晴川当总账房。顾晴川就是后来的民国外交名流顾维钧的父亲。朱顾两人联手,不再专靠门售,又承接了大建筑包工头的批销。不到两三年,几千两银子的股本,做成了几十万两的买卖,这在上海滩简直成了新闻,朱葆三开始引起上海中外客商的注目。他干脆放弃了"小五金",改做进口钢铁、钢管等大型机械五金材料,也就是当时称为"大五金"的生意。几年下来,年营业额达到了数十万两。

这期间,他结识了叶澄衷。这时的叶已是上海滩宁波商人中的首富,继顺记后,又于清同治九年(1870)开设南顺记,专营美孚洋油,兼营五金、洋烛、洋线,同年又盘进德商可炽煤铁号,使之成为上海第一家专营进口钢铁的华商字号。6年后,他又新设新顺记,老顺记的分号已遍布汉口、九江、芜湖、镇江、烟台、天津、营口、宁波、温州等地。到光绪五年(1879)时叶氏各企业向老顺记总账房汇总的利润已达

30万两。叶澄衷对朱葆三这位老乡颇为照顾，让慎裕五金号移设于他置产的福州路与四川路口的一幢大厦内经营。

到光绪十六年（1890）时，朱葆三已是上海滩五金商业颇有名望的商人。就在这一年，他受邀担任了英商平和洋行的买办。

平和洋行是上海开埠后最早开设的外国洋行之一，总行在上海，天津、汉口设分行。初始阶段资金少得可怜，只是进口一些洋灯罩、煤油之类的商品，以换取中国的畜产品和农副产品，继而以低价收购毛皮，打包出口供西方人制作高档皮大衣。数年后，这个"皮包公司"不仅造起了办公大楼和仓库，还垄断了上海出口打包行业。至此，平和洋行和上海电车有限公司、中国肥皂有限公司、卜内门洋碱有限公司、亚细亚火油有限公司等一起并称为上海英商的"十大企业"。平和洋行大班也当上了上海公共租界工部局董事。

奇怪的是，朱葆三当了平和洋行买办后，并不到洋行办公，倒是洋行大班常常到他家里谈生意。他每年只去洋行一次，就是在圣诞节那天，他穿西服去向洋大班贺节。这也是他一年中唯——次穿西服，平时他总是蓝帽、黑褂、布鞋布袜，一身中式打扮。他也不住到租界去，他的住宅在华界斜桥，遇到紧急情况，他才去租界的女婿家住一阵子。

有些史料说平和洋行叫朱葆三去当买办，是因为朱葆三与上海知县袁树勋是莫逆之交。这并不准确，考证发现袁树勋是光绪十七年（1891）署理上海知县的，也就是在朱葆三做买办后的第二年，因此平和洋行不可能因为袁树勋而请朱葆三去当买办。不过，朱葆三当了买办以后不坐班，倒应该确实与袁树勋有关。

袁树勋当了几年上海知县后，到江西景德镇、天津当了一段时间的知府，此后又调任上海道台。

清代上海地方行政机构有道、府、县三级，道是清代上海地区最高一级的地方行政机构。上海道台又称苏松太道，其职责主要有五。一是监督苏、松、太两府一州的地方行政。由于上海县地处松江府境内，且道、县同城，县的行政事实上时刻处在道的监督之下，因此上海道台就近对县发号施令，直接参与地方治理。二是维持地方治安。上海道台虽是文官，但作为分巡道兼兵备道，有权节制地方都司、守备、千总、把总等绿营武职。清代上海县驻有江南提督本标右营所属营兵，上海道台在必要时可调动军队，维持地方治安。三是兼理海关事务，监收江海关的税钞。四是处理地方涉外事务。上海凡有涉外事件，下官照例禀报道台，由道台平行照会外国驻沪领事。租界外人如有事涉及华界，也通常由领事照会道台。五是从事洋务活动，最主要是主持清政府创办的最大的军事企业——江南机器制造总局。

朱葆三与袁树勋这么一位重要人物建立了密切关系，并将手下得力的财务总管顾晴川推荐至道台衙门，担任会计员。

当时,清政府责令各通商口岸将海关关税收入解交上海关道,由上海江海关道职司拨解庚子赔款。这笔款项数量巨大,朱葆三通过袁树勋身边的顾晴川,经手这笔在交付给上海口岸海关之前先由上海道库暂行保管的巨额赔款,分存到上海各银号及钱庄,听候拨解。于是,这笔钱也成了各个钱庄争相招徕的大买卖。袁上缴的利息以官利计算,按行市计,钱庄利息一般都高于官利,中间的差额自然归于袁树勋、顾晴川和朱葆三。至于把这笔钱存在哪个钱庄,袁树勋就听朱葆三的意见。于是,地处福州路的慎裕五金号每天从清晨起就高朋满座,那些钱庄"阿大先生"(经理)竞相等候朱葆三拆放头寸,朱葆三成了掌握上海各钱庄拆放大权的信贷评估人,使整个上海金融界人士为之侧目。

不但钱庄关注,连洋商也对朱葆三刮目相看了。上海滩的洋商,与钱庄也有着千丝万缕的关系。外国进出口商人将洋货运抵上海之后,一般都赊给中国商人出售,由钱庄打庄票居间作保。庄票实际上就是欠条,注明多少天之后由钱庄交付现款。内地商人凭庄票向外商洋行进货,待到货售出,即将现钱还与钱庄,洋行则委托外商在华设立的银行凭庄票向钱庄收款,然后再转给外国进出口商。

借此,朱葆三通过庚子赔款听候拨解期间的存贷业务,既与袁树勋、顾晴川共享其中的经济利益,又提高了自己在工商界和金融界的地位。朱葆三长袖善舞,善于协调各方面关系的特长得到充分展现。在这个过程中,朱葆三广泛结交各界人士,左右逢源,并不惜重金为同乡亲友做买办担保,或介绍、推荐、资助他们从事工商业,"乞荐牍者沓至,一无所拒",这些都为其之后的经商事业创造了得天独厚的优势。

也正因为有着如此的社会地位,朱葆三在外国人面前是很牛的,有"牛头朱葆三"之说。一次他去外滩英国领事馆。英领闻讯到大门口迎接,手一摊:"PLEASE!"朱葆三面无表情,双脚不动。英领改口用中文说:"请!"朱才入内落座。其实他是听得懂且会说英语的,但为中国人的事去和英人交涉时绝对不说英语。

四

在通商口岸上海,最早的买办,多出身于通事,如上文提到的定海人穆炳元,便是先当通事后当买办的。通事与买办有联系但不同,鸦片战争前的通事,由户部指定,是帮助洋行料理日常事务的,有时也兼负买办职责。五口通商后,中外贸易活动日趋频繁,通事与买办有了明显的区别,周庆云《南浔志》说:"与洋商交易通语言者,谓之通事,在洋行服务者,谓之买办"。通事和买办,此时皆成为士农工商之外的独立职业。但由通事转而成为买办者,到了此时已是凤毛麟角。李鸿章在《请设外国语言文字学馆折》中说："一,广东、宁波商伙子弟佻达游闲,别无转移执事之路者,辄以学习通事为逋逃薮;一,英法等国设立义学,招本地贫苦童稚,与之衣食而教肄之。市儿村竖,来历难知,无不染洋泾习气,亦无不传习彼教。此两种人,类皆资性蠢愚,心术卑鄙,货利声色之外不知其他。且其仅通洋语者十之八九,兼识洋字其十之一二。所识洋字,亦不过货名价目与俚浅文理。"搞洋务的李鸿章,骨子里仍是看不起通事的,所谓"资性蠢愚,心术卑鄙"之语并不能全信,不过通事的社会地位不高也确是事实。但买办就不同了,据《上海近代史》记载,两江总督沈葆桢的孙子沈昆山,湖北禁烟督办柯逢时的儿子柯纪文、福建知事胡琢之的儿子胡二梅、直隶总督李鸿章的乡友吴洞卿、山东巡抚孙宝琦的把兄弟王铭槐、甚至翰林院的编修江霞公等都成了买办。但当买办群体中人数最多的,还是通商口岸的华商。值得注意的是,也并不是每个中国商人都能充当买办的,必须是有一定社会地位,以自己的名义经商且与洋行以这种或那种方式保持着联系,还要通晓"洋泾浜英语",对中国商界非常熟悉并具有开拓业务能力的商人才能充任买办,特别是大买办。

朱葆三当买办前,已是新裕商行的老板,经营进出口生意,在上海五金业具有举足轻重的地位,他的创业经历足以证明他是上海商界的又一个奇人,所以平和洋行才能聘他为买办。而他当买办后建立起来的在官场的关系网,特别是与袁树勋的特殊关系,以及实际上由他掌控的庚子赔款存款业务,使洋行不得不对他另眼相看,甚至允许他不到洋行坐班。因为那时候买办的一个很重要职责是充当洋行司库,不但要经手金子、银子和铜币以及各通商口岸银圆的兑换业务,还要管理多种票据和汇票,帮助洋行实现资金流动。这就使买办不仅要代表洋行与官府交涉,还要与各银行、钱庄打交道。通过掌控庚子赔款的存款业务,朱葆三在这些方面已是如鱼得水,连洋行也不得不对他礼让三分。

在诸如《子夜》这样的小说中,买办是与民族资本家对立的,甚至是水火不相容的,但历史根本不可能是这样的泾渭分明:恰恰是买办,开了中国新式产业的风气之先。朱葆三当了买办后,陆续投资或参股创办金融业,如中国通商银行、浙江实业银行、浙江兴业银行、四明银行、中华银行、江南银行,还有华安保险公司、华兴水火保险公司、华成保险公司、华安合群人寿保险公司等;发展交通运输业,如宁绍轮船公司、长和轮船公司、永利轮船公司、永安轮船公司、舟山轮船公司、大达轮步公司以及法商东方航业公司等;发展公用事业,开设上海华商电车公司、定海电气公司、舟山电灯公司、上海内地自来水公司、汉口既济水电公司、广东自来水厂等;建造工矿企业,有上海绢丝厂、上海华商水泥公司、柳江煤矿公司、长兴煤矿公司、大有榨油厂、海州赣丰饼油厂、龙华造纸厂、日华绢丝厂、上海第一呢绒厂、中兴面粉厂、立大面粉厂、和兴铁厂、宁波和丰纱厂、同利机器纺织麻袋公司以及马来西亚吉邦橡胶公司等。其产业不仅遍布上海，还延伸到了定海、宁波、汉口、广州……甚至越洋过海，落在异国的土地上。朱葆三这种先当买办然后成为民族资本家的实业之路并非罕见，孙毓棠《中国近代工业史料》对中国 81 家早期民族资本工矿企业主要创办人的原有身份做了统计，买办及买办商人创办的企业有 29 家，占总数的 35%，远远高于一般商人、华侨商人、官僚地主、手工作坊主创办的企业数，雄居第一位。这是因为，买办最先了解西方现代的经营方式，具有当时大多数中国人所没有的开创力。

不仅如此，许多有买办经历的民族资本家都成为中国工商业群体中的代表人物。朱葆三是一位，另一位舟山老乡刘鸿生也是如此。刘鸿生创办企业前，亦是英资开滦煤矿的买办。当时开滦行销华中的煤，除了一些外国企业与开滦直接交易之外，其余都归刘鸿生独家经销。正是买办商业活动积累的大量资金，使他能够对民族工业企业进行投资，以致成为"火柴大王"和"企业大王"。还有定海人厉树雄，曾任意商华义银行第一任买办、英商会德丰公司买办，后来成为著名的纺织实业家。

这就是与以往我们所"熟知"的买办形象截然不同的历史上的定海康白度。

定海与香港，一根藤上两颗瓜

来 其

定海与香港，过去的渊源和如今的巧合，形成了一种十分奇特的历史现象。这种渊源和巧合究竟有没有千丝万缕的关联？我想是有的。

清乾隆五十八年（1793），英国派遣以马戛尔尼为全权特使的政府代表团对中国进行访问，使团舰队登岸的第一站选择了定海，这与多年前英国商人曾来定海经商有关。为了能够登陆定海，英使团耍了一个小小的计谋，骗过了广州地方官员。外国使团访问中国，按照惯例，要从广州上岸，呈上贡单副表，然后沿陆路上京，这是大清朝的规矩。但英使团这次来，到了广州却没将贡单副表呈上，其理由是：使船启程时贡品尚在备办，装运贡品的货船尚未开航，而且贡品繁多，由广州上岸走陆路恐怕会损坏贡品，因此贡品船已从外海驶向天津了。广州官方只得上奏朝廷，请示应对之策。乾隆因为误解英使团只是单纯来祝寿进贡表示顺从，龙心大悦下，特开恩准许英使团舰队从天津上岸进京，又准许他们在浙江、福建、江苏、山东等处近海港口停泊逗留。英使团一得到准许,马上就把第一站确定为定海。

清朝前期,中国和英国分别是东方和西方最强的国家。这时期,获得在定海的贸易特权是英国人的首要目标,这次访问,他们提出了增开舟山为通商口岸的要求,遭乾隆拒绝。过了 23 年,到嘉庆二十一年(1816),英国又派来了使团,这次的全权特使叫阿美士德,他的舰队在定海五奎山洋面停泊了好几个月,向清朝政府提出的要求中,依然有开放舟山一项。但这一次的期望同样也落空了。

海盗与商人一身而二任,是西方殖民者的本来面目。当几次外交努力均告失败,英国人便改变策略,想以武力侵略求得中国开放门户,鸦片战争便是这样爆发的。战争中,英国将定海作为首要占领目标,先后 2 次攻占了定海。

这场战争使定海与香港有了很紧密的关联。英军第一次从定海撤退,是以强行占领香港为前提的。英方代表义律单方面公布的以香港换舟山的《穿鼻条约》,不仅没有得到道光帝的批准,消息传到伦敦后,英国首相巴麦尊也暴跳如雷。在英国人眼里,最理想的是占据舟山,退而求其次才是香港。于是内阁会议决议:必须重新占领舟山。这样就有了英军第二次攻占定海的战役,六昼夜激战,三总兵战死。战后,英国宣布定海为自由贸易港。

道光二十二年正月初七(1842 年 2 月 16 日),距英军第二次占领定海 4 个多月后,英国驻华全权公使璞鼎查宣布定海为自由贸易港，规定对任何国家的任何船只，不收任何关税、港口税和其他捐税。这样一来，定海港商船云集，货栈遍地，美、法、荷兰、丹麦等国都来要求利益均沾，各国商船有的从香港转道，有的直接来自欧美，在舟山锚泊，装卸货物，补充淡水、食品。

6 个月后，中英两国签订《南京条约》。此后的历史书一直称此条约为近代中国第一个中外不平等条约。这个条约规定，舟山群岛仍归英军驻守，待赔款交清、五口开放后才予以交还。这样，从这时起到道光二十六年（1846），定海经历了 4 年多的自由贸易港时期。随着上海、宁波的开埠，中国对外贸易的重心开始转移，上海很快取代了广州的地位，上海、宁波、舟山成为外洋商船往来最频繁的地区，舟山则成为联络东南各通商口岸的中枢。但现在很少有人提及这段历史，因为开放一旦是被迫的，繁荣也成了一种耻辱，后来我们对于香港的繁荣，也是抱持这种复杂的心态。

这 4 年里，英国人虽然已占据了香港，但依然垂涎着舟山。一些英国政治家和商人预言"舟山不久将成为世界上最大的商业中心之一"，认为香港"无法与较北部的富庶诱人、有丰沛的人力资源且已进行了很好开发的舟山相比"，鼓噪尽一切努力，夺取舟山，甚至认为放弃已进行了大量投资的香港，以香港换舟山，也是合算的。直到退出定海前，英国人仍坚持以条约形式与清政府达成共识："英军退还舟山后,大清大皇帝永不以舟山等岛给他国。"人走了,心还惦记着。

鸦片战争是中国近代史的开端。战争期间,第一次定海之战使清朝的领土第一次被西方军队侵占;第二次定海之战则是整个鸦片战争中战斗最为激烈、中英双方伤亡最为惨重的一战。战后,舟山与香港同时被英国驻华公使、全权代表璞鼎查宣布为自由贸易港。定海与香港这种在历史上的特殊关系,在 1997 年香港回归之时,终于迎来再一次"历史性的交织"。

是时,浙江省系列庆祝活动的主会场放在新建的舟山鸦片战争遗址公园。对于这一庆祝活动,海内外几十家新闻媒体竞相报道,定海古城一时名声大振。

香港回归后成立特别行政区,第一任行政长官是定海人董建华。

董建华的父亲董浩云,是"世界七大船王"之一。他于 1912 年出生在定海,年幼时移居上海,长大后在天津创业,后至香港发展,曾拥有包括集装箱船、散装货船、油轮、高级豪华邮轮在内的各种船只百余艘,总载量达千万吨。因开创了中国航运史上的多项"第一",他被誉为"现代郑和"。例如,1947 年派出"天龙"号由上海开往法国,继郑和后再次跨越大洋;1969 年,名下船队加入国际班轮队伍,成为该组织第一个华资航运集团。他先后 2 次花巨资购买豪华邮轮,改装成浮在海上的流动大学。第一艘不幸毁于大火后,他再度购买一艘,改装后命名为"宇宙学府"。"在这所海上大学上学,整个世界便是学生的校园,这样就可以让学生放眼世界,获得更多的教益。"

　　董建华出生于1937年5月,是家中长子。1960年毕业于英国利物浦大学,取得海事工程理学士学位;随后旅居美国,先后在美国通用有限公司及家族公司任职。1969年返港参与家族集团生意,成为父亲的得力助手。1982年执掌家族企业东方海外,然而甫一接手,就碰上全球航运业不景气,东方海外一度陷入破产边缘。困难时刻他力挽狂澜,终于转亏为盈。从1996年到2005年,他当了两届香港特首,主政的这10年正值香港回归初期。香港回归仅仅一月,便遭遇亚洲金融风暴袭击,陷入历史上最严重的经济衰退。特区政府金融管理局及时入市干预,前后共动用了近千亿元港币资金,终于顶住了国际炒家的冲击。为使香港恢复经济活力,特区政府采取了诸多措施,内地也向香港敞开了庞大的市场。董建华任内还促成了"香港自由行"向内地居民开放,2004年香港共接待游客2180万人次,收入981亿元港币,其中,内地游客人数约有1250万人,消费占香港零售业总额的12%。该年香港经济增长率达到7.5%,表明香港已基本走出低迷,再现景气。次年3月10日,董建华因健康问题,向中央政府递交辞呈;3月12日,他以高票当选全国政协副主席,同日中央政府批准其辞职。董建华任上的作为,为他留下了作为"一国两制"首位实践者的历史影像。

继董建华之后,2017 年,香港回归 20 周年,又一位定海人林郑月娥,出任香港特别行政区第五任行政长官。

林郑月娥,百度百科介绍她出生于香港,但她不止一次在公开场合表明自己是舟山人。在 2015 年香港举行的甬港经济合作论坛上,她介绍自己母亲是宁波人,父亲是舟山人。她也曾在公开场合与舟山官员交流,表示只知道自己祖籍在浙江舟山定海,但因为祖辈很早离开舟山,加之父亲已经过世,所以祖居地具体的位置无法描述清楚。根据有关线索推测,林郑月娥祖居地应为现在的临城长峙岛附近,所以她也是定海老乡。

其实,定海与香港的缘分不浅,除了历史上定海被认为是与香港交换命运的城市,香港回归后两位特首是定海人,还有另外一件事值得关注:20 世纪 90 年代,邓小平提出"我们在内地还要造几个'香港'"时,舟山人也曾有过"再造香港梦",而这个梦想,在建设中国(浙江)自由贸易试验区舟山片区的今天,似乎趋近实现了。定海与香港,如同一根长藤上的两颗瓜,无论过去、现在还是未来,始终都紧密相连。

他最早提出海岛开通铁路

陈 瑶

　　古时,舟山海岛先民心中一直有一个类似天方夜谭般的梦想,那就是在海上架起一座连通陆地的长桥。如今,这个梦想变成了美丽的现实——气势磅礴的舟山跨海大桥联通了宁波和舟山,使舟山到宁波、杭州的交通变得非常便捷。在舟山开通铁路的梦想如今也开始照进现实,舟山首条铁路——甬舟铁路目前正在建设中,预计将于 2028 年开通。

　　可谁曾想到,早在 100 多年前,舟山的乡贤就已经提出了舟山"开通铁道"的设想。在当时远离大陆、交通闭塞的偏僻海岛,谁竟能有如此超前的眼光?

　　他的名字叫王亨彦,生于清咸丰九年(1859),卒于民国十九年(1930),字雅三,号寄翁,定海乡贤名儒,清光绪三十年(1904)岁贡生。

一

　　王亨彦曾经编写过一本《定海乡土教科书》。笔者在档案馆找到了这本发黄的线装书，书中有这位先贤提出"开通铁路"的文字记录。

该书第十六课"交通篇"记载："定海悬居海中，往来动由航路，行驶舟楫，惟由南道头达上海、宁波，设有轮舶，较为便利……渡海来城，船皆用帆，或阻风潮，不能自由。旅行者多病之。岱衢长涂地广人稠，日用品皆由城运往，其路线须历叉河、马岙诸庄，而至三江埠问津。山岭崎岖，跋涉尤艰，非有要举，相戒裹足，能于其间，开通铁道，济渡轮舟，既可获利，又普公益，是亦宜研究之问题也。"

这应该是最早提出要在舟山海岛"开通铁路"的文字记录了。

王亨彦提出舟山"开通铁道"，虽是一家之言，且是建议性的言语，但当时舟山因大海阻隔而交通不便、信息闭塞，能在海上行舟，已经是很不容易的事了，更何况通铁道。作为读书人的王亨彦，却大胆提出"开通铁道"的设想，还将其写进自己编撰的教科书中，给后人插上梦想的翅膀，其思虑之深远，着实让后人惊叹和佩服不已。

王亨彦把"开通铁道"之说写入书中，这也和当时的社会背景息息相关。清朝的戊戌变法虽然以失败告终，却是中国近代史上一次重要的政治改革，也是一次重要的思想启蒙运动，之前的洋务运动，以及后来的清末新政，都倡导学习西方，其中也包括交通方面的铁路修建。王亨彦是当时的乡贤名儒，关心时政、知晓国事，接受社会新思想、新事物比常人来得快，洞察世事能力更是胜人一筹。铁路就在这个时候进入他的视线。

经考证，王亨彦提出"开通铁道"的设想，其实是深受晚清风云人物、定海最后一位进士——王修植变法思想影响。

王修植和王亨彦年龄相仿，是舟山定海皋泄王家人，光绪十六年(1890)中进士，授翰林院庶吉士，任编修。当时，正是洋务思想与维新变革思想风起云涌之时，王修植是洋务思想的实践者，又积极倡导维新变革。入仕不久，王修植受李鸿章器重，在天津办北洋水师学堂，同时开设"北洋西学官书局"，以传播西学。

王修植深受康有为、梁启超、严复等人维新思想的影响，为维新变法奔走呼号，创办维新派报纸——《国闻报》。

他曾为光绪帝草拟变法奏章，提出开铁路、设邮局、裁绿营、立学堂、废科举、开发经济科技等共 12 条主张。光绪帝见"12 条"如获至宝，不顾西太后的阻挠，即降旨实行。朝中有识之士对"12 条"也是赞叹不已，称王修植为"识时俊杰"。由此足见，王在当时是不可多得的人才。

王亨彦和王修植是旧识，光绪八年(1882)，他们二人共同参与编修光绪《定海厅志》。根据光绪《定海厅志》重修职名记载，王修植负责总理，相当于现在的总纂，王亨彦负责采访记录、资料整理。当初，他们都是当地的秀才，只是后来王修植入仕为官,离开舟山,直到光绪二十八年(1902),王修植母亲病逝,他辞官返乡丁忧。回到家乡后,王修植想为乡亲做点好事,他首先想到的是教书育人,这和王亨彦的想法是一样的。他们都认为,想要民族新生、国家富强,唯有开启民智,兴办学堂。

是年,王修植禀陈定海厅署,将景行书院改建为定海厅立中学堂,这是舟山历史上最早按现代教育模式办的学校。受其影响,王亨彦也创办了马岙第一所小学堂,仅比王修植创办的定海厅立中学堂晚了4年。

两人同为乡贤,又曾为同行,思想和见解有很多共通之处。因此,王亨彦深受王修植变法思想影响,在书中提出"开通铁道",也是情理之中。

二

走进定海马岙光四村大池弄47号的王亨彦旧宅,眼前的这座古朴院落,尽显耕读人家的恬静与淡泊:简约的台墙门、精致的木窗花、爬满青藤的石墙,岁月的留痕,恍如在这里凝固。一条青石板铺就的道地,通向正堂,正堂即为王氏祖堂,原有堂匾"岵思堂",为王亨彦家族书房堂名。有如此文雅的堂名,便可知王氏家族乃书香门第,耕读藏书,文脉源远。

　　王亨彦所著《锐庐思痛记》载:"同治癸酉,先伯父亦瑞公,肄业杭州诂经精舍。其时山长为俞曲园樾。予检读先伯父课卷,俞曲园之批词。大小字俱作隶书。后家大人肄业上海求志书院,山长亦曲园氏……"从此段话可知,王亨彦的父亲和伯父都是读书人,其父曾就读于上海求志书院;其伯父王亦瑞,同治年间廪贡生,著有《周易后述二十卷》,曾就读于杭州诂经精舍,此两人都曾是清末著名学者俞樾的弟子。俞樾(1821—1907),自号曲园居士,浙江德清人,是清末著名学者、文学家、经学家、古文字学家、书法家,是现代诗人俞平伯的曾祖父,章太炎、吴昌硕、日本的井上陈政皆出其门下。俞樾与舟山亦有渊源,民国《定海县志》表九"游寓"载:"尝避洪杨乱携眷来定海。"也就是说,他曾来舟山海岛避难,但是具体时间,以及是否和王亨彦父亲及伯父有联络,志书上没有具体记载,但以师承之谊,王家应该与俞樾有比较密切的交集。

　　年轻时的王亨彦,也曾追求仕途。"学而优则仕"向来是学子奋斗的方向。寒窗苦读数年,光绪三十年(1904),他终于考取厅学贡生,然而,之后几次考举人却都未成功。于是,王亨彦放弃仕途,转而投身教育事业。

　　他在自己的家里办起了私塾,以教书育人为己任,教授、启蒙乡里子弟。当时,舟山海岛的马岙、小沙、长白、岱山等诸乡,甚至宁波,均有学生来其门下,接受知识的启蒙。

光绪三十一年(1905)，"废科举，改学制"之呼声高涨，定海厅学(学宫)停办，改书院为学堂。王亨彦顺应形势，将他办的家塾改称为"养正私小学"。不久之后，为了让更多的乡民子弟消除蒙昧、接受教育，王亨彦停办了家里的学堂，决心创办一所能惠及更多学生的学堂。他多方奔走，走访县衙、乡村大户人家，不遗余力筹措办学经费。在其不懈努力下，光绪三十二年(1906)，他利用马岙中峰庙旧崇文馆义塾原址，创办了马岙庄第一所小学堂，时称景陶乡区立第一小学校，以传新知。

三

　　除了教书育人、启蒙后学，王亨彦还是一位文史大家，他编修著书，造福后人。定海多部志书的编修，他都参与其中，先后参与编纂《定海厅志补校》《定海厅续志》《定海县续志》《定海县新志》等志书。

　　值得一提的是，他还编撰完成《普陀洛迦新志》。普陀山自清道光年间由秦耀曾、祝德风先后编过《普陀山志》和《普陀全胜》之后，至20世纪20年代，近百年间未再修志。当时法雨寺住持印光法师提出要为普陀山修志，他命法雨寺、普济寺2名退居的住持僧开如和了余具体筹划，并去函请定海县知事陶镛主持其事。山志的编修要找一位文字功底好的人,陶镛首先想到的是住在定海城里、名气很响的前清举人孙尔瓒。孙尔瓒则向陶镛竭力推荐马岙的王亨彦,认为他为人谨严,定能胜任编志工作。于是陶镛与开如、了余联系,委任王亨彦为山志编纂主任,另外聘请 3 人协助王亨彦搜集、考证资料,而山志最后的文字编纂全由王亨彦一个人在民国十七年(1928)独立完成。山志当时题名为《普陀洛迦山志》,民国二十三年(1934)修订后更名为《普陀洛迦新志》,由上海国光印书局铅印出版。全书共 12 卷,计 30 余万字。孙尔瓒赞扬这本山志:"材料翔实,考证精审……蔚然成巨观。"

如今,遗存的《定海乡土教科书》也所剩无几。该书于光绪三十三年(1907)由上海鸿文书局刊印出版。这是舟山现存的第一部乡土教材,汇集定海历史、地理、交通、气象、岛屿、图说等各类乡土知识。该书流传至今,仍然有重要借鉴作用和研究价值。此书总计 60 课,分上、下 2 册,用章节体编写,全书分历史、总述、厅治、村庄、东境悬山、东南境悬山、南境悬山、西南境悬山、西境悬山、西北境悬山、北境悬山、东北境悬山 12 章,每一章根据内容安排设 2 至 10 余小节。

时光荏苒,岁月悠悠,乡贤名儒,逝者如斯,唯有他们睿智的眼光和深邃的思想能穿越时空,一如他以超前眼光所提出的舟山应"开通铁道"之说,永远值得我们敬仰和学习。

定海最后一名进士

陈 瑶

拂去岁月的尘埃,走进位于毛洋周的王修植旧宅,眼前一切景物皆留存着 100 多年前的余味,斑驳的石墙、木制的门窗,青砖灰瓦,飞檐翘角,青石板铺就的道地;从墙门口起纵向有一条高出地面约 2 厘米,宽 2 米的"躺道",即所谓的"官道",通向正堂,正堂即为王氏祖堂,堂匾写有"树慈堂",有联"祀曲千秋报本源,家风一脉存忠厚""艰难堂构思光泽,师济冠棠启后贤"。整个大宅布局是典型的明清时期建筑风格,是一般官宦人家应有的规格。只是深处大山脚下的王家旧宅,更多了一份田园式的古雅宁静、悠然自得。大宅前曾是一片青翠的竹林,一扇精巧别致的月洞门连接着竹园与院落,月洞门向内延伸至廊房、花厅、官厅,里面 10 多间房错落有致地分布着,呈现出江南古宅独有的典雅韵味。

来之前,我一直寻思着王家先祖为什么要落脚于毛洋周? 毛洋本是周家族地,为何王家这一唯一的外姓,要在此造起这样一座园林般的大宅?

家谱没有记载,但先人的故事代代相传。当时 89 岁的周世泽老太公,是周家大族的族长,生于斯,长于斯。他说,王家原来也是穷苦人家,靠王修植的父亲贩卖茶叶、苔条等维持生计。早年,王修植学着和父亲一起卖茶叶,因修植幼年时便喜读书,过目成诵,在村里素有"才子"之称,但家境贫寒,无银两上京赶考,闲居寒室多年。光绪十三年(1887)族长四太公替修植卜了一卦,说其虽无半点财气而大运将临,2年后有功名之缘,必成大器。修植半信半疑,想眼前糊口都难何来此运。因父亲年迈,修植接替父亲贩卖茶叶,在四乡民众中购来零星散装茶叶百余斤,上杭贩销。因不懂经商之道,亏本亏力,流落街头。一日路过巡抚学馆,他见后门敞开,便轻声进内,隔窗望见二学生苦作文章,上前搭话。学生觉得修植颇有文采,恳请其代作诗文,愿出银两酬谢。修植拒谢,但同意代劳。第二天先生批阅文稿,顿觉大惊,知此文非学生所作,逼问事实后,禀报巡抚。先生知修植非一般人士,认为高师将临,留己何用,决意弃教回乡,先生和修植后来都被巡抚挽留。科举在即,巡抚希望四人勤奋苦学,上京赶考,一切费用全由其支付。光绪十六年(1890),唯修植考中庚寅科进士,后来也成为定海历史上最后一名进士。

据说,光绪年间,民间为表彰同族人考取举人以上功名,村人会在祠堂前竖起一柄旗杆,上挂写有得功名人姓名、名次的旗帜,以此光宗耀祖。周世泽老人说,原先周家祠堂前竖有一位武举人周凤言的旗杆。因王修植非周氏族人，不能在此竖旗杆，而王家先祖是从白泉田舍王迁移至毛洋周的，这一旗杆就竖在了田舍王的王氏宗祠前。所以，民间传有"翰林出在皋泄庄，旗杆竖在田舍王"一说。

原来，王家先祖皆以经营农耕商贩为生，生活窘困，迫于无奈，从白泉田舍王迁居，投靠毛洋周亲戚，从此便在毛洋周安定下来。想不到，王修植荣登进士，授翰林院庶吉士，任编修（正七品），后调任直隶道员，仕途一片光明。之后，自然有了毛洋周的王家大宅了，原第一道墙门挂匾"止至三房"，任何官员到此有"文下轿，武下马"之规，墙门虽已毁，但残垣断壁间依然能窥见当年王家显赫的门庭。

王修植所处的时代正是洋务思想与维新变革思想交织碰撞时期，他是洋务思想的实践者，同时又积极倡导维新变革。修植入仕不久，受李鸿章器重，在天津办水师学堂，又开设"北洋西学官书局"，传播西学。他深受康有为、梁启超、严复等人的维新思想影响，为维新变法奔走呼号，曾为光绪帝草拟变法奏章，提出开铁路、设邮局、裁绿营、立学堂、废科举、开发经济科技等 12 条主张。

王修植一生所做的最有影响力、最令人肃然起敬的事就是创办维新派报纸——《国闻报》。当时是洋人办报的天下，而在天津的街头首次出现了中国人自己办的报纸，由此产生的深远历史意义不言而喻。王修植在天津筹办水师学堂时，遇到了候补道台严复。严复（1854—1921），福建福州人，福州船政学堂第一届毕业生，后来留学英国，接受西方教育。严复在水师学堂担任洋文正教习，是在中国传播西方文明的先行者之一，竭力主张变法自强，因此与王修植志趣相投。两人创办了《国闻报》，修植任国闻报馆馆主，聘请杭州人、维新派人士夏曾佑任主笔，严复在《国闻报》增刊《国闻汇编》上发表了对赫胥黎《天演论》、斯宾塞《群学肄言》等著作的翻译，宣扬"物竞天择，适者生存"，呼吁人们变法自强，救亡图存。修植与康有为、严复、夏曾佑等重要人物交往密切，又颇得袁世凯器重。台湾历史学家丁中江《北洋军阀史话》载：王文辞敏捷，对新政研究有素。袁世凯为笼络人心，与王修植等人结成盟兄弟，时常与王修植"彻夜长谈"，王代其拟定小站练兵计划，帮助他完成了一次命运的转折。足见，王在当时既精通洋务，深谙西学，又才识不凡，思维敏捷，是不可多得的人才。

只可惜，维新派的星星之火，在短短的几个月后就被慈禧太后扑灭了。身处这样的时代，每个人对个人的、国家的前途命运，都无法掌握。世事弄人，当修植目睹了"百日维新"失败后的惨痛代价，经历了顽固派欲令《国闻报》停刊之风波，又察觉了朝廷的腐败无能之后，他意识到此前虽逃过一劫，但危险并没有过去，仕途险恶，政治争斗的背后，隐藏着的暗流与危机无法预测。深感前途迷茫的他，决定离开京城这个是非之地。光绪二十八年(1902),修植借口故乡的母亲病逝,辞官返乡丁忧。

对于修植的死因,史书没有确切记载,后世说法不同。一说是,戊戌变法失败后,修植奉命捉拿康有为,而他却有意放跑了康有为,后以"查无踪"复命。回家后,修植很是后怕,想到此祸将会殃及九族,于是一病不起,后有人请来一日本医生,给修植打了一针,不久修植便口鼻溢血,气绝身亡。家人曾怀疑医生是奉命杀人灭口,王修植是中毒而死,但结果被否定;另说是因极度紧张而引发心脏病致死,这点似乎更符合当时的历史背景。另据周世泽老人说,修植回乡后,遭同僚呈报荣禄,说:修植借机回乡,不肯替朝廷出力,国难当头贪生怕死。荣转奏慈禧,火速召其进京,传旨官放天津总兵,出兵抵抗八国联军。修植知确难担此重任,于光绪二十九年(1903)十一月在家中吞金自尽。据说,王修植死后葬于大洋岙山上。

可叹,45岁的才子奇人,在动荡的乱世中,连回归乡间,过安宁悠闲的田园生活也是一种奢望,来如流水逝如风,满腹才华的背后,其实早已埋下了悲情的种子。

卷二 东海云廊：廊上自做客，云中独为君

　　东海云廊全长25千米，是一条集生态旅游、文化体验为一体的城市空中绿道。轻雾朦胧时景色最为神奇，站在云廊上有飘飘欲仙之感。

风调雨顺

——东海云廊走笔之一

来 其

那次到都江堰,想到了"风调雨顺"这个词。这个坐落在成都平原西部岷江上的水利设施,根据江河出山口处特殊的地形、水脉、水势,因势利导,无坝引水,自流灌溉,使堤防、分水、泄洪、排沙、控流等功能相互依存,共为体系,成为治水的丰碑。

在定海历史上,缪燧就任定海知县的 22 年中也曾大修水利,修筑海塘 23 条,长度超过 13173 丈。这不仅使定海遇大风潮时海水不再漫溢,而且造就万余亩良田。临终之际,缪燧说他省察一生,"平生无他,但有'不欺'二字而已"。这"不欺",不欺君父,不欺子民,也不欺天地。而治水,就是最大的"不欺"。

风调雨顺,是老百姓对天地的最大期望,因为古时候,唯有风调雨顺才能五谷丰登,五谷丰登是农业社会的最美好愿景。所以寺门金刚,所执之物,也是风调雨顺,执剑者风也,执琵琶者调也,执伞者雨也,执蛇者顺也。无论是李冰修筑都江堰,还是缪燧修筑海塘,说到底都是为了风调雨顺,当天地不能风调雨顺时,通过人力干预达到天地人合一的境界。这种境界的当代版,就是定海的东海云廊。

一

　　说起东海云廊,不能不提 2019 年的"米娜"台风。定海地处亚热带海洋性季风气候带,三面环山,一面临海,长期以来饱受台风之苦,短时的强降雨会造成城区大面积内涝,"米娜"台风更使定海古城变成汪洋一片,损失惨重。痛定思痛,才有了五山水利工程。在环抱定海湾的五座山——东山、长岗山、擂鼓山、海山、竹山之上,建起总长 18.3 千米的截洪渠,其中包括箱涵 3.8 千米,引导山丘来水排入水库或大海;又在红卫、城北、虹桥 3 座水库之间建设分洪隧洞,疏导北片山丘洪水泄至虹桥水库;在城区 3 条主要河道上新建强排泵站,增设永久性地下压力涵管,实现洪水快速强排入海;还依托城市主要道路,重新铺设大断面箱涵与管道相结合的主干排水网络,配套推进老旧小区地下管网改造扩容,促进雨水收集、输送、排放的高效衔接。这些工程,简称为"上拦、西调、中提升、内循环"。五座山山体截洪渠建设时,形成了一条施工便道。后来在这条便道上植入生态、文化、科普景观和美食、演艺、文创、零售等业态,就成了"兼山海之胜,融文化之美"的东海云廊。

　　若往上追溯，东海云廊水利工程也是在还历史欠账。过去定海城内，河网密集，大街里弄与河相连，民居大宅沿河而筑，前街后河、埠头密集，是典型的江南水乡。直到近代，定海古城水系仍有东、中、西 3 支，总长 3600 米。城内河流出城后，与濠河和城郊水系贯通，城郊大河与海口相连，这套水系维持了城市活力，也使五山上的雨水畅通地流向大海。只是后来，城内的小水池和小河道在街巷改造中逐渐被填塞，水系网络支离破碎。这是古城狭小的空间无力承担城市发展负荷的结果。由此带来的种种症结，终于在五山水利工程中得到系统性解决："上拦"截洪渠可拦蓄七成左右山丘洪水；"中提升" 3 个强排泵站的加入，使得定海城区强排总流量可以达到每秒 72 立方米，强排能力提升 80％；"西调"工程在 24 小时内，可将一个城北水库的水量分流到虹桥水库；"内循环"则疏通城市排水的"毛细血管"，打通了城市排水末梢。

二

　　长岗山在定海城区东北侧，地理坐标是东经 122°06′15″，北纬 30°01′35″，处在正儿八经的北纬 30°，地处闽浙隆起带的东北端，为天台山向东北方向的延伸部分。山体大多是流纹岩、凝灰岩、石英斑岩，红壤和粗骨土。山上分布着落叶阔叶林、松木林和杉木林，桂花、柿树、香樟、古柏、枫香等古树挺立于山上,耸岩摩天,华盖如伞,古朴悠远。火龙岗如一条巨龙卧于长岗山上,从岗顶一直延伸到山脚下。由于有水库和溪涧流水陪衬,长岗山显得活泼、丰盈、秀丽。如镜的水面时而流云峰峦怪石倒映,时而微风荡起粼粼波光,水天一色。

在东海云廊长岗山段,有一把能容纳两人对坐的管涵座椅,一段箱涵结构展示廊,让人直观了解埋于地下的水利工程。箱涵是长岗山段截洪渠的一种结构形式。它的宽度超过5米,起始高度2米,并根据长岗山沿线水流不断汇聚逐渐增高,至红卫水库接口达到4米高左右。整段箱涵可蓄水3万立方米,犹如一座小型的"流动水库"。平时,可通过箱涵底部的涵管,对山体下方进行生态补水,滋润附近植被;遇强降雨时,可通过调节两侧启闭机,将上游来水引流至红卫水库。同时,箱涵还设有应急排水口,能实现应急排水功能。

全长7.8千米的长岗山段云廊,截洪渠有6.8千米,占五山截洪渠总长度的三分之一,其中箱涵3.8千米,整个工程中的箱涵都在这里,所以长岗山是五山水利工程的重点部位。"水利"也就成了这一段云廊的重要景观。山坳溪水汇流之处,以山石堆砌的水池平时作为涵养生态的小水体,汛期可拦截雨水并将其汇入截洪渠内,这些小水池像葛翁池一样被赋予民间传说。断崖处有一飞瀑从岗顶跌下,水流入一池,旋绕而落,又跌出一瀑,再入一池。据说古代有位拔贡,在此地咏过一首《东郊早春》,诗中有"岩阴海气接苍茫,露麦烟莎遍水乡"之句。站在石崖台上远观长岗飞瀑全貌,倒与诗人笔下景象有几分相似之处。有水便有亭,溪水从山间流淌而过,静坐"间涧亭",可闻溪水叮咚,鸟儿鸣啭。有一亭叫"樵夫亭",亭边同样有一池,古时长岗山村民以砍柴为生,渔樵耕读的情景便在池旁重现了。还有一亭叫"日照亭",亭下却不是水池而是两口古井,传说中这是龙眼井。还有一池叫"问渠",由原石叠垒而成,雕刻着朱熹的诗句:"问渠那得清如许,为有源头活水来。"微型水生态系统维持了水系的原有平衡,这便是活水的源头。

以水文化为母题,长岗山云廊创造出许多具有观赏性的场景。

长岗山云廊段有个留客广场,取名源于北宋著名词人柳永所作《留客住·偶登眺》。广场上有个留客亭,站在亭上,整个舟山市区一览无遗。当年柳永离开舟山时,在盐署墙上所作的《留客住》,其上阕正是眼下景象:偶然登高远望,倚靠着小小的栏杆,正值艳阳时节,天气刚刚放晴,到处都是繁花盛草。远处的山峰重峦叠嶂,云雾慢慢消散,海水缓缓涨潮,风平浪静,烟波浩渺。能看到烟雨中的村落院落、青翠的树木,能听到几声鸟儿的鸣叫。

柳永的"数声啼鸟"让云廊不能没有鸟馆,于是一座云廊鸟馆耸立而起。这是全省首家海洋鸟类科普展示馆。步入馆内,360度环幕映入眼帘,环幕上播放着五峙山列岛群鸟齐飞的壮观景象。在 AR 体验区,参观者能看到五峙山列岛的实时画面。开馆时,展示馆播放了全球首部中华凤头燕鸥纪录片。纪录片展现了"神鸟"迁徙来岛后,求偶、产卵、育雏及幼鸟练习飞行、成长的过程。自然,长岗山也有鸟儿,但云廊上的鸟馆和远处的五峙山鸟岛,真是绝配。现代人在这里听到的鸟啼,比柳永听到的,更远、更奇。由于不能上岛,人们对于五峙山列岛上鸟类的神秘生活,充满好奇却又无处探寻,总算可以在云廊得到一些弥补。

三

云廊东山段有块石刻,刻着定海当代文史大家金性尧《在山》诗句:"在山泉水本清幽,每听潺缓去复留。若道辞山能作泽,也应长自向低流。"还有拖雨潭,石头汀步加卵石铺装,亲水戏水体验感极佳,南宋定海进士薛寘描写定海风光有"白龙拖雨下山腰"之句。无论是金性尧的"每听潺缓去复留",还是薛寘的"白龙拖雨下山腰",都为水赋予了亲近、喜爱的感情,就像水与鸟相依相恋。

云廊东山段有一口"方圆井",那是利用施工过程中出现的渗水集中点挖掘的新水井。尽管山中的水源源不断,但一旦发现新水源,还得保护起来。五山水利工程原本是为治水患,但治水同样也要护水。高岭石溪,水池景观将活字印刷术融入设计中。活字印刷与水有何相干？水是流动的，或许，正是流动的水给了老祖宗以启示，才有了可以像水一样流动的"活字"字模。还有个"乾坤万象"水池，下沉环形阶梯上，将十天干、十二地支、四季、十二生肖、二十四节气以地刻形式展现。干支纪年是指中国传统纪年历法，自上古以来就一直使用。乾坤万象的含义，如水一样浩荡。

云廊上一切文化赋意，都源于五山水利工程，而五山水利，又源于台风来袭。于是就有了"台风印迹"水池，水池侧墙刻着5个对定海影响最大的台风：1979年8月24日的"Judy"；1998年9月19日的"TODD"；2019年10月1日的"米娜"；2021年7月25日的"烟花"；2022年9月14日的"梅花"。其实，影响舟山的台风又何止5个，自有气象数据以来，1954—2022年影响定海的台风有290个，年均4.2个，有5个台风登陆。

云廊长岗山截洪渠终点，也就是箱涵段的出口，有一个舟山古民居造型的门头，白墙黛瓦，飞檐翘角，两扇朱漆大门上，分别刻着"风调""雨顺"。此处景观就叫"风调雨顺"。姜太公撰《六韬》云："既而克殷，风调雨顺。"这个"殷"，对于五山水利工程来说，就是那台风天无处安放、直奔城池的山中水，"殷"既已克，古城一片洪泽地的情景不会再现，活水透迤且有归处。又平添了一处云雾缭绕、如梦似幻的云廊，行走其上，体验"廊上自做客，云中独为君"的境界，让人不免生出飘飘欲仙之感。

若问在舟山何处登高，去东海云廊无疑。

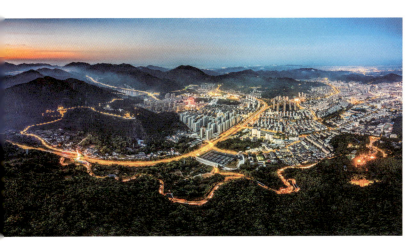

东海云廊夜景

　　夜幕下的东海云廊，华灯初上，像是守护者的眼睛，温柔地凝望蜿蜒的道路。

卷二　东海云廊：廊上自做客，云中独为君

弦歌铮鸣
——东海云廊走笔之二

来　其

所谓登高望远，奎光阁高 38.24 米，是一座 5 层 8 面的楼阁式塔状建筑，层层带有回廊，站在第五层回廊眺望，东海云廊擂鼓山巅的状元阁，长岗山上的文昌阁清晰可见。三阁弦歌铮鸣，奏响一曲文脉赓续之歌。

擂鼓山段的云廊入口在真武山。真武山有张信墓地。云廊入口，迎面可见一尊汉白玉张信雕像。

史载"博览群书，尤精《尚书》《毛诗》"的张信，英年早逝，留下诗文并不多。雕像立座上，刻着张信的《游梅岑》：

> 浮生寄丹壑，感慨兴我情。
>
> 文章岂足恃，所贵矢坚贞。
>
> 拂之蘅窦下，浩渺驾长鲸。
>
> 和风洒玉宇，清奏来瑶笙。
>
> 眷言梅子真，千古留其名。
>
> 愿共游仙侣，趣趾上蓬瀛。

梅岑即普陀山。公元 2 年,西汉儒生梅子真离开家乡九江郡寿春,隐入舟山的一座小岛,这座小岛因此被叫作梅岑山,后来才改称普陀山,如今山上的梅福庵和炼丹洞便是他留下的。

1999 年版《普陀洛迦山志》载:张信"入仕前尝游普陀,赋《游补陀》诗一首。"《游补陀》就是《游梅岑》。此山志也收录了《游补陀》,只是诗作内容多有不同。

张信,明洪武二十六年(1393)中解元,次年中进士甲戌科第一,旋即授翰林院修撰。既然是"入仕前尝游普陀",说明此诗写于 1393 年前后,从诗意看,最有可能是中解元或进士之后所作。

全诗中,最精彩的一句是"文章岂足恃,所贵矢坚贞"。此句,使人想起孔子的"所恃者心也,而心犹不足恃",值得依靠的是心灵,而心灵也有不可靠的时候呀。同样,文章虽会带来锦绣前程,但不足以作为一个人立身处世的依赖和倚仗,最可贵的还是像箭矢一样坚硬纯正的节操。张信一生,确如此诗所写,他的灵魂终究还是与梅子真相伴了,"眷言梅子真,千古留其名。愿共游仙侣,趣趾上蓬瀛。"一语成谶。细想起来,张信与梅子真,是有几分相似,只不过一个因逆鳞而死,一个因逆鳞而逃罢了。

离张信雕像不远,是一处观景平台,呈葫芦砚形,名"文笔春秋"。平台上,有一笔架,挂着一支硕大的毛笔;有一墨条，刻字"云汉为章"。"云汉为章"语出《诗·大雅·棫朴》"倬彼云汉，为章于天"，原意是赞美星汉灿烂，引申意才是指如银河般永恒的文章。平台对面，是呈卷轴造型的舟山院士墙。这样，笔、墨、纸、砚俱全，俨然是定海古城外的又一处"文房四宝园"。若以吴莱"挟山作书镇，分海为砚池"来形容这一景观，倒也贴切。元泰定元年（1324），学者吴莱，走出隐居的浦江吴莱峰，在舟山群岛游历 50 天，写下了《甬东山水古迹记》。现在有些文章都说此佳句出自吴莱《甬东山水古迹记》。但我查阅明天启《舟山志》所载吴莱的《甬东山水古迹记》，并无此句，倒是在吴莱《望马秦桃花诸山羡门安期生隐处》一诗中查到了。但不管怎样，"挟山作书镇，分海为砚池"确实是大气魄，让山来作书镇，让海来作砚池，书写的必然是一篇天地大文章。

在舟山文脉历代传承中，弦歌铮鸣的不是只有张信。在云廊上，我们常常会与古人不期而遇，有的是塑像，有的只是石刻上的一句诗。一石立于路边，上刻一句诗："灯火书声听彻宵，解元桥接状元桥。"此诗句出自清乾隆五十五年（1790）定海进士陈庆槐的《舟山竹枝词》。陈庆槐致仕时不到 40 岁，未几便绝意仕进，居家创作。《舟山竹枝词》是组诗，有近 20 首，用舟山 20 个地名、10 多种物名和 10 多种风俗巧妙联成。他的诗属民歌体，不讲求格调韵律，但俚而不俗，又自出机杼，语工意新。韩伟表《舟山乡土语文读本》

选入了 2 首,我觉得这 2 首确实是《舟山竹枝词》中写得较好的 2 首:

面条鱼细墨鱼鲜,鲞酱螺羹上酒筵。
橄榄村中贩虾米,桃花山下种蛏田。

百尺灯檠缀九华,万竿旗帜绕千家。
纸糊皂隶驱囚走,青府赛神如放衙。

第一首大家都看得懂,第二首需稍作解释,写的是海岛的迎神风俗。相比之下,我更喜欢第一首,诗中嵌入 6 种海产品:面条鱼、墨鱼(乌贼)、鲞酱、螺羹、虾米,蛏子。其中"鲞酱",就是用雌鲞腹中卵子所制的,也就是鲞鱼子酱。《舟山竹枝词》最大特点是贴近世俗生活,所以陈庆槐绝不是一个读死书的进士。既然云廊擂鼓山段主题是"崇文重教",那么教育孩子不要死读书正是要点。今人读《舟山竹枝词》,不应只去欣赏陈庆槐的诗艺,而应透过《舟山竹枝词》,去了解清嘉庆年间岛民生活的情景。

与竹枝词石刻相对应的,是擂鼓山云廊的另一块石刻:"多少诗中老名士,因君不敢小舟山。"这是刘运坊的《〈借树山房诗钞〉题词》中的 2 句。《借树山房诗钞》是陈庆槐的诗集,共 8 卷。刘运坊此 2 句诗前还有 2 句:"君从日下袖诗还，我读题词一解颜。""君从日下"一句，说的是陈庆槐诗人本色，风度潇洒不凡；"一解颜"一句，则说作者与之心意相通，快乐莫名。刘运坊也是文人，惺惺相惜之情溢于言表。

云廊上，还有一组古今"七文人"雕像。他们是柳永、厉志、一山一宁、黄式三、黄以周、金性尧、陈平（三毛）。

2022 年 12 月我受命主持定海文联的定海历史人文资源活化利用课题，完成《定海历史人文资源汇编》，当时经课题组讨论，形成过一份《定海历史上十大文化名人》文稿。雕像"七文人"，都在这"十大文化名人"中。

柳永（约 984—约 1053），北宋著名词人，婉约派代表人物，福建崇安（今武夷山市）人，北宋景祐元年（1034）进士。后因惹怒宋仁宗而被放落到定海任盐场盐监，当时定海未设县治。柳永所作《煮海歌》反映盐民生活之艰辛。因为这《煮海歌》，柳永又被流放到襄阳。离去前，在盐署墙上作《留客住》，其末句称："盈盈泪眼，望仙乡，隐隐断霞残照。"

厉志（1804—1861[①]），定海富都乡人、诸生、工诗，善书画，著名书画家、诗人。其诗天然去雕饰，有《白华山人诗钞》18 卷行世。山水兰竹，含李檀园逸趣。行草"捉管疾扫，全以神行，故无不妙"。厉志中年书画益精，每吮毫濡墨，再四踟蹰，落笔后如飘风急雨之骤至，顷刻满纸有兔起鹘落之势，

---

① 一说是 1783—1843 年。

得之者珍如拱璧。与镇海姚燮、临海傅濂并称"浙东三海"。

一山一宁(1247—1317)俗称胡,号一山,法名一宁,台州临海人,临济宗杨岐派九世法裔,宋末元初高僧。元至元十六年(1279),他开法于昌国祖印寺,至元二十六年(1289)移住普陀山宝陀寺。大德三年(1299)任江浙释教总统,敕封"妙慈弘济大师",奉诏赍国书,东渡日本。一山居日本20年,在镰仓、京都等地传授禅宗学说,开创了"一山派禅学",元初因"弘安之役""文水之役"而中断的日中邦交得以恢复。

黄式三(1789—1862)、黄以周(1828—1899),定海紫微人,中国近代学术名家。父子俩著作等身,现藏于国家图书馆、天一阁藏书楼等的著作刊印本和手稿尚有38种,500余万字。这些著作在经学、史学和子学领域皆有创造性成果,其中经学中的礼学,集2000年来礼学研究之大成,尤为清末民初的国学大师章太炎、梁启超等所推崇与钦佩。《清史稿》称赞他们"博综群经""博文约礼,实事求是,道高而不立门户"。

金性尧(1916—2007),笔名文载道,定海城关人,当代古典文学家、一代文史大家,著有《金性尧全集》13卷。其《唐诗三百首新注》,被视为"近百种《唐诗三百首》注释本中颇具权威、最有影响的注本之一",累计印数达300万册。其《风土小记》有多篇记叙家乡之文,1997年,《乡土小记》重印后记中记有"乡情乡心,也确与生命相终始"之语。

陈平(1943—1991)笔名三毛,祖籍定海小沙,出生于重庆,居住海外18年,曾游历50多个国家和地区,后返回台湾。1973年开始以"三毛"笔名发表散文,著有《撒哈拉的故事》《雨季不再来》《稻草人手记》《哭泣的骆驼》等14部散文集,是位在华文世界撼动亿万读者的作家,其作品风靡程度,可用"三毛热"来形容。1989年4月她首次回大陆家乡探亲、祭祖。2016年起,定海设全球华人散文奖"三毛散文奖",每2年举办一届。

文脉传承,需要一代代文人前赴后继。弦歌铮鸣才能赓续文脉。

张信雕像

　　东海云廊真武山段入口处，晚霞余光中，一座手持书卷、身着官服的张信石刻雕像，正目眺东海，举手投足间皆是硬气。

状元阁

屹立于东海云廊擂鼓山巅的状元阁，缥缈在云雾中，仿佛一座天上的仙宫，在霞光映照下，熠熠生辉。

气节如虹

——东海云廊走笔之三

来　其

从东海云廊 21 号入口进去，沿山坡慢行，很快到了竹山门。这是云廊的最后一段，长约 2.8 千米，名为"不能不走的英雄路"，突出的是定海在近代历史上激荡起的如虹的气节。

一

"那六天洒流五千英雄血，这一仗打痛每颗中国心。"这是舟山鸦片战争遗址公园入口处牌坊上的一副对联。

这一仗，说的是 1841 年 9 月 26 日爆发的鸦片战争第二次定海保卫战。

这一仗，为何打痛每颗中国心？因为这不但是一段惨痛屈辱的历史，更是一段英勇壮烈的历史。

但要说"这一仗"，还得从鸦片战争首战说起。

鸦片战争中，中国第一座失陷的城市是定海。

1840 年 6 月 21 日，自印度开来的英国远征军抵达中国。英军根据英国政府的训令，于 22 日和 23 日北上，直抵舟山。定海知县姚怀祥严词拒绝了英军提出的开城投降要求，鸦片战争首战便在 7 月 5 日下午 2 时打响。

此时定海城守军兵力薄弱，而入侵英军则船坚炮利。炮战 9 分钟以后，守军已无还击之力，总兵张朝发左股受伤，中弹落水。英陆军在舰炮的掩护下，抢占了定海道头和东岳山炮台。次日清晨，英军从东门梯城而入，定海城被攻破，英国米字旗插在了定海县城东大门的城门上。

鸦片战争中，英军侵占定海，是想扼住中国南北的海上交通咽喉，给清政府以巨大的震动，迫使清政府早日投降和屈服。由于双方兵力悬殊，战斗确如英军所料迅速结束。这是清朝统治者在中国近代史上第一次丧师失地的败仗。

回顾这段历史，我们既读到了屈辱，也读到了忠勇。

水师总兵张朝发受伤落水后，知县姚怀祥上城头指挥抗敌。城破后，他撤至北门外成仁祠、同归域处，脱下衣冠掷给随从："我不能保守兹土，死且有罪！"又脱下身上布衫与所戴眼镜，交给胞弟姚怀铨，托其转交给家属，然后投梵宫池自尽成仁。

与姚怀祥合称"定海双忠"的县衙典史全福，在定海城被攻陷后，独自端坐县衙大堂之上。待英军冲入县衙，他拔出腰刀，拍案大骂："我大清国典史在此，怎容得你等小丑！"

舞刀冲上，砍死一名英兵。英军一拥而上，把全福刺死。诗人吴嵊在《海氛纪事》诗中，以"攻城顿使千夫溃，骂贼先闻一尉亡"赞颂其以一小小典史之身份，谱写出一曲正气凛然的民族忠魂之歌。

什么叫勇者无惧，什么叫义薄云天，什么叫气节操守，姚怀祥和全福之死，就是一种诠释。

二

这样的气魄，在1841年9月26日爆发的鸦片战争第二次定海保卫战中，彰显得更加轰轰烈烈。

1841年，钦差大臣琦善与英国侵华全权代表义律商量拟订停战和约，义律提出以舟山换香港的条件，未得到琦善同意，但义律竟单方面宣称和约成立。对此草约，中英双方政府均不满意，最后都没批准。义律遭撤职，被召回；琦善被革职，遭发配。道光帝下令对英宣战，英国内阁会议决定：必须重新占领舟山。

此前，根据义律与琦善在广州的谈判结果，占领定海的英军于1841年2月25日撤离。定海镇总兵葛云飞、处州总兵郑国鸿、寿春总兵王锡朋，率兵三千接收了失守半年多的定海。

三总兵会聚定海后，筑土城、炮台及围城；调拨火炮、改造战船、增加兵力。此时定海的防御体系比第一次定海之战时已有了明显提升，兵力增至 5800 人，但从近代战争的角度看仍有不少缺陷。

为此，葛云飞建议："塞竹山海口，添筑西路晓峰岭、南路五奎山暨毛港、虎头颈诸炮台。"但被钦差大臣裕谦以"财力不逮"而拒绝。葛云飞总兵等提出预支自己的 3 年俸禄，以建造防御工事，也遭到婉拒。

进攻舟山群岛的是英军舰队主力，有军舰 6 艘，测量船 1 艘，武装汽船 4 艘，运输船 19 艘，载运 3 个团陆军。

战斗自 9 月 26 日打响，一直持续到 10 月 1 日。葛云飞、王锡朋、郑国鸿率兵分别把守东岳山、晓峰岭、竹山门与敌血战，5 天中敌人反复进攻都没得手。到了第六天早晨，英军倾巢出动，分 3 路展开全线进攻。清军拼死抵抗，当炮膛全部打红，无法装填火药时，就与英军展开肉搏战，3 位总兵都是在这最后的战斗中殉难的。

战至最后，葛云飞全身负伤 40 多处，仍奋勇杀敌。最后他被枪弹击中左眼，又被英军劈开面孔，鲜血淋漓，从土城上跌下，英勇捐躯。

战至最后，王锡朋左冲右突，杀敌多人，不幸被英军炮火打断一腿，壮烈殉国。

战至最后，郑国鸿率兵把守的阵地上，炮弹如雨点般落下，爆炸声中，郑国鸿倒在了血泊之中。

是役,5800 名清军,大部殉难,阵地上血流成河。

是役,是鸦片战争中敌我双方参战人数最多,规模最大,交火时间最长,伤亡最惨重的战斗。

葛云飞生前,执有"昭勇""成忠"2 把宝刀,自赋《宝刀歌》:"快逾风,亮夺雪,恨斩佞人头,渴饮仇人血。有时上马杀贼贼胆裂,灭此朝食气烈烈。蹉吁乎,男儿自处一片心肠热!"战死之前,他朝北拜天自语:"臣力竭矣,崎岖海外七月余,不能为国灭贼,死不足塞责!"

人杰地灵的江南,不仅只是"富庶甲于天下"的经商地,更是防御外敌、抗击侵略的主战场;不仅只有杏花微雨、侬软细语,更有英雄战歌、壮士情怀。

三

因为有这么一段历史故事,东海云廊竹山段的重要景点自然是占地 10 余公顷的舟山鸦片战争遗址公园,包括舟山鸦片战争纪念馆、三忠祠、百将碑等。云廊绿道上的许多小景观都是围绕这一景点而设置的。截洪渠立面上的一幅灰雕"海战图",再现了鸦片战争第一次定海保卫战的场景。一个花坛上的架子上面挂着一口钟,名"警钟长鸣",下面写有"1840—1997";一处跌水景观,泉水分 3 节层层跌落,溅起朵朵水花,称为"三节源",它的寓意出自一则典故:三总兵壮烈牺牲后，道光帝挥泪下诏，赐三人"壮节""刚节""忠节"称号。晓峰岭东坡，筑有一泉，名"可风"；掘一井，称"忠荩"，是因咸丰帝曾追赐葛云飞"忠荩可风"。

绿道往晓峰岭方向，有"竹山惊涛"观景平台，这是竹山段全线最佳的观海、观城点。平台中央有2棵树根连着根，叫"襟袍树"。树旁立一石碑，上写："取自诗经《诗经·秦风·无衣》，同袍同泽，偕作偕行，两树相依相靠，如将士民众同袍同泽之情，故称襟袍树。"

《秦风·无衣》是一首同仇敌忾的战歌，全诗用重章叠句的形式反复咏唱："岂曰无衣？与子同袍。王于兴师，修我戈矛，与子同仇！岂曰无衣？与子同泽。王于兴师，修我矛戟，与子偕作！岂曰无衣？与子同裳。王于兴师，修我甲兵，与子偕行！"诗中，"袍"指长衣，闻一多说："行军者日以当衣，夜以当被。""泽"通"襗"，为贴身内衣。"裳"为下衣，此处指战裙。旧时军人相互称之为"同袍"，也称相互间的友谊为"袍泽之谊"。连内衣都能同穿，这情谊已深入到骨髓了。若称此树为"袍泽树"则更为贴切。

连自然生长的2棵树，都有慷慨激昂的英雄气概。

三忠祠

　　位于竹山公园晓峰岭南岗墩,为纪念曾在鸦片战争中浴血奋战,最后壮烈牺牲的"定海三总兵"——葛云飞、王锡朋、郑国鸿而建。

遗址公园是个文化精品

来　其

东海云廊竹山段，连接着舟山鸦片战争遗址公园。

公园已建成多年，哪怕以今天的眼光来看，它仍然是个文化精品。

公园入口处，4 根高低不一、斑驳陆离的断柱，极具震撼力。它让人感受到了鸦片战争带来的创伤和耻辱，也让人感受到了定海军民抗击外敌、以死相搏的浩然正气。

任何时期，侵占他国领土的行为都该受到谴责，不管他们有多么冠冕堂皇的理由。而保家卫国者都该受到尊重，不管他的力量看起来有多么弱小。"强权即真理"是野蛮时代的产物，自有铮铮铁骨者捍卫正义。这断柱，就是正义的化身。

断柱是遗址公园的灵魂，也是遗址公园的图腾。

它的设计者为设计此图腾曾十易其稿。

最初的设计是用金属材料制作一座朱雀雕塑。

朱雀与青龙、白虎、玄武，合称我国古代神话故事里的四大神兽。神话中的朱雀，有着鹰一般犀利的眼睛、尖锐的喙，身姿既挺拔又健硕，浑身赤红色，似一直有火焰在燃烧。它象征着威严与庄重，经常被用作一些比较庄严与气派的建筑物的名称，又常常被印刻在墓室中，让它守护逝者，让其灵魂得到安息。因此，将朱雀雕塑置于遗址公园广场，也是合适的。

但断柱更是"神来之笔"。当中的柱子高高耸立，象征着民族气节高于一切；旁边 3 根残缺的柱子，象征着抗敌捐躯的 3 位总兵。柱身斑驳，像是经受过战火硝烟的洗礼。这断柱，使人尚未进园，就感受到了悲壮的情怀。

朱雀雕塑切合中华文化之传统，断柱艺术更是石破天惊的。在公园开放这 20 多年里，我陪外地作家参观鸦片战争纪念公园后，不少人印象深刻的就是这断柱，他们文章中写到最多的也是这断柱。

断柱其实有一种残缺之美。哥窑中的冰裂纹，是极典型的化腐朽为神奇的残缺之美。但我更愿意把它比作圆明园废墟，那里一处处断壁残垣，同样承载着一段屈辱的岁月。

公园入口，一座牌坊的 4 根柱子上，有 2 副对联。其中一副是用楷书写的，经 20 多年时间检验，可以说是公园众多对联中的精品，因为唯有这副对联，被广泛引用，甚至无数次被用作文章标题：

那六天洒流五千人英雄血　这一仗打痛每一颗中国心

这副对联被广泛引用的原因,就在于下联中"打痛每一颗中国心",对应上联中"洒流五千人英雄血",实质上就是讲透了定海保卫战在鸦片战争中的历史地位。近代中国人自此一战才痛心彻骨,世道人心由此才会有一系列变故。如果说断柱的含义还需细细品味,那么这对联就是直击人心的。

进了公园,向山上走去,一块照壁上,榜书"忠烈齐仰",拾级而上时便有了高山仰止的感觉。若从山顶向下俯望,则可见"正气至大"牌额。这又是一组巧妙的组合。我们说这座公园能成为文化精品,少不了公园里的一些文字,这些文字都经细细打磨,简洁又蕴含着深刻的思想内涵。

登山路上有"百将题碑"。公祭三总兵时,已有32位共和国将军的题词被镌刻在黑色的花岗岩上。到如今,题碑总数已有72块。

这"百将题碑"并未列入1996年6月的公园规划方案。1996年夏天,一位将军来舟山,闻知建园消息,认为这公园能成为国防教育基地。时任舟山市委副书记的姚德隆一听,提出了设立百将题碑的设想。这位将军颔首称好。后来,此事在舟山籍将军乐时鸣的全力支持下,包括张震、迟浩田、曹思明在内的32名将军参与题词,一开园就刻在了每座高1.8米、宽1.1米的黑色花岗岩碑上。

沿陡峭台阶上行,一座用青石砌成的四角亭傲然立于山脊上,所谓"园区寥廓,高悬海天胜景;亭角峥嵘,齐仰忠烈英风"。此亭,名曰傲骨亭。亭旁有碑文,名曰《傲骨亭记》,由舟山诗人方牧撰写。亭记中最精彩的文字,是最后几句:

> 夫人之有骨,犹山之有脊,国之有梁。人无傲骨,无以立世;山无伟脊,无以顶天;国无华梁,无以图存。文山誉天地之正气,鲁迅称中国之脊梁,宜乎傲骨之有亭也!

此段文字,读之令人血脉偾张。回顾舟山历史,先有状元张信,因不畏皇权、刚正不阿而死,被誉为"文人之风骨";后有三总兵及部下五千人,面对强敌无一变节投降,可谓"武人之傲骨"。两者反抗对象虽然不同,但都体现了不畏强暴、以弱抗强的精神,从而成为砥砺民族之风骨,挺立天地间之傲骨。

从断柱、牌坊名联、照壁题字、百将题碑,一路铺排,层层推进,一直到傲骨亭,原来说的皆是气节,因气节而悲壮激烈。

中国人自古讲仁、义、礼、智、信,也讲气节。这是一个重要的组合,前者讲的是道德理想的内容,后者讲的是对这些道德理想的坚守。从某种意义上说,后者比前者更加重要。因为后者是知行全一、笃行致远的一种体现，而世上有太多的知而不行、行而不坚，所以气节尤其可贵。

虽然就整座舟山鸦片战争遗址公园的"文化大戏"而言，这些不过是序曲，却早已直入精髓，先声夺人。

1840 广场

　　东海云廊竹山段有机融合鸦片战争的历史元素,细细体会,你会觉得这是一条不能不走,可歌可泣的英雄路。

云廊竹山段"年代记"

来 其

离竹山段云廊入口不远处,有一段路,路面用蓝字白字标记了一些年代大事。人走上去,仿佛徜徉在历史的长河里。

1687 年诏改"舟山"为"定海";1698 年浙海关移关定海;1700 年英国东印度公司定海事务所设立;1757 年定海海关闭关;1793 年英使访华抵定海。

1840 年鸦片战争爆发,定海沦陷;1841 年鸦片战争第二次定海保卫战;1842 年中英《南京条约》签订,条约约定"惟有定海县之舟山海岛……仍归英兵暂为驻守";1846 年中英《退还舟山条约》签订,条约约定"英国退还舟山后,大清大皇帝永不以舟山等岛给予他国""舟山等岛若受他国侵伐,大英王上应为保护无虞"。

1997 年香港回归,舟山公祭三总兵,鸦片战争纪念馆开馆;2011 年设立浙江舟山群岛新区;2017 年国务院批准设立中国(浙江)自由贸易试验区舟山片区。

············

这里记载的,是定海从 1687 年到 2017 年间 330 年的历史。

历史是有因果的,事件与事件之间,有着逻辑关系。

这里需要特别细说的是 1687 年至 1840 年鸦片战争定海沦陷前的一段历史。

一

有清一代,尤其是康熙二十三年(1684)清政府颁布"禁海令"至嘉庆二十一年(1816)阿美士德访华团抵达中国这段时间,在这一个多世纪中,舟山的对外开放有三个关键点。

第一个关键点是康熙三十七年(1698),清政府将浙海关迁移到定海,并在定海建起海关监督衙署和"红毛馆"。在这前后,中英舟山贸易虽有波折但总体呈发展趋势。

第二个关键点是乾隆二十二年(1757),乾隆下令禁绝舟山口岸中英通商,自此之后,虽有英国商人违制前来舟山交易,但都未能成功,中英舟山贸易一下子停摆了,由此也引发英国政府一系列外交努力。

第三个关键点是乾隆五十八年(1793),马戛尔尼访华使团登陆中国大陆,首站选择舟山。"最重要的目标,即获取在广州之北各埠贸易之特许",而在"广州之北各埠"中,英国使团首选地为舟山,但这些要求都被清政府拒绝,英国政府通过和平谈判求得中英通商贸易的政策受到一次严重挫折。

那时候，舟山由于独特的地域优势，受到了当时世界顶尖强国之一——英国的高度关注，成为他们梦寐以求的中英贸易港口和自由贸易区。由于两个国家制度不同和文明差异，英国人以贸易方式获得中国门户开放的努力最终以失败告终，而舟山也失去一次对外开放的机会。

二

舟山引起英国人的关注，最早是在 1637 年。该年 6 月，英国国王查理一世派遣东印度公司主任威德尔率 5 艘商船来华，威德尔选择的登陆点之一就是舟山群岛。但英国船队 8 月要求在广州进行贸易的要求遭拒绝，9 月英方强行进入广州购买一批中国商品后，换得广州政府的一纸声明："红夷今日误入，姑从宽政，日后不许再来。"威德尔欲北上舟山自然无法成行。1683 年，英国人开始涉足舟山。这一年，舟山洋面上开始出现英国商船。1684—1685 年间，清政府设立粤海关、闽海关、浙海关、江海关等 4 个海关，海关正式成为清政府管理对外贸易的官方机构。此后，来舟山进行贸易的英国商船更加频繁。1698 年，清政府将浙海关由宁波迁移到定海，并在定海建起海关监督衙署和"红毛馆"。

在中英舟山贸易中，英国东印度公司扮演着极其重要的角色。东印度公司从创立的 17 世纪初叶起，便主导了英国对远东的贸易，直至 1834 年公司对华贸易垄断权被终止。其间英中两国进行贸易的历史，实际上就是英国东印度公司开展对华贸易的历史。根据中外史料记载，英国东印度公司对舟山的贸易主要集中在 1700—1736 年和 1755—1757 年这 2 个时间段上。

三

1700 年，英国东印度公司在舟山建立管理会，派遣商务监督驻居定海，设立事务所，负责管理英国商人在浙江的贸易事务，把舟山作为开展对华贸易的重要基地。

根据马士所著的《东印度公司对华贸易编年史（1635—1834）》，这一年东印度公司派出"萨拉号""中国商人号""麦士里菲尔德号""联合号""罗伯特与纳撒尼尔号"等 5 艘商船前往舟山，所携带的资金总计达 172854 英镑，而同年派赴厦门的只有"海王星号"商船，所携资金为 36486 英镑；派往广州的也只有"海津号"和"日出号"，所携资金合计 46867 英镑。赴舟山采购所携带的资金远远超过广州和厦门。

但是，这种盛况并未持续很久，英国商船来舟山进行贸易的次数逐年减少，在 1736 年以后甚至没有一艘英国商船来舟山开展贸易的记录。

导致这种情况发生的最主要原因是定海没能建立起比较繁荣的交易市场。定海设海关后，英国商船开始就近在定海经商，"故定海亦有市廛，互相交易"，但起初几年，货物未能在定海囤积，必得装运至宁波，所以定海的商铺寥寥无几，不及宁波的十分之三四。也就是说，只有货运码头，没有贸易自由区，市场仍不是很繁荣。

然而，这并不代表英国人放弃了对舟山这个贸易良港的渴望，他们时时刻刻在寻求机会重新回到舟山。

四

1753 年，英国东印度公司决定重新开展对宁波和舟山的贸易，一方面希望再次在长三角区域开辟更大的市场，另一方面由于长期在广州开展贸易，经常受到粤海关的敲诈勒索，于是东印度公司开始寻觅其他贸易口岸以减轻对广州的依赖度。他们将目标锁定在了宁波和舟山。

1755 年 6 月 2 日，英国东印度公司派大班喀喇生与汉语翻译洪任辉等 58 人，带着 4 箱银圆（每箱 4000 枚），13 箱英国酒（每箱 120 瓶），乘"霍德尼斯公爵号"和"格里芬号"商船到定海，购买和换取中国的丝茶。7 月 7 日，又有一艘英国商船"荷特奈斯号"到达定海，这艘船带来银圆 20 万枚,以及黑铅等货物。

洪任辉等英商从对舟山贸易的成功中受到极大鼓舞,向东印度公司汇报:"我们在此地缴纳的船钞和货税,不到广州的半数,喀喇生和我们每天都迫切地期待有船到来……两年以后,公司可能在该地订购全部所需的货品。"

第二年,东印度公司商船"格里芬号"又驶进定海港,洪任辉再次随同前来。此外,还有一艘港脚船,即散商船,也于这年靠泊定海。

这对于舟山来说是一次机会,如果清朝政府在稍稍开放和更加封闭之间选择的是前者,那么舟山的许多历史将重写。

可惜到了 1757 年 12 月 20 日,乾隆帝下令:"……明岁赴浙之船,必当严行禁绝……此地向非洋船聚集之所,将来只许在广东收泊交易,不得再赴宁波。如或再来,必令原船返棹至广,不准入浙江海口。"

1759 年 5 月,当英国商人洪任辉不顾清政府的禁令到达舟山海域,试图再次进港开展贸易时,遭到了当地官员的拒绝。至此,一口通商成为定局,英国等西方商船只允许在广州开展贸易,而被迫退出了浙江沿海各口岸。

从康熙开海禁到乾隆时期的一口通商,这段舟山历史上罕见的对外开放和中外贸易的历史,只持续了半个世纪。对于英国人来说,他们对舟山比中国其他地方更为熟悉,这不仅因为康熙年间就已开始,后来却被中断的中英舟山贸易,让英国人获得了比中英广州贸易更加丰厚的利益,更因为舟山的战略位置和港口资源,使英国人一直认为舟山是最理想的海上自由贸易基地。

五

1757 年清朝实行一口通商政策后,英国商船的贸易受到了很大的限制。为了打破清朝的贸易壁垒,扩大对华贸易,英国政府决定派遣外交使团出访中国。

1787 年,英国政府决定派遣卡思卡特中校出使中国。英国国王乔治三世下达给卡思卡特的主要任务是开展对华商务,并希望从中国获取一块地方或一个岛屿作为货栈,以及中英互派使臣等。这是英国首次通过政府官方向中国提出"租地"的要求。后因卡思卡特在来华途中病死,使团与船队只能返回英国,此行无果而终。

1792 年,英国政府以祝乾隆皇帝八十大寿为名,派遣以马戛尔尼伯爵为全权特使的政府代表团对中国进行访问。1793 年,当时世界上两大顶尖强国大清帝国和大英帝国之间有了第一次正式的国家级官方交往。中西交往史上的又一件大事落到了舟山的头上,这次访问,舟山是英使团访华的第一站,这无疑与 40 多年前英国商人蜂拥而至进行商品交易有关。而英使团此行，名义上是祝寿，真正目的却是想打通与中国的通商之路。

英国对这次访华寄予了极大的期望。在使团临行前，英国内务大臣敦达斯给马戛尔尼下达了"七点建议"，其中第一点和第二点分别是"为英国贸易在中国开辟新的港口"和"尽可能在靠近生产茶叶与丝绸的地区获得一块租界地或一个小岛，让英国商人可以长年居住，并由英国行使司法权"，并指出这2点在"七点建议"中最为重要。敦达斯在训令中又特别指出："如果皇帝允准此事，必须小心择定地点，该地应既安全又便于吾人航业，即易于发散吾人入口货物；该地应靠近中国丝茶产地，并被指定在北纬二十七度至三十度之间。"根据这个训令，马戛尔尼携带了各种有关资料，其中包括英国商船前往舟山贸易的航海日记和舟山群岛图。

1793年7月1日，马戛尔尼使团到达了舟山，并且在以后的10余天中，在六横、定海等地停留。

英国使团在舟山停留后继续北上。马戛尔尼终于在热河行宫的万树园觐见了乾隆帝，呈送了乔治三世给乾隆的书信。乾隆以赐英吉利国王敕书的形式，毫无商量余地地回绝了乔治三世提出的通商和互派使节的要求。这要求包括：准许英吉利商人在舟山、宁波和天津开展贸易；准许他们把舟山附近一个独立的非军事区的小岛作为仓库，堆放未售出的货物,并当作他们的居住地来管理。

1816 年,英国政府又派出以阿美士德为首的使团抵达中国,再次经舟山北上从大沽口进京。4 艘来华贡船在舟山的五奎山洋面停泊好几个月,再次要求清政府开放舟山。但嘉庆皇帝最终也没有接见英国使团。

六

从清朝初年到中英鸦片战争前,英国一直试图打开中国国门,与中国进行通商贸易,英国人眼里最理想的商埠是舟山。为此他们甚至不惜采用一些并非出自本意但又不失尊严的变通手段,比如马戛尔尼使团以替乾隆祝寿的名义来华,2 次来华前英政府给使团的训令中留下了有周旋余地的退让条款等等。总之。那时英国人的最大目的就是求得中英之间正常化和经常性的双边贸易。其中,获得在舟山的中英贸易特许是他们首选的目标。这样,整个清朝前期特别是 1793 年,舟山成为中英两国,特别是英国关注的焦点。

与英国政府一心想求得中国开放对外贸易的愿望相反,清朝政府那时的对外政策却是从相对开放逐步走向完全封闭。而且,那时清朝统治者仍沉浸在天朝大国的美梦中,整个国家自给自足的小农经济也无法产生对外贸易的强烈需求,外交关系上仍视中国之外的其他国家为臣服于中国的藩属或蛮夷之邦。中英之间的矛盾其实也就是两种文明的冲突。这种冲突从一开始就存在,到了 1793 年马戛尔尼使团访问中国时有了一次强烈的碰撞。这种碰撞从马戛尔尼使团访华首站登陆舟山时就开始了。

海盗与商人一身而二任,是西方殖民者的本来面目。当几次外交努力均告失败,英国便发动了以武力侵略求得中国门户开放的战争。这当然是种强盗逻辑。但这同样不能否认,清朝时期,特别是 1793 年,中国有过一次融入世界自由贸易的机会,有过比后来被迫开放门户更好的选择。假如清朝统治者在稍稍开放与更加封闭之间选择前者,之后的中国历史或许将被改写,舟山也有可能在那时起就成为世界著名的自由贸易港。

任何一种历史选择都离不开特定历史条件的影响,从这个意义上说历史不能假设,也无法假设。但这不是说对历史不能有遗憾,对于历史的遗憾,也许能够成为对当下的推动。

读云廊竹山段的"年代记",读出了一段令人心潮起伏的感喟。

柳永任定海盐官

白　马

定海晓峰岭竹山隧道西出口右侧,有一座柳永文化广场,还有柳永纪念馆,它们是东海云廊的延伸部分。

柳永是福建武夷山人,不是定海人,为何定海要建一座柳永文化广场? 也许不少人会提出这样的疑问。

那么,柳永与定海有何关系?

先说说柳永这个人。柳永,北宋著名词人,婉约派代表人物,被誉为"一代词宗";初名三变,字景庄,后改名永,字耆卿,因家中排行七,被称为柳七。而写进历史,行于后世的则是柳永这个名字。柳永是市民文学、都市文学、青楼文学、海洋文学的开拓者。一个称霸北宋词坛一百多年的天王巨星。少年时,柳永开始作词,被誉为神童,被称为"金鹅峰下一枝笔"。相传他因落榜后写作《鹤冲天·黄金榜上》而惹恼皇帝,只得"奉旨填词",浪荡终日。51 岁,柳永登进士第,先后任睦州团练推官、余杭县令、盐场盐官等职,被许多地方志评为好官。"凡有井水处,皆能歌柳词",足以说明柳永在那个时代的影响。

北宋景祐四年（1037），柳永被朝廷派到定海任正监盐场监官。

那时的定海，还不叫昌国。北宋熙宁六年（1073），在一代名相王安石的奏议下，方析县东部海中富都、蓬莱、安期三乡置昌国县。景祐年间的舟山，属两浙路明州县（今宁波）管辖。舟山海岛是产盐的地方，朝廷自然要派盐官。柳永是正监盐场第二任监官。

舟山从唐代开始就是全国九大海盐产区之一。在唐大历六年（771）废翁山县以后，舟山的盐业依然保持较好的发展势头。柳永来到舟山时，当时有个正监盐场，下设曙峰子场。曙峰盐场因避宋英宗赵曙讳，于北宋治平元年（1064）更名为晓峰盐场。旧志称，柳永为晓峰盐场盐监，有误。因为曙峰盐场更名为晓峰盐场是柳永去世后的事。

柳永来舟山正遇上荒年，当时两浙地区连年受灾，许多百姓流离失所。在这样困难的时候，柳永从城市转到海岛，确实是个大转折。他看到了劳动人民在死亡线上挣扎的情景，触景生情，感情起了根本性变化。

当时在全国，一共有十个监盐，舟山占其一。宋代舟山群岛有盐场五个：昌国西监（或称正监）、岱山、东江、高南亭、芦花。而柳永任职的是正监盐场。盐监，负责管理亭户（灶户）煮盐、收购、储运、销售和缉私，并负责本地社会治安、管理烟火公事及缉捕贩卖私盐香茶等。

定海城西郊，老塘山东向，那一片灰灰的滩涂，成就了古老的盐场。涨潮退去后的海涂浦道，在太阳照射下，涂泥上出现一片片白色盐花。把这些带白花的涂泥刮下来，担上盐场用涂泥垒成的两三尺的高台，再用海水把涂泥上的盐花溶解，过滤成卤；然后再把卤水放到巨镬中去煮，直到水干，镬底只有一层白色的盐为止。这是古老的煮盐方法。如此繁复的程序，经过艰苦沉重的劳作，最终煮成一点点的盐晶。

制盐方式有煎煮、板晒、滩晒，自唐到清嘉庆年间均采用煎煮法制盐。

盐监柳永来到定海，像当年关注下层歌女那样关注起他的盐民……

柳永办公之余就去盐场溜达溜达，视察一下那里的工作情况；他深入基层调查，通过对基层劳动人民的深入了解，真切体察了盐民生活的艰苦，也看到了百姓被剥削的惨状。

盐民打着赤膊，光着脚丫，顶着炎炎烈日，踩在冒着暑气的海滩上，又在熊熊柴火之旁，汗流不止。柳永震惊了，彻底震惊了，以前一直都为自己的不幸感到痛苦，而此刻，柳永发现自己那点不幸根本就不算什么。

他走进了盐民的家，盐民告诉他，他们这样辛苦，收入却极其微薄，再加上赋税多如牛毛，交租还债，入不敷出，这样的生活如何过得下去。

　　看着盐民的艰辛劳作，听着盐民字字血声声泪的诉说，柳永心中的涌浪越来越大，将要汇成大潮。一种"文人"的恻隐感，一种"士人"的使命感，一种"官人"的责任感，一种"词人"的正义感，让他在失落之中孤寂之间产生一种豪壮之情，那是曾经有过的雄放，那是书生意气的风发，伴着自己经历过底层凄凉生活的体味，在心胸澎湃激荡，盘转升腾，热血涌动，激情飞扬，诗兴勃发，于是一首留存古今的民生之歌——《煮海歌》诞生了：

煮海之民何所营？妇无蚕织夫无耕。

衣食之源太寥落，牢盆煮就汝输征。

年年春夏潮盈浦，潮退刮泥成岛屿。

风干日曝咸味加，始灌潮波增成卤。

卤浓咸淡未得闲，采樵深入无穷山。

豹踪虎迹不敢避，朝阳出去夕阳还。

船载肩擎未遑歇，投入巨灶炎炎热。

晨烧暮烁堆积高，才得波涛变成雪。

自从潴卤至飞霜，无非假贷充糇粮。

秤入官中得微直，一缗往往十缗偿。

周而复始无休息，官租未了私租逼。

驱妻逐子课工程，虽作人形俱菜色。

煮海之民何苦辛,安得母富子不贫。

本朝一物不失所,愿广皇仁到海滨。

甲兵净洗征输辍,君有余财罢盐铁。

太平相业尔惟盐,化作夏商周时节。

　　这首《煮海歌》真实地反映了当时舟山盐民苦难的生活,是最早反映海岛盐民生产生活的杰作,表现了一位正直的地方官吏对百姓的深切关怀和真挚同情。

　　就是这首《煮海歌》,被中国当代博学之士钱钟书先生评价为"宋元代两代里写盐民生活最痛切的两首诗之一"。

　　柳永在定海当盐监的三年,是他对社会现状,对海岛盐民、渔民生活的体验最为深刻的三年。曾在繁华的都市对酒当歌,而到海岛为官,这里人们的苦难生活,刺痛了柳永的心:渔民出海捕鱼遇到风暴,发生海难,许多家庭从此陷入痛苦的深渊,妇女失去了丈夫,大海茫茫,海上遇难者连尸体也找不到。这一切都使柳永的心灵一次次受到震动。柳永在定海当盐官三年中,尽力为百姓做事,这一切,都记在百姓的心中。

　　北宋宝元三年(1040),柳永在定海正监盐场的任期将满,就要离开舟山时,回想这三年的海岛经历,他感慨万千,挥笔写下了《留客住》一词。

　　这首《留客住》,在柳永词中与《雨霖铃》《八声甘州》《望海潮》诸首相比，似乎还不算十分出色，不能归为"精金粹玉"一类，但从海洋文学的角度看，这首词却自有不容忽视的价值，至少具有两点重要意义。其一，这是最早的一首写海洋的词。词这种文学形式产生的时间很早，至迟在中唐时候就已出现，但在柳永之前，海洋的题材尚没有进入词人的视野，还没有人以词的形式写过海洋，柳永的词是一个突破。其二，以词的形式来描写舟山群岛风光，柳永之前尚未有人涉笔，此亦为第一首。柳永以其游刃有余的才力、如画的词笔，为我们描绘了一幅野逸秀美的千里海山图卷，这是北宋时代舟山群岛的风景写真，其文化价值自然毋庸置疑。

柳永在舟山，留下了一诗一词，这为舟山海洋文化添上了浓厚的一笔。

宋史没有为柳永立传，而许多地方志将他列入"名宦"，留下了他的名字和事迹。柳永在舟山三年，地方志记载了他的事迹。

元大德《昌国州图志·名宦》："柳永字耆卿，尝为晓峰盐场官。其《煮海歌》云：煮海之民何所营？……官至屯田员外郎。"

明天启《舟山志·附传》："柳耆卿，名永，崇安人。景佑间登第。累官屯田郎……理盐课，区划有方……"

不但地方史志，宋人笔记也记载了柳永的事迹。舟山百姓亦以特殊的方式纪念柳永。普通百姓可能不知道柳永是大词人，但他们知道柳永是个好官、好人。

定海区双桥街道石礁村，有兴善寺，寺中有一个配殿为纪念柳永而建，因为柳永为官的名声，百姓们爱戴他，敬重他，把他当作菩萨一样的人。

元代冯福京的《昌国州图志》把柳永列入名宦，并且书中录下了《煮海歌》这首长诗全文，才使其保存、流传下来。

要知道这里"名宦"是什么概念呢？在整个宋代三百多年的时间里，在众多的官员中，被这本书评为"名宦"的总共就寥寥四人，柳永居然就占据了其中一个名额，足见其当时的政绩和被人民所爱戴之程度。

几百年后的朱绪曾看到柳永的《煮海歌》，感慨地说："洞悉民瘼，实仁人之言。"并且他还在所著的《昌国典咏》卷五中以《晓峰盐场》为题，为柳永写了一首诗："积雪飞霜韵事添，晓峰残月画图兼。耆卿才调关民隐，莫认红腔昔昔盐。"

柳永值得被纪念。

2015年，定海盐仓街道将翁洲大道上最大的一座桥梁命名为"柳永桥"。

2017年4月20日，正逢首届"三毛散文奖"颁奖典礼，三毛书吧、三毛纪念馆、柳永纪念馆也试开馆了。2017年8月1日，柳永文化广场正式开放，三毛书吧、三毛纪念馆、柳永纪念馆正式开馆。

一座城市要有自己独有的文化地标，柳永文化广场就是定海乃至舟山的一处闪耀的文化地标。

卷二　东海云廊：廊上自做客，云中独为君

文昌阁的温度

陈　瑶

自古以来，几乎每一个地方都有祈福文运昌盛的标志性建筑，文昌阁就是其中之一。

在定海古城的鳌山上曾有文笔塔、奎光阁，山下有砚池、墨井，还有一片稻田，像铺开的稿纸，雅称文稿田。如此，契合"文房四宝"之意，也成为古城的文化记忆符号。

复建后的"文房四宝"园里的奎光阁，又称奎星阁，奉祀奎星。在上古星宿信仰中，奎星主功名文运，古代儒生必拜之。除了奎星，还有主功名的文昌帝君被供奉在文昌阁。

新建的文昌阁，位于东海云廊长岗山段。门口伫立的一块大石头上，用红字书写着《文昌阁记》，赫然醒目。眼前这座二层重檐歇山顶的楼阁，为仿清式建筑，四面飞檐翘起，琉璃瓦覆盖，显得巍然壮观。楼阁内部饰以精湛的木雕作品，外部则以丰富精致的彩绘雕刻为特色，完美地诠释了一座文昌阁的古风典范。檐角高高翘起，每个檐角都塑有小动物形象，这就是古建上所说的"屋顶上的神兽"，被称为"五脊六兽"。中国宫殿式建筑，有上脊五条，四角各有兽头六枚。文昌阁四个檐角上领头的脊兽，是一个骑着凤凰的小老头，名为骑凤仙人，古人把它放在建筑脊端，有逢凶化吉之意。后面跟着五个蹲兽，以兽镇脊，亦有避祸消灾之意。在正午阳光的照耀下，这"屋顶上的神兽"仿佛闪烁着道道灵光，为这座复古的建筑增添了几分神秘与温暖。

走进文昌阁一楼，迎面而来的是一尊雍容慧颜的孔子塑像。正中悬挂"万世师表"金色牌匾，两边柱子上分别书写"星辉奎壁天文人文""志在春秋先圣后圣"对联；左右两侧是铺满整面墙的竹简，上面印有《论语》等儒家经典。一个由木头雕成的孔子讲学场景引人注目，雕刻精巧，让人身临其境，尽显孔子儒学思想的源远流长。

与传统文昌阁不同的是，这里设有现代化业态，游客可以坐下来喝茶、喝咖啡，体验汉服妆造，购买文创产品。古今交融的氛围，给人带来别样的感受。

文昌阁的二楼，供奉的自然是文昌帝君了，这尊高大的铜身塑像，神情肃穆，颇让人敬畏。只见他右手握着一支大毛笔，左手拿着本翻开的大书，端坐着迎接四方来客。他长须，高髻，深目，带着十足的威严。旁边站着两位陪侍的童子，难道这便是传说中的两位神童——天聋和地哑？据说，天聋、地哑的意思是：能知者不能言，能言者不能知。文昌帝君掌管文章科举，保密工作自是非常重要，故有此说法。

文昌帝君头顶上，悬挂的"炳呈斗上"金字匾额，意寓文昌的圣辉和教化之文炳呈现于星斗之上,天地辉映,星斗呈祥,前景美好。两边则书写"武曲光辉四海泰""文昌星照万家春",其意思不言而喻了。

历来修建文昌阁,旨在祈求文昌庇佑,期盼一地人才辈出、文风昌盛。同时,文昌阁也是文人雅士聚会、吟诗作赋之所,承载着文化传承和交流的重要功能。

定海古城的文昌阁,历史悠久。可惜未能在志书上查阅到始建于何时,只看到在清光绪《定海厅志》的地图上标注着"文昌阁(祠)"。文昌阁一般建在古城学宫里,但在白泉乡间也曾建有文昌阁,标注在白泉庄地图上;在光绪《定海乡土教科书》第三十四课"白泉篇"中,也有对文昌阁的记载。这个文昌阁,其实是一座书院,创办于清乾隆年间,位于白泉柯梅岭下大胜村王家,这个村落里的王氏一族,世代重学崇文,耕读传家,曾有二十六人成为国学生、禀贡生、例贡生、郡庠生、增广生,有五人举武生,真可谓偏隅山乡的书香门第。我想,这应该归功于这个文昌阁,是它营造了王氏崇学向儒的人文氛围,培养出了一代代文人学子。只可惜,这座飞檐翘角、灰墙黛瓦的双层木结构古建筑,圮毁于二十世纪五十年代的一场大火,现仅存文昌阁基址,还留有残垣断壁,以及那散落的石碾子、石柱础和石碑。

而在佛教圣地普陀山,也有座文昌阁,建在寺院里,至于过去奉祀的是不是文昌帝君,那就不得而知了,也许,普陀山的文昌阁把儒释道文化融合在一起，传达的是一种兼容并蓄的自然信仰。

无论如何，现代意义上的文昌阁，已然成为一座城市的文化地标，绵延着城市的文脉，既是对人文精神的一种呼应，也是代代口耳相传的一种使命。它供奉的其实是一种敬畏和虔诚，是一种寄托和象征，也赋予了这座城市无限的活力和温度。

卷二 东海云廊：廊上自做客，云中独为君

云顶问茶

陈　瑶

　　车子沿着东海云廊鸭蛋岭路段蜿蜒而上，行至鸭蛋岭山顶，一座散落在高山云雾里的青青茶园，铺展在蓝天白云下，一垄垄，一坡坡，呈现出麦浪般的梯田美景，绵延起伏，茶园与山峦，交织成一片浩瀚的绿色海洋。定海地处神秘的北纬30度线，海洋性气候和海岛生态环境十分适宜茶树生长。这座位于鸭蛋岭山顶的金山茶园，海拔虽不高，仅400多米，但山不在高，有仙则灵，这里常年云雾缭绕，仙气飘飘，故有雾锁千树茶之奇境。置身于茂盛的茶树丛里，俯身在一棵棵茶树上寻找新芽，一抹抹清新的茶香，瞬间掠过鼻尖，令我们沦陷在满山新绿里。

　　谷雨前，正是采茶的好时节。十几个采茶女工，头戴草帽，身穿厚布衣，腰间系着茶篓，正忙着采摘新茶。听金山茶园主人介绍，这里有700余亩茶园，种植了"乌牛早""龙井43""鸠坑"等多个绿茶品种。

　　若想在云顶寻茶、识茶，自然是要零距离地走进茶园深处，拈起一片茶青，仔细地看，轻柔地摸。翠绿的茶青，一芽两叶,呈花朵状,形如兰蕙,极美;清透的网状叶脉,细密柔弱,像初生婴儿的小唇,鲜嫩纯净,极润。我将这片茶青含进嘴里,轻轻嚼了嚼,微苦,略涩,但唇齿间却留下了一股淡淡的幽香。

茶树丛中,一块"云顶问茶"的醒目大石头,正向游人诉说着海岛高山云雾出好茶的历史渊源。

定海茶史悠久。古时饮茶,最初从僧人植茶开始,寺院也多在深山云雾之间,正宜于植茶。自唐代以来,僧人们在寺庙周边广泛种植茶树,以满足自给与待客需求;随着寺院香火旺盛,僧人们扩大茶树种植范围,村民们也纷纷效仿,大面积种茶,茶业由此兴盛。

定海之茶,多为山谷野产,寺岭茶园亦是如此。

寺岭的山顶上,何时开始种植茶树?历史无法考证,只听当地老人说起,寺岭茶园新开垦前,这里曾有漫山遍野的山谷野茶。如果是这样,那么寺岭茶园的历史渊源,当从这片山谷遗留的野茶痕迹追溯。

"寺岭"之名,自然绕不开一座古老的寺院——吉祥寺,这座始建于唐、兴盛于元的古寺,曾是舟山历史上最大的庙宇之一,香火兴旺。寺岭是吉祥寺的后山门,而碎石铺砌的寺岭古道,曾是小沙乡民进定海古城的必经之路,亦是通向吉祥寺的进香之道。自古以来,茶与寺院有着不解之缘。当时的吉祥寺周围开辟了很多山地作为茶园,由僧人种茶采茶制茶,用茶来敬佛,以及招待那些有名望的香客。

一片茶园,让时光穿越千年。那植于寺岭山坡上、古道边的茶园,何其有幸,浸润在吉祥寺的悠悠古韵中,任四季更迭,千古流芳。

东海云廊,玉带缠腰;青山秀谷,云顶仙乡。如今,鸭蛋岭、茶人谷、五雷寺、大潭岗、蚂蟥山、寺岭等山顶茶园,串点成链,绘就一幅包含云顶、山海、茶园的流动的山水画卷。

山水相依,草木有灵。汲天地精华,日月滋养,怎能孕育不出好茶呢?茶,自然是刚炒出来的新茶最好,纯手工制,透着春天的气息。闲坐在云顶山间,听着鸟鸣,闻着草木香,喝一杯云顶春茶;闻一闻,清香扑鼻,悠然地饮一口,清甜鲜醇,顿感山、水、茶、天、地、人合一了。

云顶问茶

一座散落在云顶仙乡里的青青茶园，铺展在蓝天白云下，一垄垄，一坡坡，呈现出麦浪般的梯田美景，绵延起伏，茶园与山峦，交织成一片浩瀚的绿色海洋。

卷二　东海云廊：廊上自做客，云中独为君

卷三　东海百里文廊：历史的背影

　　如今的"六国港"，虽不是岑港的最大港口，但它作为商港、贸易港、商舶港、军港、操练港、避风港的多重功能，已在历史上留下了深深的印记。

岑港三张脸谱，你喜欢哪一张

来　其

若想迅速地了解岑港历史，就去读康熙《定海县志》里的《岑港岙图说》。

历时 19 年，数易其稿编纂而成的康熙《定海县志》，以何氏《舟山志》为蓝本，参以宝庆、大德、延祐、嘉靖诸志，是舟山古志中的精品。

志中"舆图"数 10 幅，以港岙为单位，标明地形、港汊、陆路、公署、庙宇、水利设施。舆图之配文，更是状形胜与寓人文融一体，文采飞扬，警句迭出，如一篇篇美文，为志书中之罕见。

《岑港岙图说》曰：

> 岙在邑之西鄙，以两碶夹山，故名岑；以海尾冲入，故名港。旧所谓六国港是也。外即横水洋，口南舟航鳞集于此，故定邑为东浙之门户，而岑岙又为定邑之要冲。其郑思大小岭之际则东界紫薇，青坑马腰岭之间则西界大沙，而青岙摩鼻笋峙

于北，则又连乎大小二沙，盖岙形如曲尺。自大岙至碶头为直，其径短；自碶头至烟墩下为横，其径长。南则沿海一带，若双鸦、若小岙、若涨齿、若五条，处皆濒于海。明代置巡司驻岙中，又于响礁门之前特设碇齿隘，以阻岛寇之突入，其防维盖如。此山有双狮，称感应之灵。洞有白龙，沙名虎含，俨如驯伏之象也。门号桃天，宛如绰约之女也。传回峰之好句，则古寺存焉。纪献捷之鸿功，则木城列焉。虽厥田维下，厥土惟中，而里居颇密，渔采资生，固与他岙有间矣。

《岑港岙图说》篇幅虽短，却信息密集。读透此文，岑港的地理历史文脉也就了然在胸。

且让我们择文中要点，解读之，欣赏之，探究之。

—

盖岙形如曲尺。

——《岑港岙图说》

《岑港岙图说》开篇讲岑港岙的地理位置、特征和地名来历，接着又交待边界接壤情况，以一句"岙形如曲尺"收束。

康熙《定海县志》成书于 1715 年,距今 300 多年。如今的岑港街道,其辖区再也不只是"形如曲尺"。

2001 年,马目乡并入岑港街道。相隔 10 多年后,2013 年,册子岛、富翅岛等 18 个面积大于 500 平方米的小岛,又被划入岑港街道。

面积大了,触角伸进海里,并入当年并无多大变化,10 多年后却发生了许多事。

舟山岛历来有"东到塘头,西到坞丘"之说。原烟墩乡的坞丘村,过去是靠海的山岙,在舟山岛最西边。

如今去坞丘,却已看不见海,映入眼帘的,是一片绿油油的田野。

当年,先筑一条海塘将坞丘与马目岛相连,接着在塘内围涂造田。这事发生在 1956 年。围起来的滩涂地,后来成了著名的"东海农场"。

围垦前,坞丘与马目岛之间,是一条海沟,宽约 1000 米,两边都已淤积起泥涂,退潮时会露出沟底。那时,坞丘人到马目,马目人到坞丘,都掐着时间等退潮,退潮了,就在滩涂上徒步往返。

由此,派生出一种"木桶摆渡"生意,人蹲在桶里,桶由另一人推着,在滩涂上滑行,"摆渡"到对岸。

虽说不会有太多人愿意花这笔钱,但也有例外的。比如去对面走亲戚,或者去相亲,或者由此远行,谁都不愿意把自己弄得满身泥巴，狼狈不堪。这样的话，只能去照顾"木桶摆渡"生意了。

坞丘与马目岛相连后，这种麻烦一下子没了。不过那只是小事，相隔约半个世纪后，大事来了。马目黄金湾，建起了舟山第二大水库。这水库如平地之湖，隔着大坝是大海。坝内是湖，坝外是海，这是世界上离大海最近的湖。

马目、册子等小岛的"加盟"，也使岑港的话题更多。

在康熙《定海县志》里，册子岛有单独的图说，览其文，要旨是"其东联岑港，则近内境扼要之地。其西为西堠门港，则直当大洋之冲；其东南又近桃夭门，则樯鸟栖泊之所。相其形势，不可谓无关轻重者矣"，总之，地理位置很重要。

那时候的人们还不知道，册子岛与金塘岛之间的灰鳖洋底，埋着众多远古生物的化石。它们被打捞出海，足以与当年在马岙土墩发现新石器时代文物相提并论。马岙的发现，使"海岛河姆渡"横空出世，那么，灰鳖洋海底秘密的揭示，又会带来什么呢？

"以两碶夹山，故名岑；以海尾冲入，故名港。"岑港地名依旧，环境早已不再只是"两碶夹山，海尾冲入"，故事自然更加有意思。

二

任何地方的历史文化景观，如今仍显山露水的，其实都屈指可数。因为历史会遗忘,也会淘汰,但不是所有被遗忘被淘汰的都没有价值。许多有价值的,因为种种人为原因,而无可奈何地湮灭,如今的我们,只能在史书中才能找到它们的踪迹。

历史文化需要梳理,要把最有价值的那部分挖掘出来,活化利用。东海百里文廊的文化价值,其实就在于此。

梳理中,对一个地方文化景观问世年代的探究,很有必要。由此,我们可以看清其文脉形成的过程,就像看清一片叶子的纹路。

譬如岑港,查阅古志我们才知道,最早留在志书上的文化景观有三处。

一是三姑都巡检。"指使两员,一治冽港(即沥港),一治岑港。""于岑江、冽港置两指使子寨。"

二是岑江潭。"岑江潭,在西小岑江上。遇祷而应,蜥蜴出焉。"

三是回峰寺。"回峰寺(即现在的外回峰寺),县西。皇朝建隆元年建。"古志中的回峰寺,现在叫外回峰寺。

这是宋宝庆《昌国县志》记载的,凭这几条线索,我们已大致能想象得出岑港在宋朝时的情景。

元朝志书中对岑港有了新说法,这种说法一直流行至今,成为东海百里文廊岑港段的一处人文景观,那就是"六国港"。

"六国港"的说法,从现存古志书查找,最早出自大德《昌国州图志》"叙水"篇:

> 岑江港,去州西北三十里。旧谓之六国港口,南北舟舶辐辏于此,亦海州之一镇云。

就因这一句话,"六国港"至今仍是被舟山史学界反复讨论的话题。

元大德《昌国州图志》"名宦"篇中,还有关于王安石的记述:

> 王安石,往宋皇祐元年,知明州鄞县事。尝捧郡檄至此,题回峰寺云:"山势欲压海,禅扃向此开。鱼龙腥不到,日月影先来。树色秋擎出,钟声浪答回。何期乘吏役,暂此拂尘埃。"后熙宁四年入相,封荆国公。

王安石题诗回峰寺,同样也是舟山史学界争鸣之话题。争议点有二:何人所题?题于何处?

《岑港乔图说》写王安石题词回峰寺,以"传回峰之好句,则古寺存焉"述之,并未写何人所题,但这很难说是故意回避,而是表达"寺以诗成名而延续"的意思。

一个地方,若有一些历史文化史料值得反复商榷,引起一些学者争鸣,实乃幸事。这些话题,有望成为一个地方的"隐秘之美"。

除了六国港、回峰寺、王安石题诗,岑港的历史人文遗迹,还有明朝抗倭留下的烽火墩。

天启《舟山志》,是明朝舟山唯一现存志。明代海禁,迁县移民,设立卫所等等,天启《舟山志》所述较详。其中,有倭寇劫掠岑港之记载:"岑港岙,冲要。海口贼累登劫。嘉靖丁巳冬,倭夷据此,焚掠一空。"

岑港因地处要冲,当年乃是抗倭主战场。对此,《岑港岙图说》以一句话概括:

> 明代置巡司驻岙中,又于响礁门之前特设碇齿隘,以阻岛寇之突入,其防维盖如。

岑港之烟墩,因"涂浅易登,入犯为易""与外港相对,居民势孤,累被登劫"(天启《舟山志》),所以设有碇齿隘,成为海防要地。碇齿隘在响礁门之前,天妃宫侧。《岑港岙图说》妙笔点缀岑港名胜古迹时,写到了烟墩"木城"古迹:

> 纪献捷之鸿功,则木城列焉。

纪是史书的一种体裁，专记帝王历史事迹和一代大事。献指文献。捷之鸿功，指战役大捷，立下宏大功勋。这里说的是历史上著名的岑港平倭大捷。

木城，是古代战争中所用的防御工具。用木为之框，肩阔5尺，高堞5尺，上安滚木2道，大竹钉布于上。约可一人负之而行，在城上竹则立于堞口，防敌兵夜袭登城；在军中，可肩而下营，立成营盘。

"绰约之女、回峰古存"之后，便有雄赳赳的木城盛景，刚烈之气毕露。

《岑港岙图说》中没写到岑港抗倭地和马目。如今的马目，原为悬水小岛，乾隆时还不属于岑港岙。它与烟墩一样，也是海防要地。明嘉靖三十五年（1556），明军抗倭于此。郑若增《筹海图编》载：

> 八月，官兵败贼于夏盖山、三江海洋。既而又战于金塘、马墓（马目古称）之间，复大败之，俘斩贼二百三十余人。

若算上此处，东海百里文廊岑港段的抗倭故地可真不少。

可以说，一篇《岑港岙图说》，以点睛之笔，集纳了岑港人文史实之精华。

三

定邑为东浙之门户，而岑岙又为定邑之要冲。

——《岑港岙图说》

《岑港岙图说》中，如警句般最精彩的一句是"定邑为东浙之门户，而岑岙又为定邑之要冲"。

过去岑港如此，今日岑港更是如此。

岑港，介于舟山岛和里钓山岛、中钓山岛与外钓山岛之间。它与定海港相距 12 海里，而与宁波的北仑港、镇海港，则相距 11 海里、11.4 海里。从海域看，它离北仑港、镇海港的距离，比离定海港更近。因此，在定岑公路通车前，定海道头至岑港有客运航线，而岑港至镇海每日也有航船往来 2 艘次。

岑港的"定邑之要冲"地位，随着 5 座连岛大桥的建成，愈加凸显。大桥起点为岑港庄鸡山嘴，岑港也就成了全天候通往大陆的桥头堡。

回顾历史上舟山的对外开放史，唐开元年间，宁波、舟山设为明州，舟山设立昌国县，成为与日本往来的重要港口。日本船只先在舟山海域锚泊，进行民间交易，而后进入甬江到官府办手续，进行官方贸易。到南宋时，舟山更是空前发展地产货物贸易,与日本、高句丽及"化外诸蕃"广泛交易。就从唐宋起,岑港开始成为海上丝绸之路的重要节点,"南北舟船辐辏于此"。

这种港口地位,300多年来一直没变。乃至当代,随着老塘山港区建成和江海联运启动,岑港"定邑之要冲"的分量愈加厚重。

老塘山港在岑港街道的西南角,原名老宕山,是个采石场,这里的花岗岩质量特别好,石料被源源不断地运去筑桥建房。在老塘山举目四望,西有里钓、外钓等小岛,西南屹立着金塘岛,再过去便是北仑港,彼此相距仅12千米;东南面,并列着大猫山、大榭岛。在这众多岛屿环绕的深水港湾里,即使八九级大风,海面也不过微波荡漾。潮水从东南方向流进来,在这里畅通无阻,带走了大量泥沙,这里不淤不塞。

从1986年建设1.5万吨级货运码头,经近40年来五期工程建设及数次扩建,到目前老塘山港区已成为舟山最大的公用综合港区。一艘艘巨轮停泊、起航,全球贸易品在此汇聚。在老塘山通用散货装卸平台,一侧可靠泊20万吨级散货船1艘或同时靠泊12万吨级和7万吨级散货船各1艘,另一侧可靠泊3.5万吨级散货船2艘。巨量的港口停靠装卸能力,使中国沿海港口的货物,通过该港集散,与世界各大港口相联通。这种港通天下、航行四海的格局,是古代

"六国港"无法比拟的。

从"六国港"到老塘山港，《岑港岙图说》中岑港"定邑之要冲"的地位再次被凸显。

四

旧所谓六国港是也。

——《岑港岙图说》

"六国港"现是东海百里文廊岑港段的一个景观。"六国港"的称谓始于何时，现在仍有争论。

《岑港岙图说》中，关于"六国港"，仅以"旧所谓六国港是也"一句带过。

志书上关于"六国港"的记述很多。最早是元大德《昌国州图志》。此志记载："岑江港，去州西北三十里。旧谓之六国港口，南北舟舶，辐辏于此，亦海州之一镇云。"

此后，历朝舟山志一直沿袭此说。

除了古志，古诗中亦有不少岑港"六国港"诗句，最著名的是清朱绪曾《昌国典咏·岑港岙》，诗中曰："岑港碇齿凿巉巉，六国舟航尾并衔。"

无论古志还是古诗，说来说去就是没说明白"六国港"的称谓始于何朝何代。所谓"旧谓"之"旧"，究竟是何时？

让人如坠云雾中。

到了当代,众多学者考证,对"六国港"的起始年代仍有不同说法。

1994年版《定海县志》,有3处提及岑港"六国港",《乡镇篇》和《港口篇》引旧志之说,谓岑港"古有'六国港'之称"。《商业篇》则引旧志,并考证说:"元代时,州治成为浙东沿海商贸中心;西乡岑港,舟航鳞集,亦成商贸重要集散地,有'六国港'之称。后遭海禁、徙民,商业衰落。"

这是"六国港"元代说的最早出处。

除了志书,学者持"六国港"元代说的,较早的,有何雷书《岑港"六国港口"掌故》一文。此文先发表于报纸,后被收入中国文史出版社出版的《定海岛礁地名故事》中。文章说:

岑港称"六国港口"始于元代。……成宗即位以后,停止了对外战争,忽必烈时期的那些附庸国、朝贡国,逐步恢复为主权国家,免除了元朝强加给他们的纳贡、助军、输粮、设驿等额外负担。并把岑港造的海船、培训的水手,支援他们发展海运事业。据《元史》记载:大德年间(1297—1307),由海道同元朝建立关系的有20余国。当时庆元(今宁波)设市舶司(对外贸易机构),在对外战争时期建起来的造船基地，成了卖船市场。曾一度受元朝侵害的高句丽、日本、安南、占城、缅甸、爪哇6国，都一度选定岑港作为他们往来船舶驻泊和修造海船的港湾，故称岑港为"六国港口"。到了明朝，由于大内迁、废县治，"六国港口"也随之废弃。这就是"六国港口"的兴衰史。

"六国港"元代说问世后，有质疑声起，署名"黄河"的学者，2007年6月在《舟山晚报》发表《定海岑港"六国港"考》一文，此文开头便说："关于岑港'旧谓之六国港'之说，有文称是在元代，笔者以为，时间定位存疑。"

此文说，如果岑港"六国港"元代说，指的是始于元大德年间，那么，成书于大德二年（1298）的《昌国州图志》，又如何说"旧谓之六国港"。古代曰"旧"，多指"前朝"。对本朝至多称"襄时"，不称"旧"。称"旧"，忌讳之谓也。

想想也是，大德《昌国州图志》，冯福京修、郭荐纂，冯系元昌国州判官，郭乃乡贡进士、鄞县教谕，都是官员，岂敢称"圣朝"为"旧"？那不是如同造反吗？打死他们也不敢这么写。

《定海岑港"六国港"考》提出，岑港"旧谓之六国港"之说，应推及有宋一代。

自北宋开宝四年（971）歼灭南汉后，大宋各朝便相继在广州、漳州、泉州、杭州、明州、定海（指如今的镇海）设立市舶司。通向日本的航线，至宋代，多取东海南线（由明州、越州启航）与东海北线（由明州、温州、扬州起航），以东海北线为主。

至南宋，政治、经济、文化中心南移，明州遂成为贸易大港，而昌国，则成了中外官方贸易和民间贸易集散地和必经通道，成为各国通贸船舶的避风港、待舶港和中转站。

宋朝的海外贸易，主要是"金银、缗钱、铅、杂色帛、瓷器，市香药、犀象牙、珊瑚、琥珀、珠琲、镔铁"等。而岑港"六国港"，有可能是高句丽、交趾、占城、日本、蒲甘、阇婆，这些宋史所列"外国"，均遣使入贡，互市连续不断。

这就有了"六国港"宋代说。

以"段子"写舟山的《舟山有意思》，对岑港"六国港"也有涉笔，把"六国港"的由来，上推到了五代十国时期：

到了五代十国时期，不治之地舟山却出现了一个"六国港口"。

钱镠以杭州为都城建立了吴越国，其疆域约同于现在的浙江省。私盐贩子出身的钱镠喜欢丝瓷贸易，复设翁山县，在偏僻的岑港建立海上贸易基地，南北船舶辐辏于此。岑港史称"六国港口"，这六国分别是后梁、后唐、后晋、后汉、后周、宋。

后来，吴越国纳土归宋，翁山县又没了。

这是"六国港"五代十国说。

这个"段子"的学术依据,是新编《浙江通志》。

新编《浙江通志》之《隋唐五代卷·吴越国的社会经济》,引大德《昌国州图志》岑港"六国港"记载。其文小标题为"吴越国与中原王朝的朝贡贸易",说的是,唐五代十国时期,吴越国海内各国各地区的商路,主要分为陆路、海路 2 条贡道。其中,海路贡道自明州出海,沿途经登州、莱州等傍海州县,再辗转至京师。

夏志刚《舟山群岛的五代吴越国"海上丝绸之路"遗存》,也持此说。此文写道:"关于此港口的'六国'之谓来源向无定论,按大德《昌国州图志》中对宋朝专称'往宋'的语境分析,应为唐至五代形成的。"

岑港的贸易集市大抵形成于五代十国时期。当时的舟山群岛属于以杭州为都城的吴越国,吴越国虽是偏隅小国,但其国君是曾有贩私盐经历的临安人钱镠,他长期受海上丝路贸易的熏陶,熟知丝瓷贸易的巨大利益,深谙造船技术和海上贸易的方法。为保障海上航路的畅通,吴越国于天宝二年(909)在舟山群岛复设翁山县。依托古鄮县(即后来的明州、宁波)在先秦时期即已具有海上贸易枢纽港的重要地位和在全中国排名第一的航海能力,吴越国延续了先人的贸易传统,重新构建了内通国内各诸侯国、外交西洋和东洋各国的海上丝绸(瓷器)贸易线路。其中,在岑港建立了海内外贸易基地,"南北舟舶辐辏于此",造就了海上贸易的集镇,誉称"六国港口"。

到了南宋和元朝,岑港凭借着特殊的海域地理优势,依然还是对内对外开放的港口。元至元十五年(1278),朝廷下诏恢复海外贸易:"诸蕃国列居东南岛屿者,皆有慕义之心,可因蕃舶诸人宣布朕意。诚能来朝,朕将宠礼之,其往来互市,各从所欲。"并指定高句丽、日本、安南、占城、缅甸、爪哇等六国,朝贡后可在岑港自由互市。

当然,在找到确切的历史记载或者出土可佐证的历史文物之前,对自大德志开始历朝历代志书记载的"旧谓六国港"终究肇始何时这一问题,我们只能做合理的历史推断,也必然还会有不同观点。

但无论如何,"六国港"在岑港历史上确实存在,这是毫无疑义的。

五

此山有双狮,称感应之灵。洞有白龙,沙名虎舍,俨如驯伏之象也。门号桃天,宛如绰约之女也……纪献捷之鸿功,则木城列焉。

——《岑港岙图说》

历史上的岑港，就像京剧艺术中的"变脸"一样，呈现不同的"脸谱"。

明朝的岑港，是"黑云压城城欲摧，甲光向日金鳞开"；五朝十代、宋元时期的岑港，则是"山空月明一长啸，商船海上迎风闻"。你是喜欢金戈铁马身披铠甲的岑港，还是喜欢古镇成都会，舟车辐辏忙的岑港？或许，岑港还有一张"脸谱"：一觞一咏，畅叙幽情；亦步亦趋，共探佳境；举手回眸，顾盼生姿。那是生态的岑港！

这3张脸谱，如果对应东海百里文廊岑港段的3大主题文化，那便是海防文化、海商文化、海鸟文化。

《岑港岙图说》中，述史语毕，又以生动的笔墨妙笔点缀岑港的名胜古迹，这不仅在康熙《定海县志》"图说"诸篇中少见，在述而不评的志书编纂中也算是"另类"了。

朝代更迭，风云变幻，古迹最难保存，300年前的古迹如今所存几许？明天启《舟山志》中记载了一大串标明"今废""今圮"的公署、坊牌，那是上一朝代之辉煌。海禁徙民，使这些古迹倏忽消失殆尽。好在《岑港岙图说》有所记录，既有神话传说，也有人文历史，自然与人文相融合，大致上还能够找到踪迹。

"纪献捷之鸿功，则木城列焉"，上文已做解读。剩下3句："此山有双狮，称感应之灵。洞有白龙，沙名虎含，俨如驯伏之象也。门号桃夭，宛如绰约之女也"，说的是岑港的一组景观。

烟墩有双狮山，形似双狮伏卧。双狮岭高耸，悬崖上山水倾泻如瀑布。山下有一洞，洞内有深潭，名叫"龙潭"。此洞幽深，直通海中响礁门。

岑港民间有"狮象守大门，对面桃夭舞"之说，是因为桩次大涂面原有状似狮子、白象的2块岩石（这岩石，直至后来修筑海塘时才消失）。这一狮一象，面对着如绰约之女一样的桃夭门（"桃夭门"得名于一则美丽传说，说有一位容貌清秀的"桃花女"在此照看。而"桃夭"一词，又语出诗经，《诗经·周南·桃夭》描绘了一个妙龄少女，美丽娇俏，像桃花一般美好）。

山脉风水，乃风景之极致。龙潭的感应之灵，明天启《舟山志》记载甚详：

> 本岑港有龙洞，其神甚灵异。其出入地方可得而知。竹叶向内，则龙在洞；竹叶向外，则龙在外海。向有一人失足入洞中，云：洞直通响礁门，洞内俱干复得出。万历二十六年，有施姓者因天旱，地方祈祷无雨，施愿舍身为一方请雨，随至洞口投下，继而尸即浮起，顷刻大雨如注。龙之灵应洵不虚也。

这就是《岑港峁图说》里所说的"此山有双狮,称感应之灵"。

从宋宝庆《昌国县志》的"岑江潭,在西小岑江上。遇祷而应,蜥蜴出焉",到明天启《舟山志》里龙洞的记载,之后再到每年六月初一祭拜灌门、桃花、岑港三龙王的官方定例,说明海岛龙信仰主要是为了祈雨。

海岛干旱,连建造水库也只能改善一时的困境,直到大陆引水工程和海水淡化工程实施后才得以彻底解决,遑论蓄水设施极度落后的古代。所以祭拜行云布雨的龙王,在那时候是政府行为,甚至是政治行为,舍身祈雨的行为便格外可歌可泣、感天动地,舍身者如英雄一般,那是一定要记入志书的。现代人如果不设身处地,常常会把祭龙当作民间风俗,其实在古代,其意义并非"风俗"两字那么简单。

岑港祭龙时还有一习俗,当人们把三牲福礼和糯米团丢入潭中后,还要把随后浮起来的小鱼或水蛇捞上来,放入盛水的面盆,用轿子抬着绕峁走一圈。等到下雨了,才把请来的这些"龙灵"还给"龙潭"。若不下雨呢?不但不还"龙灵",还要把"龙灵"放在太阳底下晒,这就叫"晒龙",让龙也感受一下干旱之苦,以示薄惩。在其他信仰中,惩罚信仰物是不可思议的,这说明海岛祈雨文化具有很强烈的社会功利性。

如今,不再为缺水而苦恼的人们,是不会再为舍身投潭祈雨所感动的,只会觉得古人愚昧。倒是这儿峡谷幽幽、溪水汩汩、鸟鸣声声，满眼都是化不开的浓绿，让人流连忘返，不忍离去。

数百年前就被写入志书的地方，自然是灵秀之地，而这灵秀之地至今基本仍保持原貌，这跟龙潭有关。龙潭有感应之灵，无论今人信或不信，在古代总是有威慑力的，所以避免了一些来自外力的破坏。

龙潭所代表的岑港龙文化，其实与岑港五峙山鸟岛所代表的海鸟文化一样，都是社会力量中柔软的或者说柔中有刚的东西，对应人性与生态，给人以精神慰藉，给生态以呼吸空间。

五峙山鸟岛在《岑港岙图说》中没有被提及，或许在那时，它还是人们难以抵达的秘境。也或许，那时岛上海鸟盘旋栖息本就不是稀罕事，惜字如金的图说当然不会记载。

此岛如今虽名扬四海，但极少有人能到此一游，因为有规定，除了观察守护员，其他人禁止登岛，无一例外。

岛上最珍贵的鸟，是中华凤头燕鸥，又称神话之鸟，被IUCN列为极危物种，被国家列为一级重点保护野生动物。在 2000 年时，人类对它才只有 6 次确切的观察记录，其中就包含在岑港五峙山的发现记录。《岑港书》以专门一章，记述这一秘境。

风景的极致是秘境，最动人的风景总在人迹罕至之处。神话之鸟为何情定五峙山，或许就因为它是一处秘境。

那就站在岑港山岗上远远眺望秘境，或者，隔空观赏"神鸟来徙"的视频。

从经济角度来讲，这是令人遗憾的。如果能上岛，估计鸟岛马上会挤满游客。人们打卡留影，断断少不了此处。当然，所有人都知道，那是万万不可行的。

就让大自然其他生物也有不可侵犯的领地吧。这也是人类为自己提供一处研究自然生态系统的场所，为地球留下生态系统的天然"本底"。

由此，五峙山鸟岛也就成了整条东海百里文廊上的生态高地。

岑港之风景，还有烽火墩，这在《岑港岙图说》中也没说到。

双狮山上，烽火墩原有 7 座。炮台岗和烟墩也因此得名。

烽火墩建于明朝中后期，是抗倭期间传递敌情的军事设施。此处海拔 300 米，顺山岗线而立的烽火墩，能遥相呼应。原先在烽火墩旁，还有供士兵避寒暑、住宿、食膳的寨屋。

这是典型的海岛式烽火墩，按光绪《定海厅志》地图卷所标，舟山诸岛有 31 处，但目前尚存的不过三四处，所以岑港的烽火墩遗址尤其珍贵。

现双狮山烽火墩已修复一座，由烟墩古道走上山冈，能看见一个海防观景台，再向前行走，便能见到那座已被修复的烽火墩。

追溯历史，南宋时舟山已有烽火墩。南宋嘉定七年（1214），舟山设三姑、岑港、猎港（今沥港）、海内、白峰五寨，各驻军士。南宋宝祐六年（1258），舟山时有海盗骚扰，"边声日急，贼窥伺海道"，为加强联络，各寨置烽燧，守卒日举烟旗，夜举火号，彼此相应。那烽燧，就是烽火墩的前身。

有如此悠久历史之烽火墩，《岑港岙图说》竟然不着一墨。

或许，冷兵器时代，烽火墩不过一寻常之物而已，编纂者觉得不值得在惜墨如金的"图说"中，加以叙说。

文物是历史风物，愈稀少愈珍贵，最珍贵的是失去后的纪念，消失后的回眸。从这个意义上讲，双狮山上那座烽火墩的修复，是在重构已看不见的珍贵文化实物。

岑港的"三张脸谱"，留下诸多古迹。

我在白泉文化层等你

赵利平

"文化层"是一个考古学概念,原意指的是古人类遗留下来的活动痕迹、遗物和有机物形成的堆积层。这里借用这个概念,指的是在白泉默默地等着你的我——一个有文化厚度的壮阔景观。

一

如意香樟湾,以一个农村少女的形象,质朴而羞涩地等你。

这是白泉文化层的第一层,考古学称之为耕土层。

一棵据说有近百年历史的香樟树,形如一个大如意,横卧在白泉岭水库旁一个小山岙的小水塘里。世界上的树一般只有直立着,才可以活着,而横卧的都会死亡。但这棵老樟树以"躺平"的姿态,不管世事风云变幻,活得生气勃勃,这就是它的出奇之处。人们为它修了小径,种了杂花,立了石碑,与白泉岭水库的碧水、周边的山坡美景一起勾勒出一幅宁静的乡村画卷。

如意香樟湾，从商业化景点的角度看，有点小，有点简陋，有点微不足道，但在城市里待久了，自驾来到这里，看山看水看香樟，喝茶休闲乡里游，有种别样的感受。在这里，你什么都可以想，什么都可以不想。这有那种"无论如何我在这里等你"的小情调在里面。

绕着白泉岭水库边上的小路行走，我们这群人就是水墨画里一群叽叽喳喳的小鸟，眺望着白泉岭水库下的那片繁华地。

据说那里原来有一个名气很大的湖，叫万金湖；据说该湖因为气候和围湖造田消失了；又传言不知哪个朝代的皇帝逃难时，往湖里扔了不少黄金，故此得名万金湖。我推测大抵是造了白泉岭水库后，湖的源头被截断了，就慢慢地干涸了。

舟山没有湖。湖是个好东西，有湖，就有水，就有灵气，就有文化，就能发展旅游。我希望将如意香樟湾和白泉岭水库及周边的山景合起来打造一个景区，就叫万金湖，犹如新安江水库叫千岛湖一样。

二

在白泉，真正具有考古学意义的文化层，是十字街史前文化遗址。

这个遗址默默地等了我很多年。

1975 年兴修水利发现十字街史前文化遗址,于舟山,于浙江都是考古界、史学界的大事。我那时只有十几岁,并不懂事。1979 年我考入当时的浙师院舟山分校,班级成立历史研究会,我也是其中一员,当时参加研究会是受到了白泉十字街史前文化遗址的影响。有个蒋姓同学是白泉人,1981 年的春节我跑到他们家,来到十字街一看,什么都没有。就是现在那块在十字街前的粉红色石头做的碑,都是1986 年才立的。当时心里好失望,后来我对历史的兴趣慢慢淡了,加入了校外的海边文学社。尽管如此,我一直关注十字街出土的鸟形盏等文物,在浙江教育学院读书时,还专门跑到省博物馆看著名的猪头陶片。

没想到,这次采风活动,这个遗址仍然在等着我。

我终于想要彻底弄清楚遗址的确切方位了。陪同的镇宣传委员小陈把我们带到十字街史前遗址保护铭牌前,介绍这是最初的考古区域,然后带我们来到近几年又发现文物的孙家园遗址,指着一片生长着农作物的田野说,这片可能也是文化层。十字街遗址、王家园遗址,包括那片没有发掘过的田野,都是史前文化遗址,据说面积有 10000 平方米。

6500 年了,新石器时代的河姆渡文化在海岛的具象展示,比我国已知的 5000 多年的文明史都要早。这一史前文化遗址既反映出河姆渡文化的跨海传播,又展示出古人类在海岛创建的悠久文明，说它是舟山海洋文化的曙光和源头，是一点都不为过的。舟山有人的历史，有文化的历史，都从十字街开始。

依我看，十字街史前文化遗址，无论是从考古、史学，还是从人类社会学的角度看，都是舟山最有价值的文化遗产。

我一直鼓吹这样一个观点，舟山不缺乏海洋文化资源和遗迹，单从考古发现的史前文化遗址看除十字街外，还有定海的马岙、岱山的衢山、嵊泗等，缺乏的是如何让那些资源和遗迹活起来，变得可感知，可触摸。比如十字街史前文化遗址能不能让它现场感更强一些？当然不可能搞得像三星堆、兵马俑、良渚、河姆渡遗址那样，但能不能搞点保护、展示的设施，让它变得立体、生动起来？

一切历史都在当下若隐若现，一切文化都在当下继往开来。

我憧憬舟山最大的文化层会撩开 6000 多年前的面纱一角，静静等你。

三

我们离开十字街，便驱车来到舟山岛最高峰黄扬尖山下的小展村。在一个三面环山，青峦叠翠的地方，看到了甘溪庙。小展人俗称岙里庙。

起初的庙是官署，所以范仲淹有"居庙堂之高"的说法。

后来的庙,成为供奉祭祀场所,汉代之前用于供奉祭祀已故先祖。汉代以后,还供奉祭祀鬼神、文人武士,供奉的对象变得庞杂,不如寺院单一,只供奉佛和菩萨。中国民众经常把寺和庙混称,其实是有区别的。庙是庙,寺是寺。

甘溪庙,始建于明朝,重建于清朝。现在的庙并不大,像一间低矮的平房,是近些年复建的。院子里供奉着南宋参知政事(相当于副宰相)余天锡座像,呈金黄色,特别耀眼。

我是早年阅读明朝作家张岱的散文集《夜航船》时知道余天锡的。张岱把余天锡受当时宰相史弥远之托,物色赵氏王朝可接任皇位的皇族人选一事写入《夜航船》,可见此事在历史上影响甚大。

庙内正大殿中供奉余氏祖宗余天锡夫妇神像,小展人称其为"老爷菩萨"和"娘娘菩萨"。里面陈列着不少余天锡的史料,让人看了不禁感慨南宋皇位的传承充满腥风血雨。

余天锡祖辈与宰相史弥远家关系不错,得以成为史弥远的家庭教师。他除了受宰相之请物色推荐皇帝候选人,还受托到湖州逼废太子自缢,史称雪川之变。湖州别名雪川。

宰相史弥远在历史上的名声并不好,他所扶持的宋理宗也无治国理政大略,南宋最终在宋理宗时为元朝所灭。这多多少少影响到为宰相所用的余天锡在历史上的评价。

除了我们几个人之外,没有其他人来参观。我个人觉得古今多少事,都付笑谈中,但从文化,从历史的角度来说,这个庙还是很值得一看的。

历史和文化从来都不会俱往矣,总有点点滴滴留在每个人的心头。

余天锡这个人不简单。他所做的事一旦败露,为老皇帝或另一方所杀都是很正常的事。史书评价他为人谨慎,依我看,他不负上司所托,还是忠诚可靠的。林则徐说过,苟利国家生死以,岂以祸福趋避之。按现在的说法,余天锡还是很有为官的担当精神的。舟山这片海岛地区,能出一位副国级的历史人物,很不容易。

当然余天锡的当代价值真正体现在他告老还乡,创办了虹桥书院,广招贫寒子弟入学读书上。他还和当过兵部尚书的弟弟一起,在舟山建造大余桥、小余桥,造福一方百姓。

我们离开时,下起了雨。绕着庙周边的溪已有水缓缓流动。据说这几百年来时断时流的水是甘甜的,故以甘溪为庙名。

四

协成里王氏民居位于白泉镇繁强村。始建于清朝嘉庆年间,也就是 1796 年至 1820 年。距今 200 多年了,王氏民居还是这样风姿绰约地等着你。

我在正门前端详着门楣上方繁体的紫气东来四个字。

这字是黑色的,看上去好像写上去的时间不长,旁边那堵墙是当代建筑,似乎提醒着我,现在可不是晚清年间,想起刀郎的《花妖》:"君住在钱塘东,妾在余杭北。"同一个地方,时空是错乱的。你即使仍然等着我,也看不到那时的人,那时的事了。能住这么精致的四合院,肯定是有身份的人。只是现在唯见空无一人的院子,以及屋顶古色古香的藻井。照了无数年的阳光越过屋顶落在院子的青石板上,瞬间,历史和文化都是暖洋洋的。

我们这群人端着手机,站在不同的角度,似乎要把200多年里在这屋子曾飘荡的风云和岁月一股脑儿都网罗到屏幕里去。

我好像看见你错寻了罗盘经,错投在这院里,奴的腰上黄呢?分明有轻轻的喟叹,现在的时光,现在的阳光真好。

到底这似真似幻的意识流是杂乱无章的,突然,镜头里闯进穿红衣的美女作家。顿时,这死气沉沉的旧民居神奇地变得美丽起来。

终于想通节假日人山人海还要去看景看文化的原因。没有人,这景、这文化有何意义?最好看的景,最赏心悦目的文化,就是人。

从民居里出来,碰到王氏的后代,看上去年纪不大,一问年纪,都有八十几岁了。他向我们展示王氏家族编的几大本古色古香的家谱,还有打印出来的协成里王氏民居介绍文字。

我们几个人与老王伯聊天,借他的家谱各取所需拍一些资料。我专门拍了协成里王氏民居的介绍资料,总算知道了这民居的来龙去脉。

在有 200 多年历史的旧弄堂里,老王伯仿佛是穿越过来的王氏代言人。他的侃侃而谈,让我真切地感受到这老屋的文化底蕴,毋宁说老王伯才是文化的载体,他就是那十字街文化史前文化层里活着的鸟形盉,而我们就是那端着洛阳铲,小心翼翼地发掘文化层的考古人员。

老王伯等我们拍完照后,热忱地邀请我们去看王家祠堂。但我们原本没安排去祠堂。

我对祠堂有种恐惧心理,认为大抵是用来办丧事,停棺椁的。没想到王家祠堂刚刚办过喜事。里面的大柱子贴着一个斗大的红色的"喜"字。

王老伯喋喋不休地向我们介绍祠堂的过去与现在。我们离开时,他还骑着电瓶车依依不舍地送我们一阵。

感动我的,让我难忘的,不是这王氏民居,而是老王伯。

陪同我们采风的镇宣传委员小陈,在我们离开白泉镇时,送了我们一张手绘的百里文廊白泉段景点图。现在打开图再看,这里说的只是白泉镇文化层的浅浅几层,但不管如何,这自然、这史前文化、这旧人、这旧屋,告诉了我,我们是从哪里来的,是怎么来的,要往何处去。

如意香樟湾

她以一个农村少女的形象，质朴而羞涩地等你。一棵有近百年历史的香樟树，如一个大如意般横卧在白泉岭水库旁一个小山岙的水塘里，与碧水、青山、绿树一起勾勒出一幅乡村宁静的山水画卷。

洋坦墩遗址

　　洋坦墩遗址堆里，首次出土了夹砂红陶碎片，那些印在陶片上的稻谷痕迹，印证了 6000 年前这里就有稻作文化。如今，它像一个稻作文化的图腾，伫立在马岙乡村的原野上。

海上河姆渡

宋　墨

在舟山群岛西北部，卧佛山的苍翠怀抱中，一片看似寻常的土丘群，埋藏着中国海洋文明的基因。这里分布着 99 座神秘土墩，如散落大地的历史书页，层层叠叠地堆积着 6000 多年前的海岛先民密码。

古老的土地编织着神奇。一件件出土文物，让时光倒回到 6000 多年前，海岛先民们的生活陡然间生动而鲜活起来。如今，古驿道、古驿站、土墩、烽火台……，依然诉说着海岛渔村深远的海洋历史文化。这就是充满着神奇色彩的"海岛第一村"——马岙。

一

1979 年的某日，几个村民在唐家墩取土烧砖时，锄尖意外叩响了时光之门——破碎的红陶片、磨光的石器、鹿角与贝壳混杂堆积，将舟山群岛的人类活动史骤然推至新石器时代。

这些土墩并非自然形成，而是先民智慧的结晶。他们以熟土人工堆筑，选址背山临水，既避潮汐侵袭，又享山海之利。考古学家发现，土墩群沿卧佛山脚呈半圆形展开，遗址群总面积14万平方米，文化层最厚处达1.6米，出土石器、陶器、骨器等文物500余件，勾勒出一幅渔猎与稻作交织的生活图景。尤为震撼的是洋坦墩遗址出土的夹砂红陶碎片：稻谷印痕如时光拓片，纵脉纹理清晰可辨，将舟山群岛的水稻种植史锁定在6000多年前，更成为"稻作文化"东渡日本的铁证。

在现存29处遗址中，凉帽蓬墩如同一部立体的史书。1983年，这座1700平方米的土墩因砖窑取土重见天日，出土的夹砂红陶釜、磨制石犁与破土器，展现出与河姆渡文化一脉相承却独具海洋特质的工艺体系。其石犁长达68.5厘米，以页岩精磨而成，印证着当时已形成成熟的稻田耕作链，其四孔穿凿技术至今令人惊叹。而遗址中鹿角、贝壳与石镞的共存，则诉说着先民"上山猎獐、下海捕鱼"的生存智慧，更暗示着舟山群岛作为大陆文明向海洋延伸的跳板角色。

与之呼应的洋坦墩遗址，则被考古学家视为"史前制陶工坊"。千余平方米的区域内，散落的陶器残片带着稻谷印痕与绳纹装饰，揭示出先民对海洋与土地的共生认知。这些土墩不仅是居所，更是精神图腾，将先民对自然的敬畏镌刻进土地的肌理。

二

若说土墩是散落的文明碎片，马岙博物馆便是串联珍珠的金线。

马岙博物馆始建于 1997 年，2001 年起对外开放，是浙江省首家乡镇级博物馆。2023 年完成提升改造后，跻身浙江省四星级乡村博物馆行列。

1260 平方米的空间浓缩了 6000 多年的海岛史诗。馆内设有"海岛探源""文明曙光""稻作东传""遗风馀俗""光前裕后"5 个展厅及 1 个多功能临时展区。分别从史前文化、生活生产、民间工艺、时令习俗、人文荟萃等多角度展示出土文物，通过文物讲述舟山群岛的形成过程，以及薪火相传、生生不息的马岙人从史前走向历史各阶段的繁荣昌盛过程。

步入展厅，可以看到复原的"海岛第一村"的巨幅场景，先民磨制石器、刳木为舟的动态投影与实物展陈交相辉映。镇馆之宝——凉帽蓬墩出土的特大型石犁，以其惊人的体量与工艺，成为长江下游稻作文明向海洋辐射的象征。博物馆的叙事从新石器时代延展至明清：海盐生产厅中，斑驳的晒盐板与木质水车，记录着"煮海为盐"的产业变迁；民风习俗厅内,龙裤、蓑衣与木屐,勾勒出渔猎族群的生活美学。更令人称奇的是馆藏天外陨石——这块明嘉靖年间坠落的黑色巨石,与先民陶器共处一室,形成陆地文明与宇宙奥秘的时空对话。

馆内珍藏着考古出土的文物有新石器时代的各种石器及陶器、磨制精细的礼器等,有力佐证了马岙古文化与河姆渡、良渚文化以及东瀛文化的渊源关系,生动展示了6000多年前海岛先民生活和文化的形成及发展。除了马岙博物馆内展区外,户外还有古驿亭、古驿站、古驿道、烽火台、林家祠堂、土墩等景点。

马岙以博物馆为主阵地,辐射带动了周边文旅产业的发展,形成了马岙线上的一张"金名片",也成为东海百里文廊的文化地标。

三

马岙的价值不仅在于本土文明的辉煌,更在于其作为东亚文化传播节点的枢纽意义。考古学家发现,马岙陶器纹饰与日本弥生时代的陶器存在惊人相似性。尤其那些带有稻痕的陶片,与日本佐贺县吉野里遗址出土物形成链条,成为"稻作东传"的海上路径——先民乘独木舟沿岛链北上,将长江流域的农耕火种播撒至东瀛——的实证。

这一发现吸引了日本学者的极大兴趣：1992 年"江南学术调查团"的踏勘、天理大学教授的专题研究，乃至《朝日新闻》的追踪报道，都将马岙推向国际考古学视野。正如凉帽蓬墩遗址中兼具河姆渡与良渚文化特征的器物所暗示，这里恰似文明杂交的实验室，大陆的农耕基因与海洋的冒险精神在此熔铸，最终催生出独特的"海上河姆渡"范式。

尽管已发掘数十年，马岙仍藏着诸多未解密码：99 座土墩中尚有 9 处年代未明；出土的 10 余种神秘陶纹是否具备原始文字功能；页岩石犁的钻孔技术如何突破石器时代工具局限……这些疑问吸引着新一代考古人持续探索。

站在凉帽蓬墩遗址公园远眺，古驿道、烽火台与仿古街串联成时空走廊。那些曾被用来传递倭寇警报的烽火墩，如今化作孩子们研学手册上的文化坐标。6000 多年的文明沉淀，正以文旅融合的方式重生——或许这正是对先民最好的告慰：他们用石犁划开的海岛文明之光，终将照亮更辽阔的海洋未来。

虹桥书院与余天锡

陈　瑶

　　在定海六中校园内，有一间崭新的书院，名为"虹桥书院"。穿过校园里贴满论语的走廊，迈进古朴的展馆大门，古与今的重逢，唤醒了尘封的记忆。

　　定海的书院自南宋开始创建，绵延不绝，直至明清进入鼎盛阶段，在历史文化长河中留下了浓墨重彩的一笔。在定海的历史上曾有虹桥、翁洲、甬东、紫阳、蓉浦、延陵、景行等书院。它们是古代定海民间实施教育的主要场所，对传承数千年中华文明和地域文化起着重要作用。

　　"风声雨声读书声声声入耳，家事国事天下事事事关心。"这对家喻户晓的书院名联，不仅让人闻到了淡淡的墨香，更是让人听见了琅琅的书声。浙江书院之名，约出现于唐代中期，据王炳照《中国古代书院》载，唐代的书院，多为私人藏书、读书之地，尚未形成古代教育机构书院的特色。宋元明时期是古代书院的发展期，清朝由于统治者对汉文化的仰慕，重教兴学，迎来了书院发展的鼎盛时期。但至近代提倡"新学"，废除书院，自此书院逐渐隐入历史深处。书院建筑风格较为朴实、简洁,但其设施、布局、形式与选址等还是有讲究的,一般多有讲堂、祭殿、藏书楼、斋舍与其他生活设施等,充分体现了书院的特点。书院以研究、讲学、藏书、刻书、祭祀、学田六大事业为基本规制。

虹桥书院是定海历史上最早的书院,其底蕴虽然没有宋代四大书院那么悠远厚重,其声誉也没有东林书院那么名震东南,但它仍然是文化长河里的一朵浪花。元大德《昌国州图志》载:"虹桥,去州北十里,枕大溪形如卧虹。"宋绍定三年(1230),余天锡在城西剑峰山麓创建虹桥书院,也就是现在的盐仓虹桥水库位置。虹桥书院之名,是否渊源于当时的"虹桥",不得而知。如果书院因桥而名,说明古虹桥早在书院之前即已有了名气。

清代学者朱绪曾作诗描写虹桥:"曾闻少海择村童,学舍离离蔓草中。饮涧长虹宛如昨,连蜷谁复辨雌雄?"从他的诗中可以读出,他在儿时就听闻大人赞叹虹桥的壮美,而虹桥书院当时已废弃,其遗址淹没在"离离蔓草中"了。新版《浙江通志》载:"虹桥书院,今遗址尚存。"经询问、实地走访查证,虹桥书院遗址其实已毁弃,通志记载不实。笔者推测,《浙江通志》依据的可能是明朝《舟山志》中"虹桥书院在城西七里,今址尚遗山麓"之说。其实,在 20 世纪 70 年代,修建舟山蓄水量最大的虹桥水库时,虹桥书院遗址就被毁了。据当地老人讲述,兴建水库前,书院遗址所在地曾是一所小学，背靠剑峰山，青山峡谷间有10多米瀑布飞泻，景色蔚为壮观。

说到虹桥书院的创建，不得不提及一个人，他就是余天锡。清《定海县志》中记载："自三板桥而来，中建虹桥，桥南向有书院，宋太师余天锡捐俸所建。"

余天锡，生于宋孝宗淳熙七年（1180），字纯父，自号畏斋，昌国县甬东村人，此人在历史上充满了神秘色彩。他出身寒微，却自幼天资聪慧，读书过目不忘，从一个教书先生走上政治舞台，官至参知政事（副宰相），还差一点做了宰相，成为定海历史上第一个出任朝廷高官的人。

关于虹桥书院名字的由来，还流传着这样一个故事。相传宋理宗赵昀是在南宋开禧元年（1205）大年初五这天在绍兴府山阴县虹桥里出生的。那天晚上，正好住在那里的余天锡看到外面红光满天，以为附近失火了，就急忙跑去看。可是到了那里，却没有浓烟烈火，只看到荣王府的大门敞开。他进去问发生了什么事，荣王告诉他："我家刚刚生了个小孩。"这个孩子就是宋理宗。

这个故事创造了余天锡与宋理宗之间的缘分，使得"虹桥"二字充满了神秘的传奇色彩。

如果历史真如此巧合，那么盐仓的虹桥会不会就源于绍兴山阴虹桥里？如果这样，便是先有虹桥书院然后才有盐仓虹桥。余天锡所办书院取名虹桥，实则为纪念25年前发现宋理宗所诞生的那个虹桥。

当然，这只是历史传说。尽管余天锡当时身居高位，但教书先生的本性，读书育人的情结，让他捐俸创建了定海的第一座书院。他鼓励家乡子弟就学，贫寒子弟入学还免其学费，特别邀请名儒，教授乡里学子，并诏后世学者教学；举办义仓，济同族穷困户；捐钱造桥铺路修庙宇，定海城内旧有大余桥、小余桥，便是他与弟弟余天任一起出资建造的，他为家乡办了许多惠民实事，声誉著于乡里。

古人选址都有讲究，可以想象当年虹桥书院所在地定是个风水宝地。"流泉自清泻，和我读书声"，书院内的幽寂与世外的喧嚣隔离，仿佛一块难得的净土。置身于这样一个山清水秀，清幽雅致的氛围中，感受着古时学子在此读史诵经、讲学研讨的情景，更多了一份书香诗韵，一份浓郁的文化气息，那里的一草一木，经过了文化的熏陶，更显超然脱俗，气宇不凡。

虹桥书院之后，翁洲书院、甬东书院、岱山书院相继建立，定海的书院开始得到发展，形成定海历史上第一个教育事业兴旺发达时期，造就了不少人才。据《定海厅志》载，从绍熙四年(1193)至咸淳九年(1273)的80年间，人口不多的昌国县就有32人考中进士，出现了父子、叔侄、兄弟同登金榜的喜事。

只是到了清朝，书院的性质已经和前代大相径庭。清军入主中原后,担心私人书院讲学会增强汉人的民族意识,就提倡官办书院,"学以致仕",使书院成为地方文教机构,科举考试的预备机关。

所以,定海历史上的书院,大都在清代被毁弃,其书院名称自然慢慢淡出人们的记忆。

世事变迁,沧海桑田,定海历史上的书院早已尘封于漫漫的历史长河中,但千百年来,古代书院留下的精神气质和文化使命,让后人追寻不已,从中感受古典文化的余音。

岁月悠悠,书院留在人们记忆中的,依然是那淡淡的墨香,琅琅的书声,隽永的情怀。

卷三 东海百里文廊:历史的背影

经学大师黄式三、黄以周

孙和军

　　"学富五车，书通二酉。"这一嘉许给晚清经学大师黄式三、黄以周父子是不为过的。紫微庄墩头黄，现在属定海区双桥街道浬溪社区。每每于红烛清月之下，翻阅明清的线装书，眼前率先跳出的总是"黄卷之中，圣贤备在"几个字。线装书里有剃发留辫穿马蹄袖的秀才、举人，仿佛是从这个山野小村吹来的一丝丝山风，一缕缕青烟。

一

　　黄氏早先世居宁波鄞县塘乡古干里，明正德年间（1506—1521），黄俊（朝字辈）徙居昌国为墩头始祖。

　　墩头黄村里有个黄氏祠堂叫归厚堂。

　　归厚堂的字辈排行是：朝廷大国甫，仲士必兴邦。维家次均齐，丕显承宗祠，龙应永光裕，宏成明……

　　还有黄氏认祖诗八句：

信马登城不定方，任从瑞地立纲常。

心存吾意从吾意，去往他乡即故乡。

朝夕莫忘亲嘱咐，晨昏思拜祖先堂。

生子发叶皆新茂，三七男儿当自强。

归厚堂戏台上有副对联，曰：

蹈之舞之故长言之　秦欤汉欤将近代欤

上联意思是说，诗、歌、舞都是表达人的内心感情的手段和形式，相比之下，舞蹈是表达感情的极致手段和最高形式。可见舞蹈在整个艺术领域中不可替代的重要地位。

下联取自唐朝李华《吊古战场文》："伤心哉！秦欤？汉欤？将近代欤？"暗讽唐玄宗穷兵黩武，荼毒百姓，提出宣扬文教、施行王道，使四海归心、避免战争等主张。

上联结合戏曲舞蹈艺术，下联结合历史兴衰，放置在一个宗祠的戏台上，就是教育族人既要以艺术的方式表达自己的情感，又要记取历史的教训。

那么，归厚堂又是什么意思呢？《论语·学而》曰："慎终追远，民德归厚矣。"说的是对丧祭之礼的重视及其对民风民德的影响，强调的是人对文化和道德传承应当秉承十分谨慎的态度和强烈的责任感，对自己的言行是否有悖于祖辈的教育,身后对后世子孙有何影响,都应当深思熟虑。如果每个人都能这样做,社会风气就会淳厚朴素。

二

墩头村黄氏繁衍至第八世黄兴梧,以《易》《诗》著名庠序。

黄兴梧的儿子叫黄式三,岁贡生,终身治学,著有《易释》四卷、《尚书启幪》五卷、《春秋释》四卷、《经说》五卷、《论语后案》二十卷、《儆居集经说》等,他曾两次考订续修《翁州紫微庄墩头黄氏谱》。

黄式三之子黄以周,是清同治九年(1870)举人,自著和后人整理有《周易故训订》《十翼后录》《周易注疏剩本》《尚书讲义》《礼说》《军礼司马法考征》《礼书通故》《经训比义》《经说略》《群经说》《儆季杂著》《南菁讲舍文集》等。黄以周还和其他人一起编过《定海厅志》三十卷。归厚堂内悬一块"内阁中书"匾,乃光绪十四年(1888)清廷赐黄以周内阁中书衔(从七品)。

可谓一对治学父子,经书世家。

徐世昌当年曾说:"东南称经师才,必曰黄氏,盛矣!"这话出自国学功底深厚,以晚清封疆大吏而曾任民国总统的徐世昌之口,可见父子二人确实不同凡响。

清代以宁绍地区为主的浙东学派，过去一直指以黄宗羲、万斯大、万斯同、全祖望、章学诚、邵晋涵等为代表研究经学兼史学的经史学派，而两黄崛起于浙东之海上，成为浙东学派后期的主要力量。

国学大师、民主主义革命者章太炎曾师从德清俞樾，却也尊黄以周为自己的导师之一，他对浙东学派有过表述，在评价完黄、万、全、章、邵等人后，还加了一句："定海黄式三传浙东学，始与皖南交通。其子以周作礼书通故，三代度制大定，唯浙江上下诸学说，亦至是完集云。"这就确立了黄式三、黄以周父子是清代后期浙东学派殿军人物的地位。他们继承了黄宗羲确立的浙东学派，拓展了浙东学派固有的研究范围，并取得了一定的成就，更对浙东学派在区域外的播迁与发展有所建树。

近代思想家、文学家、学者梁启超先生多次高度评价黄以周。他认为黄以周的《礼书通故》，可谓为集清代礼学之大成。又说："黄以周《礼书通故》最博赡精审，盖清代礼学之后矣。"

三

应江苏督学黄体芳的聘请，黄以周在江苏江阴南菁书院任山长长达十五年，教以博文约礼、实事求是，治学道高而不拘于汉宋门户之见，江南许多高才生都出自其门下。同盟会和国民党元老、武进人吴稚晖便是其中一位。吴稚晖1890年进入江阴南菁书院，在进谒山长黄以周时，看到黄以周的书斋墙上有自书座右铭一纸，其辞曰："实事求是，莫作调人。""实事求是"，是河间献王传中语，凡读书者，均能记忆。但"莫作调人"之句，为黄山长自创，最为精警之语，自古以来，从未有人说过。由是衷心感动，终身将其奉为圭臬。吴稚晖不止一次说起这八字对他一生所产生的影响。

求是，本为黄氏家风。黄式三曾说过："天假我一日，即读一日之书，以求其是。"

按照胡适的解释，"实事求是，莫作调人"就是"寻找真理，绝不含糊"。胡适在纪念吴稚晖的文章里，即以这八个大字作为副标题。在论述吴氏的反理学精神时，也以这八字为中心。

林语堂先生也认为，"实事求是"的精义不全在客观，而在从实事里追求真理，真理没有实践，那只是做"调人"而已，只是知而不行。

今天，我们可以重新对"实事求是，莫作调人"的内涵进行诠释：一是为人、做事要特别较真，一定要求个真是真非，求个准理，所谓"实事求是"也；二是认得真是真非之后，站在"是"的一边，沿着"是"的道路前行，绝不模棱两可，不和稀泥,不做调和派,不搞折中主义,两面讨好,所谓"莫作调人"也。

两黄打通了浙东与皖南之学术界限,也为浙东学派开辟了江苏战场。19世纪中国一些高等学府的治学精神,主要指的就是黄以周等一些书院山长等名儒所传播的学术氛围。民国时期的江南礼学研究,大多得自黄以周南菁书院的一脉相传。两黄所倡导的实事求是精神,成为早期现代中国追求科学主义的精神基石。

因此,定海两黄不仅为浙东学派后期的重要力量和代表人物,而且是对民国学风与当代礼学产生重要影响的人物之一,堪称海岛诞生的学术双璧、两代巨匠。

四

时间到了1962年,时年十二岁的黄以周嫡系单传五世孙黄永跃,惊讶地发现自家庭院"儒林殿"阁楼之内尽是藏书,他记不得数十幢大小书柜中到底有多少经国济世的书籍,密密麻麻的线装本,填满了五间书房。两黄所有的著作,都用上下两层老木书夹板夹好,绳串绸束,绳结间嵌以白骨。黄永跃不敢擅动,只是瞻仰和崇敬地为一幢五卷书匣拂去尘灰,光绪十四年(1888)黄式三微居遗书《尚书启幪》那贴在夹板上的书名成了他对祖先著作的唯一记忆。

一个亦耕亦读的农民知识分子,既脱离不了来自墩头村民间的营养,也脱离不了黄氏先贤书脉相传的思想苦旅。

每年春节,黄永跃和他的父亲黄金根都会出现在祖堂,挂上式三、以周先祖的画像和几副类似"剑匣之中有龙气,酒杯以外如鸿毛"(江苏巡抚陈启泰的手迹)的联子。每年梅雨季结束,黄永跃都会抬出书箱画轴,王羲之的行草、魏碑帖,赵孟頫、邓石如的隶书,《芥子园》花鸟山水人物画、颜真卿《双鹤铭》法帖、柳公权《玄秘塔碑》帖、欧阳修《灼艾帖》、苏东坡《醉翁亭记》帖,摊晒在后院道地里明媚的阳光中。

人言"草根盛行,何来文脉"? 其实文脉盛行,源在草根。墩头村是最好的见证。偏乡陋巷,偏偏走出两位近代中国杰出的经学名家。那隐约散发出海岛水苇蒲草气息的纸笺,虽然没有居延汉简、云梦秦简悠久,却让黄宅大阳门的四块木板壁造就了舟山历史上政治明星最集中的荣耀书册——晚清中兴四大名臣之三曾国藩、左宗棠、彭玉麟和洋务重臣李鸿章的书法墨宝,黄永跃只能凭对书法的些微认知勉强识别李鸿章的首四字"运色入户"和末十九字"学书四十令夕,忽见龙蛇入笔,顿觉耳聋眼花",还有彭玉麟的"先生不知何许人也,亦不详其姓字,宅边有五柳树"等字样(陶渊明《五柳先生传》),其间留下了多少飞白可让我们去揣测,去阅读,去寻觅。

浙东礼学馆

　　浙东礼学馆建在双桥墩头村，人言"草根盛行，何来文脉"？其实文脉盛行，源在草根。墩头村是最好的见证。偏乡陋巷，偏偏走出两位近代中国杰出的经学名家。

风从海上来：三毛的故乡行

陈　瑶

> 如果有来生，要化成一阵风，一瞬间也能成为
> 永恒……
>
> ——三毛《如果有来生》

一个如风一样自由的身影，骑着自行车穿过春天的田野。

我抬头看了她一眼，一抹少女般明媚的笑靥。

二十二年前一个冬日的午后，定海小沙迎来了"三毛祖居"开馆后的第一批参观者，而我有幸也在其中，记忆很淡，有一些影子从我的视线里悠然而过。

这是一座古朴、简净的宅院，有正屋五间，坐西北朝东南，两旁各有两间厢房。院子里的道地由青红石板铺就，灰白的斑驳门墙上，爬满了青苔。

彼时阳光通透，铺洒在门前的石板上，这散落的岁月之影，恰是三毛的祖父留给三毛的寻根情缘。

水有源，山有脉。三毛的祖父陈宗绪，十四岁时便离开

海岛家乡,外出闯荡。后随英国商船,辗转地中海、红海、印度洋等地,历经艰辛……或许,这亦是祖父遗传给三毛的流浪基因,在她的血脉里汩汩流淌。

此刻,我又一次与她的笑容对视,在那个瞬间,我心里自然升起了一个念想:我要和她一样,避开这车水马龙的滚滚红尘,去行走,去流浪,去追随着她的梦前行,哪怕是一个遥不可及的梦。

海岛的春天,穿越微波碎浪,轻盈地落在故乡的门楣上。一个像风一样的女子,跨过山河、沙漠、陆地,为奔赴大海而来。

1989年的那个春天,清晨的第一缕阳光穿透了云层,倾洒在宁波白峰开往舟山的轮渡上,三毛身着一件红色的运动衫,一条浅蓝色的牛仔裙,飘逸的长发上戴着一顶褐色绒线贝雷帽。

船长听说浪迹天涯四十多年,跑遍大半个地球的舟山女儿三毛回来了,兴奋地对她说:"我们用海员的最高规格——拉汽笛来欢迎您,您自己拉吧。"

三毛用颤抖的双手,抓住拉柄,用力一拉。汽笛长鸣,四十多年的岁月沧桑,四十多年的绵绵乡愁,落在了故乡的土地上,三毛热泪盈眶。她的一生与"沙"牵绊。天上飘落一粒沙,成了撒哈拉;故乡小沙,带一个"沙"。她流浪一生,最终还是逃不出心中的那片沙,她的衣冠冢,留在了敦煌鸣沙山，从沙到沙，从一个梦到另一个梦。

回到故乡小沙，三毛探亲、访友、祭祖……一路走走停停，神情激动，恍如隔世。她说："我的心情……悲欣交集，好像是在梦中，不相信是真的。"三毛将自己的双脚重重地踩在故乡的泥土上，留下了难忘的足迹。她还给自己起了另一个笔名：小沙女。她在祖父的坟前痛哭，她又在故乡的田野上撒欢，她带走了家乡的一抔泥土，祖居深井的两瓶水。她在《悲欢交织录》里说："我最不该碰触的，最柔弱的那一茎叶脉——我的故乡，我的根。"

在故乡的日子里，三毛有眼泪，有欢笑。当她骑着一辆凤凰牌黑色自行车，左腿支在地上，含笑望着镜头时，徐静波先生为她拍下了这一难忘的瞬间。三毛很喜欢这张照片，她在照片的背面写下：在故乡舟山群岛的定海，骑自行车。那一刹间，三毛是个在心灵上肉体上的"自由魂"。两年后，连徐先生也想不到，他为三毛在故乡田野上的留影，竟成了一张永恒的经典，也成了一场诀别，掩上冷暖人生，不诉离殇。

时光仿佛永远定格在那张照片上：蓝色牛仔衣，红色半身长裙，棕色马丁靴，白色袜子；扎着两个长辫子，背着牛仔包，笑靥如花一样绽放；不远处的小树林温柔苍翠，脚下的油菜花田，黄澄澄，故乡的大地上簇拥着春光。她轻盈的体态和脸上的灿烂笑意让她看起来无比年轻。

也许，只有这样的三毛，在四十多岁时，还能像邻家小妹一样，在故乡的土地上，露出率真而甜美的笑容。

如今，三毛祖居修缮一新，似乎这样更符合纪念馆的气质，供游人参观，但院内展陈的三毛遗物、作品、照片及缅怀三毛的文章，还是原来的样子。轻轻触摸，每一块展板都留着三毛的回忆，而嵌在里头的文字，都忍不住想透过纸背的缝隙，向来者诉说三毛的故事。

在正屋展厅，可以浏览三毛一生的故事，充满着传奇，她的旅行，她的爱情，她的家国情怀。一段四十八年的旅程，一场别样的冒险，五十九个国家，大半个地球都留下了她行走的足迹。

走遍万水千山，归来仍如初见。她的行走，不仅是脚的行走，更是心的行走。她给了很多人一个可能的梦，一个流浪远方的梦。有多少人因为她的文字与足迹而向往一处处陌生的风景，她就是诗与远方，她就是梦想与浪漫。

在祖居不远处，有一间白墙黑瓦的古民居，原本是乡村中一间朴素的老屋，经书屋主人精心设计，白色墙面上点缀了蓝绿的拱形门框与窗户，浪漫、温馨、简约中弥漫着几分地中海风情。这是专属于三毛的书屋，书屋内大多数书籍与三毛相关，或是她的作品，或是别人写她的作品，又或是历届三毛散文奖获奖作品。而书屋的主人，亦是与三毛结缘之人。

正是那年，三毛来故乡定海探亲时，与舟山文友相识，听说文友夫人想开书店，便说："我想在台湾开一家叫冷门的书店，那你的这家书店要不就叫热门吧。"三毛的书店梦，终未能实现，但由三毛取名的热门书店，却是实实在在地开了起来。后来，热门书店的规模越来越大，于是就改名为岛上书店。

而在小沙的三毛书屋，正是岛上书店的分店。择一午后时光，闲坐在书屋半落地玻璃窗边，喝一杯现磨咖啡，看几本三毛的书。不经意间，向窗外望去，目之所及，竟是一排排葱绿的橄榄树。伴着书墨香、咖啡香、茶香的书屋，怎能不让人心怡——若三毛来此，定然也欢喜。

踏尽红尘何处是吾乡？三毛，从定海小沙走出去的女儿，走出半生，归来仍是少年。行走的她最美，从异乡到故乡，像风一样洒脱的三毛，带着浪迹天涯的心，奔走在春天的阳光下……

三毛故里

　　踏尽红尘何处是吾乡？三毛，从定海小沙走出去的女儿，走出半生，归来仍是少年。

龙潭老街，聆听岁月的故事

姚崎锋

龙潭老街，旧时定海一条很著名的街市，南北向主干线近 300 米长，南洞、长春水库下游之水汇聚流经老街，周围多溪流、桥梁。街中段之龙潭，常年清澈不涸。潭边一水井，井水清洌，是当地百姓做青饼、年糕时淘米浸泡的用水首选。活水养人，洗涤、汲水百姓不绝。

老街鼎盛时，二层街面房林立，海鲜渔肆酒坊商铺众多。入居早，规模较大的店有三家，即颜家人开的庆和里，李家人开的李洽茂酒坊，鲍家人鲍福忠与白泉王协成合开的同昌里，三家店铺均经营南北杂货、酒等，有的还另开有染坊、钱庄。西码头行贩挑着鲜活的海产品来街里设摊，附近农副产品聚集，日渐形成了当时定海境内有名的龙潭街闹市。

龙潭街还留在我儿时的记忆里，我对它有深深的难忘的情怀。这里有旧书店的书香，我最喜欢木质书架上那一排排的小人书。有轧米厂的粉尘与蒸汽，每到年关，四邻八村的乡亲们都要在这里会聚加工年糕，热年糕裹豆酥糖的味道让人流连。也有老式理发店的大铁盘转椅，当年的乡村剃头匠都有一手好手艺，修理小孩子的头也从不马虎，很多次，我都在大铁椅上美美地睡了过去。还有老式棉花加工作坊，弹棉花的铮铮声听起来真悦耳，家里的旧棉被经过加工便变成新的了，大冬天盖着好暖和。更有供销社货柜里琳琅满目的商品，在小小的我的眼中，这里的新鲜玩意真多，仿佛就是一个五彩的世界。

如今，老街的容颜再次改变。走在这里，我仿佛一下子回到了童年。糖画、爆米花、糕团等一些传统的手工作坊开张了；供销社里摆满让人怀旧的极具年代感的商品；那张大铁盘转椅又出现在剃头铺子。各式的布艺招牌拉起来了，精美绝伦的布艺伞面挂起来了，喜气的灯笼串起来了，花卉绿植错落有致地摆着，几处石槽里的铜钱草郁郁葱葱……精心设置的细节让老街回归原味又不失时尚。

迈入供销社博物馆大门，仿佛回到了上个世纪。供销社，一个熟悉又陌生的名词，承载着几代人的集体回忆。那些熟悉的老物件，在这里得到了完美的保存和展示。三尺柜台，称白糖的台秤，打酱油的漏斗，算账用的算盘……那时候，小到油盐酱醋、针头线脑，大到生产用具、化肥农药，都得到供销社才能买到。老一辈还有拿着布票，扯布做衣裳的经历。往里还能看到永久牌自行车、蝴蝶牌缝纫机、黑胶唱片机、黑白电视机，这些曾经风靡一时的商品，如今已成了珍贵的回忆。

老街上的庄家大院,现在被改建成了舟山去台老兵史料陈列馆。最早的陈列馆,是在西码头边的一幢建筑里,因为濒临海边,展品易受侵蚀。后来迁移到了老街这里。

推开庄家大院沉重的木门,轻轻地走进去,就走进了那段沉睡的历史。在舟山解放前夕,这大院是国民党警备司令部、宪兵队以及浙江省银行的办公地点。复馆开放后,展陈资料从原先的 120 张照片 1 万字,增加到了上千张照片 5 万多字,纪念了这段历史中的所有亲历者。

时间回到 1950 年 5 月,13000 余名舟山壮丁,被包围在荷枪实弹的军队之中,带着迷茫和未知,登上了开往台湾的船只。岸边则是送别的亲友,泪眼婆娑、依依不舍。从此骨肉分离之痛,成为他们心中割舍不断的牵绊。直到 1987 年后,才陆续有去台老兵得以回乡探亲。

展馆里有一张让人印象深刻的照片:一位男子,西装革履,一手夹着呢子大衣,一手提着拎包,站在家门后,面朝门内。门内是他的家人,老妇佝偻着身子,半眯着眼睛,看着熟悉而又陌生的他。一张照片,定格了去台老兵回家的瞬间,四目相对,百感交集,无语凝噎。这一刻,他们等待了太久太久……

在我老家小小的村庄,也有几位当年被抓的壮丁。儿时的记忆里,突然有一天,村子里传开了,某某家的去台湾的人回来了，带来了金元宝、台币或美金。村里人第一次看到了外面的钱币。一下子，那几家有去台湾的人家里有了电视机，在当时的农村，电视机还是稀罕物，村里孩童就经常去那几家蹭电视看，心里更是羡慕那些幸运的小伙伴。

那时的我们，绝不会想到其中的辛酸、艰辛，看似风光的背后是多么长久的骨肉分离。而且，能踏上归乡之路与亲人们再度团聚的，只是少数的幸运儿。有一些老兵，经历过一次次望眼欲穿的期盼，但直至生命终点，也未能如愿回到曾经的故乡。随着时间的流逝，"去台老兵"终将尘封在历史档案中，但他们的故事会被一直留存。

有人说，每一条老街，都是一个地方的回忆，如果把这些回忆连接起来，就成了历史。龙潭老街，也是如此，这些岁月深处的故事必将留在人们的记忆里。

龙潭老街

因街内有一个终年不干涸的泉水潭,俗称"龙潭",故而得名,为定海乡镇四条老街之一。

十字街：点点滴滴撩拨你

陈　瑶

　　每个人，梦里都有一条老街，这老街，一直牢牢长在心里，生根发芽。因为那是故乡的老街，儿时踩过的每一块青石板，抚过的每一片墙瓦，都深深烙在记忆里。时光就是这样有情有义，当你无法再回到从前时，她便会把过往的点点滴滴，悄悄植入你的梦里，无数次地撩拨你，让你重回她的怀抱。

　　在定海中北部，有一个乡镇，因为清澈纯净的湖水，而得名白泉。白泉的醇厚古韵，还离不开一条古朴悠长的十字路老街。若要追源溯根，这里有新石器时代的古文化遗址，为舟山五千多年文化史翻开了首卷。老街无语，她和那块伫立在街边的十字路遗址石碑一样，静静地轮回了多少个春夏秋冬。

　　十字路老街，千年沧桑，源远流长，形成于宋代，鼎盛于清末民初，由直横两条街，交叉成"十"字形状，故名十字街。河街相邻，水陆平行，横街紧靠万金河，从金林水库下，一直延伸到浣青溪；直街一路通往白泉岭水库下，大约千米，长龙般静卧着。记得儿时去学校读书，每天步行必往返于这条直街。记忆中的直街，似乎很长很长，沿路细数着踏过的青石板，总感觉走不到尽头。十字街直横两街的交叉位置，既是老街中心，也是目前保存下来较为完整的古街区。街两边为青砖灰瓦，两层或单层的木结构老房子，一楼为商铺，二楼住人；有些老房子为前店后院式，临街一面开设店铺，内有堂前、作坊、院落。直街实际并不是完全笔直的，其间延伸出众多巷陌里弄，宽窄相间，错落有致。现在的老街，市井喧嚣早已褪尽，沿着寂寥的巷弄，随意便可拐进一间老宅，四合小院，多为一进，由台门、正厅和两侧厢房组成，正厅与厢房以回廊贯通。高耸的台门，微翘的檐角，雕花的廊柱，镂空的窗棂，有种被时光封存的味道，处处透着古色古香。

如果时光可以回转倒流，穿越历史，再现往昔，十字路老街的热闹与繁盛，亦似一卷流动着的《清明上河图》。光绪年间，白泉以十字路为中心，形成规模集市，商贸兴旺，是定海东乡诸庄主要贸易区。那时，街头巷尾，人来车往，络绎不绝；若是遇上集会或是庙会，街市更是热闹非凡，熙熙攘攘。定海名儒乡贤王亨彦所著《定海乡土教科书》载："白泉庄，土广流长，夙称沃壤，南为十字路街，市廛错杂，贸易颇盛……居民以殷富闻。遇歉岁，邻庄之乞丐者，络绎于途。"民国时，白泉亦成为东乡闹市，商贸要地，商贾云集，物流通达。十字路街市曾云集了粮油加工、南北杂货、食品糕饼、烟酒糖果、印染纺织、布行百货、中西药铺、咸鲜水产、饭馆茶楼等特色商铺。据资料载,民国三十七年(1948),白泉境内有各类店铺作坊 65 家,而一半以上集中于十字路街市,如当时有名的协成酒坊、源春和油坊、树德堂中药铺、泰昌南货店等。

若闲步于十字街,你会发现,每一座老房子都雕刻着时光的痕迹。不经意间,推开一扇虚掩的木门,斑驳的灰墙上爬满了青藤枝蔓,墙垣檐角虽老旧剥落,但屋内中堂屏风上却残留着一些文字:"凉秋月夕,桂子婆娑,吾族老稚谈桑麻,讲诗礼,风流遗韵,历千百年来如旧……"字里行间浸透着浓浓的人文气息。

如果说,商铺林立,庭院深深,曾是十字路老街的精华所在,那么万金湖水就是十字路老街的灵气所聚。十字路老街旁,曾有一条溪流,清澈见底,名万金湖。唐时,白泉属富都乡,三面环山,一面临海,自然条件优越,水资源丰富。宋乾道《四明图经》载:"富都湖,在县东北八十里,旧名万金湖,周回三十里,溉田二百顷……"宝庆《四明志》载:"富都湖……潴水之所挟(狭)甚,而泉涌其间,旱车辐凑(辏),未尝少减。"至元大德《昌国州图志》,虽将万金湖改作白泉湖,但万金湖的地名,却一直沿用至今,如万金湖路、万金湖庙、万金湖庵……万金湖畔有一口深水井,唤作万金湖井潭,四季清泉喷涌,长年不枯,且水质甘甜,夏如冰水,冬如温泉。万金湖井潭,今尚存,附近的居民仍把井水当作饮用水,在井四周常年围满了洗衣、洗菜之人。曾经,我和母亲也常常到万金湖井潭打水洗衣,我一直诧异于这井水缘何如此清洌?虽紧邻一条已染尘埃的河流,且周边时有生活垃圾,但这万金湖井水,仍然澄澈;也许,这正是生生不息、源远流长的源头活水,千百年来,取之不尽,用之不竭!乡民们沿水而聚,缘井而居,井宅相依,井坊相应,这也是民间最朴实自然的风景。如此好水,使得白泉出产优质酒水,在宋宝庆《昌国县志》就载:"昌国有酒坊十二所,白泉坊居其一。"足见,民间酿酒习俗早有渊源,每逢岁末,家家都自酿"白米酒",用糯米做原料,蓼草做发酵剂,取万金湖井潭水,混合酿造而成。品一杯"白米酒",口感醇和,馥郁芬芳,既源于天然的馈赠,又弥散着岁月的醇香。

许多年后,十字路老街,依稀还是旧模样,街面长凳上坐着的阿太、阿公们,仍是这般惬意地晒着太阳,悠闲地聊着天,亦不会惊讶于时光的流逝。此刻,细碎的阳光,透过瓦当,落在檐下,在青石的缝隙里,长出青翠的野草。循着老街的呼唤,缓缓而来,有一个声音告诉你,这不仅是千年的古街,也是你的故乡,此后灵魂在这里留宿,再也不会因你曾是过客而迷惘。

隆教寺：多了一道照壁

赵利平

翻过颜家村的长春岭山麓，我们走进了隐蔽在茂林修竹下的隆教禅寺。寺院里没有香客，没有游客，只有我们几个人。

深秋的太阳光越过灰色的屋顶，穿过檐翘上雕着的几只脊兽，落在一株硕大的桂花树上，满树的金桂瞬间透明。

我把这株桂花树想象成时间之树，它在这里等我已有1000多年了。隆教寺始建于五代后汉乾祐二年（949），原名"降钱院"。宋大中祥符元年（1008），朝廷赐额"隆教寺"。论历史，它与不远处的普陀山寺院相差得并不多。当然它也是几经建几经毁的，现在的模样与当初相去甚远。

第一次来隆教寺，还是几年前。在一个朝东的会客室，听法师介绍寺院的基本情况。法师娓娓道来，让我颇感意外。没想到这寺历经1000多年竟积淀着这厚重的海洋文化底蕴。

舟山群岛多佛教寺院。我一直以为它们缘起于海岛的生产方式和生活方式。先民们居于海岛，与海搏斗，以渔为生，激烈的打鱼杀生与海洋的变幻无常，使他们必然要寻求心理寄托，生求菩萨保佑，亡求菩萨超度。寺院建筑和佛教文化，自然因此产生，成为舟山海洋文化的有机组成部分。

但隆教寺除了这层普遍性的意义之外，更承载着舟山海洋文化的独特底蕴。

那是元至治元年（1321）的十二月，距今已有 700 多年了。雪落西湖，寒风吹彻。杭州净慈寺，一个僧人在寺院外等候。雪花落在灰色的僧衣上。看见远处的人影，他大声喊了起来："来了，来了。"于是，他眉间的雪花飘落，从寺内涌出更多的着僧衣和不着僧衣的人影。

那个双手紧握住来者双手的僧人，便是祖瑛法师，那个来者便是大书法家赵孟頫。

那是一次历史性的会面，在中国书法史上的意义，并不亚于王羲之在浙江绍兴兰亭以文会友写下《兰亭集序》。

赵孟頫是因为祖瑛法师即将赴昌国州（也就是现在的舟山市，元朝时昌国升县为州。舟山作为地级市的历史不是20 世纪 60 年代才开始的，有些人老是说舟山历史上属于宁波，那是对历史片面的解读）隆教寺任住持，而从湖州专程前来为老朋友送行的。我一直没有弄清楚在杭州净慈寺的祖瑛法师为何要到孤岛昌国州来，也许那时的隆教寺地位很重要。

感怀于朋友即将远行，在诸多朋友的见证下，赵孟頫挥毫留下《送瑛公住持隆教寺疏》。我不懂书法，但据了解该帖是我国几百年来行书爱好者经常临摹的著名作品之一。现在原迹仍收藏于天津博物馆。

法师向我们说完这个故事，指了指挂在会客室墙上的《送瑛公住持隆教寺疏》："样子就是如此。这个是仿制的。"

那天，从会客室出来，离开隆教寺，我的内心既高兴，又遗憾。高兴的是了解了隆教寺的历史和文化，遗憾的是这些历史和文化还停留在纸面上、口头上。

这次到隆教寺，我们几个没有打扰法师，就同其他游客一样在寺院转悠。

我惊喜地发现正门处多了一道新照壁。

佛教寺院的照壁一般起着分隔、美化环境、表达寺庙主题、祈福庇佑、保护寺院等作用。但隆教寺的这道照壁意义全新。

照壁长二三米，宽约一米，内刻赵孟頫的《送瑛公住持隆教寺疏》全文：

　　兹审石室书记瑛公住持昌国州隆教禅寺，凡我与交，同词劝□。

　　处西湖之上，居多志同道合之朋；歌白石之章，遂有室迩人远之叹。第恐大瀛之小刹，难淹名世之俊流。石室长老禅师，学识古今，心忘物我。江湖风雨，饱饮诸方五味禅；棒喝雷霆，显扬圣谛第一义。扫石门文字之业，传潜子书记之灯。钳锤既已承当，瓣香须要着落。望洋向若，不难浮尊者之杯；推波助澜，所当鼓丞徒之楫。即腾阔步，少慰交情，开法筵演海潮音，龙神拱听，向帝阙祝华封寿，象教常隆。

至治元年十二月日疏。松雪道人书。山村逸民仇远，北村老人汤炳龙，巴西邓文原，婺胡长孺，吴兴赵孟籲，西秦张模、楚龚璛，长沙冯子振、燕山贯云石、吴张渊、浦城章懋卿、玄览道人王寿衍、紫霞道士马臻、句曲道士张嗣显。

照壁是用石材做的。从材质和雕刻的工艺来看，说不上很精致。其规模、气派、格局与绍兴弘扬王羲之《兰亭集序》的表达方式相比，也有不少距离。但寺院的法师能够联系天津博物馆制作高清复本，我以为是很了不起的。

当寺院里的时间之树再长700年，再长1000年，这照壁对后人来说就是文物。

更重要的是，这照壁让中国大书法家赵孟頫、祖瑛法师与舟山的文化联系，以及与隆教寺的文化联系有了可观看可感触的载体。

我一直以为舟山不缺丰富多彩的海洋文化资源，缺的是让这些资源生动起来的手段和载体。

看不见的文化，只有被看见，才能成为被感知的文化。

隆教寺的那道照壁，让隐藏在历史文化中的赵孟頫、祖瑛法师的形象一下子生动起来，也让躺在故纸堆里的舟山海洋文化资源一下子鲜活起来，形象起来。

我盯着这面照壁，细细地品味这处舟山海洋文化的圣地。深秋的阳光笼罩着我，沉沉响起的梵音萦绕着我，不远处的桂香包围着我。

隆教寺

树影轻轻落下,在寺院的黄墙上摇曳,绿树掩映下的古禅林自有一番"世外桃源"的幽静,梵音袅袅,香火弥散,经过历史的沉淀,更添几分岁月的韵味。

兴善寺：梵音绕梁一千年

陈 瑶

"海风拂面波作镜，青山绕寺翠为屏。"这样的诗句，读起来，就让人心生向往。诗中所描绘的古寺，恰如位于双桥庆裕村福善山上的兴善禅寺。历来寺院选址，都讲究风水宝地，兴善寺也不例外，靠山面海，云雾婆娑，隐藏于深山密林间，古寺的黄墙掩映于青山翠竹中，远望之，云深不知处，只见黄影点点。

一

翻开志书，书中这样记录着兴善寺的历史："兴善院，县西三十里，后唐天成二年（927）建，初名小善院。因寺所处的福善山，如凤舞之形，又称凤山，寺以山名，曰凤山寺。治平元年（1064）赐额为福善寺。"而现名的由来，得缘于当时参知政事（副相）应繇的题额。南宋淳祐十年（1250），应繇辞去官职，告老还乡，骨子里仍想当教书先生的他，心心念念想为家乡学子做一点事，出一份力。他想在暮年之际做人生的最后一次求索,为家乡培育一批青年才俊,为其情系的乡土延续一缕文脉。于是,在他的奔走努力下,翁洲书院得以创建,其"以教兴善"的理念,也浸透在他所钟情的福善寺中,他题笔为寺院写下"教忠兴善"匾额。之后,寺院为纪念应繇参政之德,遂更名为兴善寺。清朱绪曾有诗云:"曾闻凤舞到钱塘,兹地山形足颔颅。兴善教忠非浪语,有人蹈海殉君王。"此诗更是道出了应繇这位南宋高官,看透功名,归隐田园,读书育人之决心。

也许,兴善寺确是避离尘嚣,修身养性的归隐之地。应繇之前,北宋著名词人柳永,官场失意,被发配至海岛任晓峰盐监。但他为官清廉,体察民间疾苦,把充满人文关怀的《煮海歌》留给了现世的我们。据传,海岛的百姓,曾在兴善寺建柳公祠以感念他的恩德。原来,柳永在定海任盐官期间,便与兴善寺结下了千丝万缕的因缘。曾经,兴善寺大雄宝殿旁边留有柳永书堂,得闲时他经常来此居住,从此,清静下来,品茶作词,诵读经书,参禅悟道。不难想象,那时日的兴善寺与大殿旁的书堂,琅琅的诵读声与清亮的晨钟声共鸣于深山空谷间,柳永的词赋歌吟和僧侣的梵音偈语糅合在幽篁清泉中。

古寺悠悠,禅音缥缈。千百年来,兴善寺几经毁损、重建、修缮,历经风雨洗礼,如今仍巍然屹立,香火缭绕间,殿堂楼阁熠熠生辉。

不知是地缘因素，人文情怀，还是寺名之可心，素来喜欢古朴简约之美的我，竟然对眼前这座修葺一新的寺院，颇有几分倾心。

如今的寺院，要么占尽绝佳的地理位置，修建得金碧辉煌，现代气息浓烈；要么就深藏茂林深处，院墙斑驳，爬满了青藤绿苔，显得古朴宁静，历史底蕴深厚。而兴善寺，处于两者之间，不浓不淡，恰到好处。江南寺院的规格布局，大抵相仿，主殿大雄宝殿供奉释迦牟尼佛，其他偏殿、钟楼、鼓楼、法堂等位列两旁。素有"海天佛国"之称的舟山群岛，是观音的道场，自然供奉观音的寺院居多，一般寺院都设有观音殿，兴善寺亦是如此。

香火袅袅的铜制香炉鼎立于宽敞的寺院之中，呈亮金身的佛像面对顶礼膜拜的善男信女，总是面相圆润，慈眉善目，让怀有虔诚之心的信众播下一颗皈依的种子。午斋时分，深沉浑厚的寺钟之声响起，由近及远，在峰峦竹林间轻轻回荡，悠远绵长。

和所有的寺院一样，兴善寺也逃不过历史的劫难，屡次兴废，终能绵延至今。但其最为繁华兴盛的时光，因了一位土生土长的得道高僧，沐浴着先贤的明慧与光芒，源远流长。

二

千年之前惠风和畅的一天，一位年轻的布衣和尚，叩开了兴善寺的门扉，一迈进山门，寺院早诵课的钟声扑面而来，他立刻双手合十，口念"阿弥陀佛"，在一阵钟声鸣响中静默。之后，他环顾四周，目光所及之处便是诵经堂，径直而往。一位长者出门相迎，面对眼前这个朴实清秀的小沙弥，心中甚是欢喜。

"本寺身处深山，香客来得少，清苦得很，你可愿意在此处修行？"长老微笑地问。

"愿……意……愿……意……，请……师父……收留……"小沙弥顿时眉开眼笑，立即叩头跪拜。

长老一听小沙弥结巴的声音，先是微微一惊，而后会意地点点头，口中轻念："善哉，善哉！"

原来，此沙弥便是之后让兴善寺发扬光大，香火兴旺，远近闻名的董公禅师。董公，名延助，定海甬东人，其人其事，在各代志书中均有记载。只是民间百姓口口相传，流传下来的故事，更为详细、生动，且充满传奇色彩。延助早先在紫微回峰寺出家，因为他有严重的口吃，常常受欺侮。每每受辱，总是憨憨一笑，从不与人计较。他的淳厚善良，踏实诚恳，当家师父竺洪是看在眼里的，尤其可贵的是，延助刻苦好学，力求勤学以补口拙。其实，他虽有口疾，却资质聪敏，早有慧根，又喜欢钻研佛法。师父竺洪参佛处世风格与延助不同，取中庸之法，志书载："竺洪雅淡，于经典罔不参究，因请质其要。"而延助却喜参研，常反复研读佛学禅理，他的钻研精神，也让师父大为赞赏。

只是世事无常，延助命途多舛，求佛之道极为艰辛，注定其无法安心在一处修行。他的最大障碍——口吃，让寺院难容。他的潜心苦读，让旁人认为其"不合群"，便认定他是"孤独和尚"。延助为了去除口吃之疾，每日早晚都到山上面壁，苦练说话。殊不知，人们见他一个人自言自语，就以为他是疯和尚，欺负他不说，还传出诸多流言蜚语。顽皮的放牛娃还常用石子、泥块砸他，有时候他会被砸得鼻青脸肿而回。为了免受欺凌，他索性不出寺院了，可是一些寻衅滋事的人却来到寺院，当家长老怕多生事端，影响寺院香火，无奈之下，就以"出去避一避"为由，让他离开了回峰寺。临了，师父为其送行，安慰他说："去吧，你命中有此劫，将来必有所成！"

三

拜别师父，延助顿感前路迷茫，他不知道自己该往哪里去？现下，自己无处落脚，忽然想起不远处的凤山上有座兴善寺,先投奔那里,或许还能有一个容身之处。

幸好,那里的长老收留了他。从此,延助的生命注定要和兴善寺结下深深的佛缘了。求学心切的他,一心探求佛学禅律,想取得真经回兴善寺,以报答长老收留之恩。于是,延助云游四海,潜心修学,过上了苦行僧般的生活。他走遍天南海北,最后来到了山西五台山,想把五台山作为在外修行的圆满之地。五台山是文殊的道场,文殊专司"智慧"。他想祈求菩萨开光,因此独行至最高的叶斗峰。或许冥冥之中上天自有安排,延助在峰顶偶遇了一位得道高僧,与他一见如故,因缘际会,高僧收他为徒,亲授高深佛法,承启衣钵,终使延助大彻大悟。临行之际,高僧赠送锡杖给延助,并嘱咐道:"此杖与众不同,日后定会助你。"

一别经年,兴善寺非但没有什么发展,反而比以前更为冷清了,加之地处深山,道路崎岖,交通不便,又恰逢海岛连年干旱缺水,致使兴善寺香火稀少,人迹罕至。一脸愁容的长老无奈地对延助说:"山上缺水,香客极少,难以为继呀!"延助深知"僧多粥少"的困境,但他没有灰心,反复琢磨着"缺水"两字。转念间,他似乎有了主意:"长老,请宽心,我有办法!"于是,众僧将信将疑地追随延助来到了后院岩壁前。只见延助面对岩壁,双手合十,微闭双眼,口中念念有词,然后,用锡杖在岩壁上戳了左右二洞,瞬间,这洞由小变大,变到像米筛大小的时候,有"吱吱"响声发出,顿时,两股清泉喷涌而出。众僧看得目瞪口呆，惊叹不已，连称延助是"活菩萨显灵""佛的使者"，连忙都向延助行大礼。之后，延助被选为兴善寺的方丈，因其俗姓董，被尊称为董公禅师。

于是乎，"岩石取水"之传奇，传遍千里，人们纷纷慕名而来，一睹"仙水"真容，又说喝此"仙水"能神清目明。

于是乎，山路修好了，殿堂搭起来了，香火兴旺起来了，清静的兴善寺热闹起来了。

"岩石取水"虽是一个民间传说，但在志书中也留下了一笔："……乏水，岩壁间杖卓二穴，水涌出。"如今，寺院仍留有一口"龙井"古迹，不知斗转星移了几个轮回，其前身仍缘于"岩石取水"传说，这无疑是"仙水"遗址一代又一代演变而来的结晶。它为兴善寺的前世今生蒙上了一层神秘的人文色彩，让善男信女们笃信佛法无边，寻觅到一处内心深处的净土。民间传说的力量，亦真亦幻，信或不信，它都在那里，成为一种纯朴的乡村文化记忆，留给后人一种绵绵不尽的遐思。

穿越岁月沧桑的陈家台墙门

陈　瑶

　　儿时的记忆中,每次到白泉金山村姨婆家走亲戚,总会路过一道破旧的墙门,从墙门外张望,好奇的眼里闪现的是一条深不可测的石板路和树影婆娑的院落。

一

　　一弯冷月,映照着曾长满青苔的台墙门,荒草丛中,秋虫引路,近距离感受后岙台墙门,宁静、寂寥、幽深中透着无尽的苍凉。

　　高高的台墙门,象征着陈家大宅荣耀门楣的过去。台墙门,邸第之意,其格调典雅古朴,造型独特,自然大方,在江南宅第建筑艺术中占有重要的地位。规模较大的住宅,才称得上"台墙门",传统台墙门冠名方式很多,有以官职命名,如状元台墙门、进士台墙门;有以建筑特点命名,如八卦台墙门;也有以姓氏命名,如王家台墙门、陈家台墙门等。想来,后岙村民口中所说的"陈家台墙门",应是源于住家的姓氏。

陈家大宅坐北朝南，高大气派的台墙门，把整座大宅衬托得蔚为壮观。在历经了几百年的风雨洗礼之后，宅子依然保留着一番古朴韵味。乌瓦粉墙，挑檐翘角，精美绝伦的墙雕，如今还能隐约辨认出墙上前后左右对称的花鸟吉祥图案，前门额"福禄寿喜"，但后门额完全褪色剥落，没有留下一丝痕迹。询问后岙村里的老人，他们都不知道这台墙门究竟有多少年历史，估算着也有二百年。后岙村本是定海僻壤，深山冷岙，三面环山，人迹罕至。据白泉《蒋氏家谱》记载，明朝中后期，才有村民从宁波迁移于此，该村以蒋、陈、林为主要姓氏，至清末仅有一百多户。试想，这小小的村落能出如此大户人家，竖起这高高的台墙门，不能不说是一道亮丽的风景线。

跨过台墙门，拾级而上，迎面两张简约朴素的石凳，欢迎着我的欣然寻访。青石板铺成的大道地，道地中间有条高出地面约二厘米、宽二米的石道，连接台阶和正屋堂前，据说此为"迎客道"，贵宾光临时，主人家要大门洞开，道上铺红地毯，隆重接待。里面为进堂式住宅，有四进、门廊、厅堂、正屋、后堂，但最后一进已毁。建筑主轴线两侧为厢房，左右两边为杂房和马房。如今是新修缮过的房屋。江南一带古民居的建筑，多为单檐硬山顶，房屋为木质结构，落地廊柱，沿廊通底，厅堂各房相连相通，廊檐、门窗皆精雕细刻，窗棂镂空，花饰图案别具一格，特别是木窗门枢，雕饰精美。后窗有一处雕花栏杆,是用石灰、桐油、棉花、彩色颜料混合筑成的,曾经的缤纷斑斓已一点点褪尽色彩,直至彻底灰白。大宅的门廊很宽敞,据说,每逢陈家老人寿辰,便会请来戏班子,做戏文,祝大寿,村民挤满了整个门廊,热闹非凡。

中国人向来保持着聚族而居的传统,留存的台墙门见证了一个家族的兴衰,积淀着传奇色彩,隐藏着逸闻轶事。

二

白泉金山村,俗称后岙,古时是个"藏在深山人未识"的小村落,青山环抱,流水潺潺,民风淳朴,仿佛一处远离喧嚣尘世的世外桃源。正如《中国乡村生活》中说,在那遥远的、无法确定的年代,朦朦胧胧的过去,有几户人家从其他地方来到这里安营扎寨,于是乎,他们就成了本地的居民,这就是中国乡村。后岙村沧桑无言,却也见证了几个时代的风雨变迁。

后岙有一条大溪,从大山深处潺潺而来,穿村而过,蜿蜒曲折。清澈明净的溪水,流经陈大宝家的屋门前,大溪与陈大宝家仅隔两米不到,正是这源源不断的大溪水,让他时来运转。有风水先生路过陈大宝家门前,占卜云:"此处可久居,门前见水,是为明堂水,风起水动财运将至。"

陈大宝何许人也?据说就是后来陈家大宅的建造者。

据《白泉镇志》载,清康熙年间,陈氏"齐"字辈从鄞县姜山陈家庙迁徙至后岙山脚下,世代耕田种地,家境贫寒。陈大宝是家中长子,为了维持家庭日常生活,他不得不外出到十几里以外的富绅家里当长工。有一年的八月十六中秋夜①,陈大宝上完夜班,想就着皎洁的月光,回家与家人共度中秋佳节。当他赶夜路到村里时,已是夜深人静。正要敲自家大门时,忽见大溪里亮光闪烁,有什么东西时隐时现,他好奇地走入大溪里。原来,清澈的溪水下面,有一只如盥盆大小的石捣臼,这只石捣臼通透光滑,如白玉,精致无比,月光倒映在石臼上,一阵夜风掠过,和着灵动的溪水,熠熠发光。陈大宝像拾得宝贝般,把它揣在怀里。他的妻子见大宝神秘兮兮地捧着一只村里随处可见的石捣臼回家,满腹牢骚,本以为丈夫在中秋之夜,定是拿了值钱的东西给她,原来是一只破石捣臼。陈大宝却不以为然,千叮万嘱,让妻子收好此宝物。而他第二天天还没亮就匆匆出门了。大宝的妻子根本没有把它当一回事,自家鸡棚里正好少一只喂食用的盆子,就把石捣臼扔在鸡棚里,草草地盛满糠之后,就没有再管它了。隔了几天,大宝的妻子去喂食时,发现石捣臼内糠还是满满的,甚至比先前还要多,糠都溢到地上了。这下,她愣住了,再看看自家的公鸡、母鸡,只只肉墩墩,生龙

---

① 宁波舟山一带以八月十六为中秋。

活虎。莫非这石捣臼真是宝物？她赶紧托人带信把丈夫叫回家。晚上，夫妻俩把所有积攒的铜钱都放入石捣臼，果然，铜钱越积越多，直至积成一座小山。

陈大宝有了钱，自然首先要建造家园。他把先前那个风水先生请来，专门请他量地基，测风水。风水先生告诉他，此处乃藏风聚气的风水宝地，陈家大宅需坐北朝南，尤其需造一座高大宏伟的台墙门，以镇宅地。台墙门前，溪水从北向东流，似玉带环腰，又有"左青龙、右白虎"之势，这条溪就是青龙，"山环水抱必有气，靠山临水，白虎护家，收凶化煞，财水到位，取之不竭"。

当然，传说归传说，后岙陈氏家族的发迹史，却无从考证，仍然是个谜。偏僻的后岙庄户人家竟能富甲一方，着实让乡邻感到不可思议，羡慕不已，在他们印象中，种田人发不了大财，除非捡到聚宝盆或得了不义之财，因而留下了这个神乎其神的传说。但从后岙村老人口中得知，陈大宝家确有良田九百多亩，遍布在干览、马岙、皋泄、北蝉等地。每到秋收季节，各地租户纷纷挑着一担担稻谷，踏破了陈大宝家的门槛，稻谷叠成了山。据说，遇到好年辰，一亩田要抽取三百斤租谷。由此可见，陈大宝是当时名副其实的大地主，日久累积的财富，足以荫庇好几代。

三

光绪末年,陈氏祖辈留下的田地,还算丰盈,于是,陈氏五房开始分家析产,各房以此为资本,或外出经商,或耕读,或捐官,有在白泉街开染坊、玻璃行、布行等手工作坊的,也有在上海做运输生意的。到了民国时期,各房经营生意惨淡,家业日渐衰败,境况没有从前阔绰。

陈家上代虽没有出过真正的大官,除经商外,却恪守"耕读家风"。陈景听便是其中之一,他是陈大宝的玄孙,字梅昌,晚清秀才,村民称其"梅昌先生"。他自幼饱读诗书,又深谙风水、八卦等玄学。当时,捐官之风盛行,本来梅昌先生也可捐个官,可他毕竟受过儒学熏陶,想凭借自己的才识、学问考取功名,一展抱负以光耀门楣。那年,踌躇满志的梅昌先生进京赶考,青灯黄卷,十年寒窗,可终究事与愿违,难展大志。

"秀才不出门,知晓天下事",梅昌先生关心政事,闲暇之余常和村民谈及国家大事,热心为村民代写文书、状纸、对联、碑文等,又义务在村里的私塾教书,得到了村民的尊敬,但也有少数村民戏称其为"书大无",他一生以读书、育人为乐,但不迂腐,不保守,敢于接受新思想。在他的积极倡议下,村里募捐各方善款,筹划创办新式小学堂,聘请老师讲课,倡导新学,但后来由于一些顽固势力的阻挠,没有创办成功。在当时如此封闭的冷岙里,像梅昌先生这样有先知先觉的人,实是难能可贵,而且他痛恨科举制度,大胆宣传"废科举,办新学"的思想。在他的影响下,一些有识之士纷纷响应"兴新学"。梅昌先生一生鄙视趋炎附势之徒,因憎恶当地有势力的乡绅嫖娼、无德、品行不端,就写诗予以嘲讽,最终得罪了权贵,自己的生活也日渐窘迫。

梅昌先生在村里还做了一件令人震惊的大事,就是把祖父的坟墓迁至陈家台墙门的对面小山上。梅昌先生精通风水,祖父坟墓原来的所在山地叫乌龟山,乃是一块风水宝地,对面是一片湖,如巨龟伸头饮水,而梅昌祖父的墓地就建在其"头顶"。正所谓"前仰锦绣碧波湖,后依岗陵万叠山",从风水上来看,墓地正好处于一个太极八卦图的正中,位置绝佳。梅昌先生算准了,此山地将来必定会被开发利用,到时与其让外人乱掘坟墓,不如自己先迁祖坟。村里人都觉得不可思议,想都不敢想的事情,梅昌先生居然大胆地把祖坟迁到了另一处。据村里老人讲起,二十世纪六十年代,因村民乱挖坟墓,乌龟山上的坟地被掘得一片狼藉。后来,此山地被开发,终被部队征用。

梅昌先生,一位奇人,一位先贤,又是一位预言家,只是生逢乱世,落第秀才虽后半生穷困潦倒,但他由内而外散发的睿智、儒雅、脱俗气质,却也是一种地域文化的遗存。

陈家老宅雕花栏杆

　　后窗有一处雕花栏杆，是用石灰、桐油、棉花、彩色颜料混合筑成的，曾经的缤纷斑斓已一点点褪尽色彩，直至彻底灰白。

卷四 东海百里文廊：新景如花绽放

　　黄沙岙，从一个冷寂落寞的小渔村，蝶变成一个充满青春活力的新生村。以蓝天白云为幕布，以树林间的草地为舞台，这是一场属于歌手和乐迷的黄沙乡村音乐节。

重回古樟驿

赵利平

盐仓街道叉河村的古樟林，一直在我的记忆深处。

这是我外婆家所在的村。这是我记忆开始开花的地方。

我以为我再也不会来了。

外婆在我出生前就已离世，妈妈、舅舅、二姨妈也都不在了，外婆家变成了废墟，我记忆里的花朵也已凋零。

然而在潜意识里，我一直想找个机会回来。

这片古樟林现在叫古樟驿，是定海百里文化长廊的一个点。我的记忆之花一下子复活了。我第一次来到那片古樟林时，只不过10岁左右。我记得很清楚，春风拂过我们兴奋的小脸，我们从洋岙公社胜利大队学校出发，翻过茅岭，沿着现在虹桥水库边的山路，来到这里。老师拉着小板车，车上堆着同学们从家里带来的铁锅、干柴、包好的饺子、蔬菜等。山路高低不平，老师拉着车很吃力，我们几个同学便在小板车两侧推着。这是我第一次远离家门。

我那时不明白老师为何要带我们到这里春游，过了差不多半个世纪，我才明白原来老师喜欢那片古樟林。

那时，古樟林还没有那么多的房子，周边就是一片空地；那时，水库的坝还是泥土做的，还没有那么高；那时，我们在老师的指导下，笨拙地用石头搭起土灶，到水库中取水，准备洗菜做饭，突然飞来一群色彩斑斓的鸟，冲着我们叽叽喳喳。我们在水库下、古樟树旁煮东西吃，而且是抢着吃。我们就像那群叽叽喳喳的鸟儿。

我与几个朋友一起来到古樟驿，没想到有很多人向简易餐厅走去。一打听，才知如果不早去餐厅，就没有座位了。现在的古樟驿最出名的还是吃，那么多游客来到这里，主要是为了吃。

人生重回是从这里又到这里，历史重回也是从这里又到这里？

我们最想看的是古樟林，没有急着去餐厅。

叉河村的这片古樟林，是定海最大的古樟树群，共 21 棵，平均树龄 222 年，地径 85 厘米，树高 15 米，冠幅 21 米，定海区政府将它们列入古树保护名录。凝视着这群被 200 多年时间锤炼的古樟林。它们云淡风轻，还是我童年时见过的样子。但是我知道它们是摄像头，把看到的一切都收集在枝枝叶叶里。

我的眼神和思维被它们吸引了一分钟左右。

真正古老的事物似乎总是不动声色。眼看着你出生，眼看着你长大，眼看着你老了，眼看着你不存在了，但它却仍然存在，不动又变动，就如同不远处的青山。

据说这古樟林和宋朝的舟山籍宰相余天锡有关。宋绍定三年（1230），余天锡告老还乡，于虹桥剑锋山东麓建立虹桥书院，专门招收贫寒子弟。后来，因为这里有樟树群和中管庙，所以把这个地方作为学子的驿站。

我小时候就听妈妈说过这个故事。

妈妈说有一个贫困书生路过此地，既渴又累，闭目傍于树下。朦胧中发现不远处有 162 缸金子。书生想：若露天放，恐流失；若告诉别人，恐被抢；若自己拿了，于读书人是罪孽。于是就把这些金子埋了，种樟树以标记，继续前行求学。此事被土地神上报给玉帝。玉帝大加赞赏，重赏书生。书生 3 年学业期满，归来发现该地新建了 3 间茅棚，樟树也枝叶丰茂。当夜，土地神托梦于他，嘱他留守在乡里，管好这些金子，教学子弟，用这些金子造福百姓。后来，书生照此办了，直至老死。当地百姓塑像供奉，在庙周边又增种樟树表示纪念。因该地处彩岙中间，百姓称此地为中管庙，称供奉的书生为中管菩萨。

妈妈要我好好读书，中管菩萨是我的榜样。

中管庙建了毁，毁了建。

看了古樟林，几个朋友要去餐厅。我说，我开个小差。然后我便绕过古樟林，穿过公路，走进了中管庙。

我第一次到中管庙,就是妈妈带我来的。那时,我已读初中了。妈妈带我到姚家的二姨妈家拜年。吃了中饭,妈妈带我来到了中管庙。中管庙只是一个旧屋,没有供奉任何东西,没有中管菩萨。

妈妈上完香,眼中含着泪光。我有点害怕,拉着妈妈的手,焦急地叫,妈妈,妈妈。

妈妈擦掉泪,轻轻说,我想你外婆了。像你这么小的时候,你外婆就经常带我到中管庙上香。

我顺着妈妈的视线,眺望远处的陈家,那边有一处竹园。那边就是外婆家。70多年过去了,外婆家人没了,屋也没了。只有小时候到过的小山坡上还有竹子随着秋风晃动。

秋风像一片片雪花从陈家那边吹过来。我的泪水就止不住地流了出来。妈妈叫雪花。她可知我在这古樟驿怀念她?

我从中管庙出来,与作协的朋友在简易餐厅会合。我们点了10道菜,总共花费了170元。价格平摊下来,比在单位食堂用自助餐还要便宜。

餐厅搭得比较简单,吃的人却很多,还时常翻桌。我问了几桌游客,问他们是从哪里来的,到这个地方做什么。他们告诉我,是从定海城里来的,就是到这里来秋游,然后用个餐。这里的餐实在太便宜了,味道自然又鲜美。我们用完餐,走在绿色草坪的小径上。

草坪上用铁架子挂着暗红色的酱鹅、酱鸭和酱猪肉;竹子编的扁篾上晒着鱼干、鳗干。风吹过来时,轻微的肉香和鱼香如一缕轻烟四处晃动。小径两边有不少叉河村附近的群众摆的小摊,有卖蔬菜的,有卖橘子、文旦的,有卖薯片的,有卖瓜子、花生的。不少游客一边挑着新鲜的蔬菜,一边与摊主还着价。整个古樟驿一副生机勃勃的景象。

我们在古樟树下,与村党支部书记见了面。书记一见我,便称我老师,说是给他们村党支部书记上过课。

我笑着说,刚才在餐厅门口见你抢着刀斩着黄牛肉,吆喝着卖肉,没想到是书记你。

书记告诉我们,古樟驿餐厅等都是村里集体经营的。自今年5月开业以来,他每天凌晨四五点就出发前往定海城采购食材。古樟驿的工作人员都是村民。为了吸引游客,他把利润严格控制在15%。他说,这菜如果贵了,游客就少了。他要把古樟驿的品牌打造起来。

我问他,如果客人来得少了,那多余的菜怎么办?

他说,送五保户,送困难群众。

我问他以前是干什么的。他说他以前是经商的。

我说,你以前是为个人,现在是为这个村子,为村民?

他笑着说,是。

他生了一张国字脸,看上去四十八九岁的样子。

我一下子想起了中管庙供奉的那个书生。只是他是书记，不是书生。但为民的精神却在这古樟驿传承下来了。

　　我们在古樟树下，与书记聊着天。阳光从叶子间闪烁着落下来，好像碎金铺在草坪上。

　　树存在，这里的人、事、景象，便也日夜存在。

　　所谓历史、文化，便也是这样产生，这样传承的。

　　古樟驿，是古代学子的驿站，是我人生情感的驿站，是游客们休闲用餐的驿站，也是这个书记为民服务、群众创业的驿站。

　　在我离开古樟驿时，童年记忆中那些色彩斑斓、活泼可爱的小鸟又热热闹闹地向我飞来了。

古樟驿

　　盐仓叉河水库大坝下，一块"古樟驿"石碑分外醒目。这里是古代学子前往虹桥书院的重要驿站，几十棵古樟树已矗立 200 多年，是大自然孕育的"绿色文物"，也是目前定海最大的古树群。

古窑里的意蕴

来　其

　　岑港有个老地名叫瓦厂里，隐在羊山岗西北，是个自然村，曾有村民百人，多从事砖瓦活，如今已没人提起。岑港还有个新地名叫古窑里，就因那里有一座古窑，如今却已成了一个景点。

　　窑壁呈圆桶形，外壁用块石随意叠成，内壁用砖块交错砌起，窑顶有长约一米的烟囱，同样用砖块随机垒成。这是舟山如今罕见的保存完好的瓦片窑遗址。

　　岑港人制瓦已有些年头，但究竟有多久尚待考证。至于此窑的建造年代，村民也众说不一，有说百年以上的，也有说五六十年的。是烧瓦还是烧砖？则众口一词烧瓦，还带我去看了留下来的瓦件，筒瓦、板瓦、勾头瓦、滴水瓦、罗锅瓦，以及走兽、挑角、正吻、合角吻等，都藏在一户村民的院子里。据说还有村民保存着印坯——瓦件的模具，可惜没能见到。

　　砖瓦窑算不上多么珍奇，如果说不清楚存世年代，也就难以认定其为该保护的文物。但是现存的古窑越来越少了，这遗存的稀罕物也就引来不少人的参观。

古窑后面曾有一大片空地，瓦坯便是在此制成的。附近山上有黏性很强的黄泥巴，掘来后加点水，赤着脚反复踩踏，直到黄泥变得更有黏性和弹性，然后把它装进模具，再用力压实，倒出来后用小竹片打磨光滑，瓦坯便制成了。做好的瓦坯要先堆放在古窑旁的棚子里，堆放时每层瓦坯上撒上一层细土，以防瓦坯粘连。棚子是敞开的，除了紧靠窑壁的那面，其他三面均无遮蔽，风"呜呜呜"吹几天，瓦坯便干巴巴的，能进窑烧制了。我首次见到古窑时，那个棚子还在。

古窑旁有一条河，一口井。砖瓦窑一般都会选择建在邻近水源处，因为制坯烧坯都会用到水。砖瓦坯送入窑炉后，得连续烧上半个月。停火后，用砖块、泥浆堵死窑口和烟囱，将瓦窑密封八九天。在隔绝空气、防止氧化的情况下，瓦坯在窑内的高温中慢慢变黑，变成"黑瓦"。若烧制青砖，则须经过一道叫"杀青"的工序。砖坯烧熟后，通过连接古窑的一条地面小水沟，引水进窑，然后把窑门封闭。进炉的水，就变成了蒸汽，熟透的砖坯在蒸汽中慢慢地由黄色转变成青色，变成青砖了。

如此工艺，我是听古窑里一位村民说的。但他其实也只是个转述者。很想在古窑所在村或者周围，找到一位古窑工，几次去寻访都未能如愿。村民说，没人再干这活了，窑也停用了多年，这古窑能留下来也算奇迹。想想也是。烧窑是门技术活，单是装窑就有不少讲究，将瓦坯高高地垂直叠放，每一摞瓦坯之间留出隙缝，防止烧制时互相碰撞导致变形，现在几乎没人会了。烧窑又是门苦累活——窑内温度达到上千度，窑外温度也有四五十度，窑工全天值守，要不停地向窑内添柴，随时观察火候。不管夏天还是冬天，守在炉旁的窑工都只穿一条短裤，光着膀子赤着脚，现在也没人愿意干。

古窑旁，那曾经制作瓦坯的场地，如今新建起"听树茶苑"。茶苑里，饮茶很妙，饮咖亦可，中西融合，茶具皆为古朴瓷器，说是从古窑里烧制出来的。大片的落地窗玻璃将阳光尽数收纳到室内，也带来了窗外百亩荷塘的盈盈绿意。那荷塘，即是古窑以往取水的小河。荷叶密密麻麻，小鱼在荷叶下嬉戏，偶尔还有几声蛙鸣。当然那是在夏日，到了寒冬，人们更喜欢在茶苑内围炉煮茶，这时室内茶香迷腾，窗外却是一池枯荷，叶似伞，梗似箭，顶着干枯的莲蓬，弥漫着肃杀的寒意。或许，人们在古窑里喝茶，喝的就是古窑的意境，喝掉的就是古窑的寒气，虽说千年窑火早已一片冰冷，但烧出的瓦作艺术仍是不朽。青砖黛瓦虽是个遥远的梦，但这梦似乎也能够握在手里。

绝壁坎速写

来　其

舟山"老话头"里，被说得最惨的是绝壁坎村。

绝壁，山势险峻的悬崖绝壁。坎，小坑，低洼处。悬崖绝壁下的一处低洼地，这就是绝壁坎村。

"老话头"里有句俗语："东到塘头茶壶甩，西到马目绝壁坎。"也就是说，这绝壁坎，是最西边的偏僻地方。

这话并无杀伤力，关键是下面一句："马目绝壁坎，一年吭没三餐饭看见。"

为什么没饭吃呢？因为绝壁坎少有水田，作物是番薯与麦，还有土豆，所以一年四季吃不上几顿白米饭。

不像现在，番薯和土豆都是营养食品，卖得比大米还贵。那时候，吃不上白米饭，就是吃不上饭了。大米，几乎成了粮食的代名词。

一个"一年吭没三餐饭看见"的地方，还能是好地方吗？

谁说不是好地方，现在，多少人有事没事赶着去，打卡，拍照，喝茶，发呆，甚至野营。

以前，"绝壁坎"还有一层意思是交通不便。

它三面环山,北邻灰鳖洋。除非坐船去,否则出入都要爬山。或者从步枪湾爬山越岭,这条蜿蜒曲折的山路,是绝壁坎村最早通向外面的古道;或者沿一条盘山公路开车到山顶,再沿一条曲折的小山路,从山顶走到绝壁坎村。

如今,去绝壁坎村的通车公路已修好。在山腰上盘旋几圈,再拐个大弯,便到了绝壁坎村。

如今的绝壁坎,说是古村,遗迹却只有几处断壁残垣和两排校舍。

曾经困惑,为什么不多保留一点古迹呢? 去的人都这么说,但查阅志书,我才恍然大悟。

绝壁坎其实有两个,一个是"绝壁坎村",一个是"绝壁坎自然村","绝壁坎自然村"是"绝壁坎村"的村委所在地。

现在我们在说的绝壁坎,指的是绝壁坎自然村。那里以前有居民 5 户,20 人,其中 3 户 13 人于 1992 年迁居东海农场。至 1999 年底,绝壁坎居民为 2 户,7 人。

另一个"绝壁坎村",辖三个自然村,原有 82 户,226 人,绝大多数村民于 1992 年迁居东海农场。至 1999 年底,住10 户 24 人。

想想,又是 20 多年过去了,这样的古村落还能留下多少古迹呢?

绝壁坎现存两处建筑,都是过去的学校。

响水礁附近的那 5 间矮房,是绝壁坎最早的小学校舍,建于 20 世纪 60 年代中期。如今矮房已没了屋顶。

挂牌"马极小学"的那排平房,用矮石墙围起了一个小院子。它建于 1983 年,如今除了门窗尽失外,房屋基本完整。

从两排校舍,能窥见绝壁坎的往昔。

绝壁坎村最早的学校是耕读小学。"耕读小学"并非正式校名,只不过是因为学子们半日识字习文,半日田间劳作,才得这一口口相传的称呼。

此时校舍并不固定,时而借用村民之堂屋,时而于村间空地搭建临时课堂。一张历经风霜的八仙桌,四条参差不齐的长凳,一位临时受聘的讲师,以及五六名求知若渴的孩童,便是课堂的全部。

哪怕处于最偏僻之地,让孩子读书仍是村民们最迫切的愿望。

马极小学是 1972 年成立的,村级小学,公办村助,公社派遣一位师范生执教,里里又自聘一位民办教师。设两个复式班,一班为一至三年级复式,另一班四五年级复式,共有学生 110 名。

成立时,校舍仍为响水礁附近的旧房子,直到 11 年后,才有了新校舍。

1993 年马极小学停办,直接原因是 1992 年大批村民迁居东海农场。但村民外迁在此之前就已开始,所以马极小学最后几年仅剩下一二年级一个复式班,且隔年招收新生。

从 1972 年成立,到 1993 年停办,马极小学连头带尾也就 21 年历史。但它在这个绝世而隐秘之地,闪烁着重教之光。

如今的绝壁坎,种上了大片青草,俨然一处汽车露营基地。呑口海滩边,几棵老树迎辽阔的海面凝立,远远看去像一幅油画。

除两排校舍外,也有不多的几处断壁残垣,长着草,爬满山藤,蓝天白云下,透着历史沧桑感。

绝壁坎村

　　绝壁坎，意为山势险峻的悬崖绝壁，绝世而隐秘，过去这里荒凉孤寂，是舟山群岛西部最边远的村落，如今只留下古村遗址，还有一座名叫马极的小学校。

海风拂过黄沙秘境

陈　瑶

盐仓新螺头的黄沙岙,这个位于定海西边的小渔村,依山而建,向阳坡上,目之所及就是一片广阔的大海。如今,它却是远近闻名的网红打卡地,还拥有了一个清新文艺的名字——黄沙秘境。

曾经,它与散落在舟山各岛屿上的小渔村一样,伴随着海岛赖以生存的渔业资源的衰退、年轻人的离开,老屋宅年久失修,甚至坍塌废弃,渐渐沦为一个只剩留守老人的半空心村。

近几年,黄沙村通过盘活闲置民房,修复老屋大宅,让一个冷寂落寞的小渔村,蝶变成了一个充满青春活力的新生村。而蜕变的契机,源自一个年轻的运作团队。团队负责人看中了这里独有的地理优势:原生态村落,离城里车程不到半小时,山不高,路不窄;树木葱郁,溪水潺潺;空间隐幽,推开门窗,便见山海。于是,他们找到了属于自己的个性标签,便有了黄沙秘境·年轮公园,其中包含了民宿、书店、餐饮、露营、音乐等乡村旅游新业态。这个前来创业的年轻团队,许是在黄沙岙觅到了心灵的共鸣,那"诗与远方"的理想,悄悄在这里生根发芽。

黄沙岙曾有废弃的老房子50多幢,有的濒临倒塌,有的已经半边塌陷,黄沙秘境团队租下30多套老房子,投入资金,逐一改造。村里的老房子就这样一幢一幢地"复活"过来,重焕生机。

有的保留了里面的木构造,有的沿用了原有的石头墙,有的则是新建的仿古民居。这些古朴明亮的民宿最吸引人的便是那一方方小院。大树下的独门独院,房前栽花,屋后种菜,四周草木掩映,鸟鸣啁啾,这是多少人向往的田园生活。

起初,村里的老人们满是疑惑,在施工队进驻修复改造时,常会到施工地看看,东问问,西问问,这老房子修它干啥,修了也没人会来住,这么个岙里头。而老人们得到的回复都是一样的,那就是修好以后,城里人喜欢,他们会一次次地前来入住。

不久后,老人们果然看到一拨拨客人纷至沓来,有从东北来的,广州来的,上海来的,杭州来的,他们开着车子,带着孩子,拖着行李,穿过竹林小道,隐入山间小院,也不知道在这山野之间住了多久。从此,黄沙岙里星光、灯火点亮了,音乐、欢声笑语传遍了,孩子们快乐的身影,奔跑而来。

还有像我们这样慕名而来的"打卡人"。我们来时,阳光正好,村子里的一砖一瓦一草一木一枝一叶,在湛蓝的天空下,像被水洗过一样干净明亮。一垄垄平整过的田地里,长满了绿油油的小青菜,一位六七十岁的老大爷,正在给菜地浇水,他的身体真硬朗。听老人说,这些嫩绿的小青菜,不打农药,新鲜水润,不用再起早贪黑挑到城里去卖,民宿都会来收走。几年下来,租掉的老房子、种植的瓜果蔬菜、家里养的鸡鸭鹅,这些都成了他的收入,这种送上门的好事,哪里去找呀?

"乡野是没有围墙的博物馆",沿途被这句涂写在石墙上的话吸引,目光为之停留。也许,这正是黄沙村独特的魅力,质朴的古民居、环绕的溪流、参天的大树,以及村子里那些静默的老物件,它们都静静地躺在这里,等待人们去欣赏。村里新建了一个乡村艺术馆,里面陈列着的老物件或作品,都出自土生土长的乡村人,或在乡村生活的艺术爱好者之手。长在山野间的艺术馆,从一开始便被赋予了乡野的色彩,让人仿佛穿梭在不同的时空维度,感受古老乡韵与艺术气息的交织碰撞。

沿着山间小路,拾级而上。两幢极具反差的房子,甚是显眼。一幢是青瓦屋顶、黑木隔栅的石头房,旁边则是白色的三角形玻璃阳光房。这就是村子里"存在感"最强的网红书店——非岛书局。这样的冬日午后,最适宜的就是来这里消磨时光。与城里的书店相比,乡村书店的人气,大多数还是沾了山野草木的光。矮矮的石头墙围着一个小院子，一棵大樟树下，随意摆放着几张户外桌，几把小竹椅。两个年轻女孩，坐在竹椅上晒着太阳，喝着咖啡，聊着天。微风吹过，她们的脸上泛着光。她们并不是来看书的，也许只是想体验一种不被束缚的松弛感，抑或是体验一把"书店是理想主义者营造的乌托邦"的氛围。

步入书店，外界的干扰似乎被树林隔绝了，木质书架上错落有致地排列着各式图书，这些书都可随意取阅。书籍环绕的空间，能让人瞬间安静下来，只留下书页翻动的沙沙声。径直走到阳光房里，取书，坐下，翻开书，一种久违的温暖感涌入心间。果然，玻璃房内的温度比外面高了好几度，阳光透过晶莹剔透的玻璃，从各个角落洒下。房内放着几张茶桌，几张简易的沙发，坐在沙发上喝茶，看书，还能沐浴一身柔和阳光。如果是下雨天，那就更美了，雨点落在玻璃上，也落在屋外一丛丛芭蕉叶上，啪嗒啪嗒，可以真正感受到那句"雨打芭蕉闲听雨，道是有愁又无愁"之意境。

此刻，太阳西沉，点点余晖正透过落地玻璃，投射到屋外的樟树群中，竹林间，树梢、竹叶轻轻摇动，似有海风微微拂过。

黄泥呑的深情守望

陈　瑶

　　霜降过后，天地间的清气上升，浊气下降，海岛呈现出一派秋高气爽的景象。这样的季节，最适宜探寻岛城周边的乡野村落了。

　　车子行驶在东海百里文廊盐仓段时，一股清新的绿意吸引了我们的目光，在"黄泥呑古村"五个字的牵引下，不期然遇见了一座藏在深山皱褶里的村子，似有一点仙风道骨的味道。

　　黄泥呑古村位于盐仓虹桥水库的东南侧，两座高山夹峙其间，似乎与世隔绝，却也绵延生存了几百年。黄泥呑，名字素简拙朴，恰如村落天然原始。

　　海岛古村落的风貌大抵相仿，老旧的石头房子，带着同一种特性，那就是见证着岁月的沧桑。有时，我也不想弄清楚古村落的来龙去脉，只是享受着置身于古老光阴中的静谧。

　　沿着一条石板路，走进村子，路边竹影婆娑，似穿梭在时光深处。不过，这里曾是一条鹅卵石铺就的古驿道，也是从前村民走出黄泥岙，去看外面世界的唯一村道。半路上，有一间名为"村口茶铺"的石头房子，咖啡香从窗户里飘出来，瞬间让这个清幽的小村子，多了一点文艺气息，也让古村焕发了新活力。

原来，这"村口茶铺"是一位"90后"苏州姑娘在打理。这里就像古时候的驿站一样，小小茶铺里有茶，有甜点，也有咖啡，满足了不同人群的需求。大树底下放着几把老式的竹椅，若是走累了，可以坐下歇歇脚，稍作休憩。喝着咖啡，品着茶，吹着山野风，惬意地坐在竹椅上，就像坐在带着印记的旧时光里，不闻车马喧，只听鸟鸣声。

一条山溪从山坡处顺流而下，穿过石桥，汇聚成一汪清澈碧绿的水潭，淙淙流水声，打破了古村的沉默厚重，却又汩汩流淌着不息的生命力。每到夏天，水潭边总能吸引很多家长和孩子纳凉、游玩。溪水边的草坪上搭起帐篷，摆上露营桌椅，大人们三五成群围坐在一起，躲进大自然的怀抱，喝茶、聊天、吃东西。而孩子们在山林中玩耍，拿着水枪嬉闹，在水潭中划船，体验了不一样的乡野童趣。不经意间，竟给这片寂静的山林带来了无限生机与活力。

潺潺溪流，终年不竭，为古村增添了一份灵动之美。这里的村民世世代代溯溪而居，小溪流水环绕，水与石屋相映成画。溪床下见证了一个家族的兴荣沿革，从清乾隆年间的人烟渐起，历经鼎盛浮沉，如今留下的深宅大院，像一位饱经风霜的老人，深情地守望着黄泥岙古村。

村里保留下来的这座阮家大宅，具有明清建筑风格，巍峨高大的台墙门，矗立于山林间，其气势并不逊色于城里的大宅门。老宅任由时间侵蚀，藤蔓爬在围墙上，青苔铺在瓦砾间，蛛网结在木窗上，这些岁月遗留下来的道道印痕，依然清晰可见。

墙面上的精美灰雕，镂空的石窗，粗壮的廊柱，斑驳的青石板，宽敞的院落……所有这些都镌刻在时光的河流里，留存在曾经华丽的记忆里。据村里的老人说，大宅的主人名叫阮孝生，年少时随亲戚走出黄泥岙，闯荡到大上海，凭借自己的活络头脑，又肯吃苦耐劳，靠在上海滩做煤炭生意发家致富。后来，花巨资在老家建了这座豪宅，又出资给村里修路修桥，可算是光耀门楣，也让深处大山里的黄泥岙村轰动一时。

黄泥岙有很多古树，扎根在柔软细腻的黄泥中，树冠如伞，枝繁叶茂，苍翠劲拔，向天空伸展枝丫，阳光透过树叶间隙，洒落一地细碎的光，就像一枚枚金色的鳞片。那些古树仿佛能触摸历史的刻痕，一圈圈年轮记录着光阴。村民们相信，古树是有灵性的，能够保佑一方平安，为他们带来福祉。

古老的大宅，悠长的溪流，参天的古树，还有安静的时光。这样朴实无华的古村落，是岁月赋予人类的珍宝，更是我们回归本真，洗涤心灵的净土。

黄泥岙古村

　　黄泥岙的阮家大宅，具有明清建筑风格，巍峨高大的台墙门，矗立于山林间，其气势并不逊色于城里的大宅门。老宅任由时间侵蚀，藤蔓爬在围墙上，青苔铺在瓦砾间，这些岁月遗留下来的道道印痕，依然清晰可见。

南洞艺谷

陈　瑶

南洞艺谷是一座古朴雅致的小村子，因着青山绿水的恩赐，而明媚亮丽起来。每个人的梦里都有一个属于自己的村落，只要内心装着小小的念想，一段记忆，一片风景，都会为之停留。

南洞，就是这样一个让你心动、念牵的小村子，她坐落于定海东北部干览镇新建社区，因处于最南边的偏僻山岙里，乡民素称"南洞岙"，而今是中国最美的休闲乡村之一。质朴、纤巧、淡雅、清灵，似一位温婉清丽、不施粉黛的姑娘。走进南洞，便走进了一幅清新秀美的乡村画卷。

三月，春暖花开，鸟语呢喃，正是南洞最美的时光。漫山遍野的桃花、梨花、樱花、杜鹃花、油菜花映衬着黑瓦白墙、错落有致的民居。一座座仿古民居，既有定海明清老屋的身影，又融合了徽派建筑风格，行走其间，亦如在画中游。

南洞，一个山坳里的小村子，被称为"艺谷"，又被称为"太阳谷"，浓郁的艺术气息弥漫在村子的每个角落。这座儿时记忆中的深山冷岙，仿佛被施与了魔法，完成了令人惊喜的蜕变,就如乡下妹子出落成了仪态万千的知性美女。

南洞,没有特别俊美奇绝的山,没有宽阔绵长的河……有的只是朴素、敦厚,像所有的江南小山村一样,长着一张大众脸。可南洞也渴望"露脸",渴望被更多眼睛看见,渴望跟着时代的脚步,迈进大众的视野。正因为这样一份期盼,一份追求,南洞需要一个魔法,需要一些创意,像清晨投射的第一缕阳光,照亮山谷的那一片土地。

第一个想到制造魔法的人是村里的支书阿红,她花了很长一段时间到处奔走,请了很多专家出谋划策,忽然有一天,灵感来了。她先是请民间画家在村里房子外墙上画画,画上最新、最美,能吸引孩子们的动漫图画。留住了孩子,也就留住了家长。后来,她又请来了艺术院校的大学生们,让他们自由随性地画画,发挥他们的想象力。机灵活泼的小猴子、憨态可掬的猪八戒、神勇酷炫的蜘蛛侠……一幅幅童趣盎然的动漫画,在墙壁上鲜活灵动起来,让这个原始的朴实的村庄摇身一变成为一个绚丽多姿的童话世界。但于我而言,更喜欢,更觉得有温情和亲和力的,是那些散发着民间乡土气息和旧时光的生活场景:斑驳的老墙上爬满藤蔓绿萝,老母鸡带着一群小鸡在墙角下悠闲地散步,窗台上紫藤花盛开,一只黑猫眯着眼打着盹,让你真切感受到宁静祥和的日子其实就在自己的身旁……

于是,南洞的墙绘艺术就这样应运而生了,它吸引了众多年轻大学生前来体验与创作，"艺谷"俨然成了大学生们的采风、创作、畅想基地。如今，每座民居的白墙上，都画上了色彩斑斓的水墨画、渔民画，遍地开花，淳朴清新的海岛风情扑面而来，整个村子在不经意间已变成了一个七彩壁画村。

南洞，是萌生想象力的地方，壁画村、绿皮火车、向日葵花海、渔人码头、水库、群岛美术馆、最美民宿……那么多的创意遍布山野和村舍，如春潮一般涌动。乡村与文艺这两样浪漫的元素，完美地融合于溪水小桥、草木山石间。文人墨客们更是闲庭信步于这个幽雅静谧的村落里，寻思、写生、创作……全身心浸润在诗意缱绻的时光里。而南洞的诗篇，正在灿烂的阳光下不断舒展，如春意一般蔓延开来。

南洞，三面环山，一面临海，巍巍的五雷山，环抱着整个村子。五雷山，海拔 432 米，是舟山本岛第二高峰，如今已经开辟绿道，成为徒步者的天堂。沿途的古驿道通往顶峰，山顶建有一座古老的寺院，名五雷寺，寺内供奉"五雷轰顶"的雷神。传说，五雷山上曾有道士修道炼丹，还有炼丹洞、龙潭等遗迹留下，更给这个古朴的山村增添了几分仙气和灵性。循着清代邑人叶登魁《登五雷山》中"盘空穿鸟道，历级上云梯。独有龙潭在，蒙蒙雾气迷"的诗句进入，透过时光斑驳的旧迹，那片剥落的古寺黄墙，依然诉说着岁月的风雨，历史的苍烟。寺旁还有一大片茶园，"山水相连不尽处，茶园深处春更浓",这里常年云雾缭绕,绿意盎然,茶叶品质更是极好,色泽青翠,氤氲馨香。站在峰顶,山海奇观,尽收眼底;俯瞰南洞全景,蔚蓝天际之下,点点白墙黛瓦,块块油菜花田,落于青山碧水间,醉于芳菲春光中。

漫步乡村小路,不期然会与某一座民宿邂逅,门庭院落,绿芜深深,微翘的檐角,镂空的窗棂,精美的木门,吸引无数游人想轻叩门扉,倾听一段南洞往事。在南洞,有近 20 幢民居民宿,几乎每一幢,都弥漫着一种独特的乡村悠然气息,居民气定神闲,闲适自在。每逢周末,那些城里人便会不约而同来到乡下,蜗居于民宿之中,关掉手机,远离网络,轻松自在地静养两天,然后返城迎接下一周的忙碌生活。也许,游客在民宿中想要的就是一种生活态度,不是为了抵达,而是放下,是让身心释放,是为了在别的时间和地点重新出发。比如,那幢名唤"心宿"的二层楼房子,装修采用传统中式风格,典雅而富有书卷气质,开门可见青青山色,闲卧可听潺潺水声,还有久违的袅袅炊烟。院子呢,是本色的农家院子,种着各色蔬菜,周边是用小石头垒砌成的矮墙,这里的一草一木,一花一叶,如被水洗过般干净。闲坐于暖暖的阳光下,煮一壶茶,读一本书,心里便漾起一份安逸和清宁——岁月静好,现世安稳。

走过一座仿古石桥,清澈的溪流,穿村而过,一路宁静,只闻溪水叮咚,虫鸟低吟,季节葱茏,春色撩人来,一场场花事,紧锣密鼓。成片的油菜花竞相绽放,铺散在村落的田野阡陌上。一列来自嘉峪关的"退役"老式绿皮火车,静静地躺在黄灿灿的油菜花丛中,或许她正在回忆曾经满载乘客时,热闹欢腾的过往,又或许正沉浸在乡村悠闲的光阴里,守着一片明净澄澈的天空,感恩自然,看天朗气清,山高水长。如今,粉刷一新的绿皮火车,改头换面,出门迎客,车厢里开满了各式精致的店铺:小旅馆、餐厅、烧烤、咖啡影吧、工艺品店……这里的店小二是一群年轻人,因为他们的青春与活力,这里的店铺如雨后春笋般萌发,为这列绿皮火车注入了一股新鲜的血液。一个崭新的火车广场,正汇聚人气,吸引着众多游人和拍客慕名而来。其中有一家颇有人气的特色音乐咖啡吧,文艺而清新。原来,这是一名年轻音乐人开的一家主题咖啡餐吧,这位帅气的小伙子,能自弹自唱,多才多艺,他来自内蒙古,自称"蒙古大叔",怀揣着梦想,来岛城创业很多年了,如今也小有成就!在绿皮火车上开一家属于自己的音乐咖啡吧,可能不在乎赚钱的多少,在乎的是在软软的阳光和碎碎的雨声中,追寻音乐的脚步,释放自由的情怀,享受生命的美好。

绿皮火车里的惬意时光,你感受过吗?不是在路上,而是在乡村花田中。暖暖的春日午后,点一杯咖啡,躲在车厢里感受着时光与岁月的流动;落地窗外,阳光映照着历经沧桑的绿皮火车,让人恍惚间错乱了时空,耳边似乎传来了清扬绵长的火车汽笛声,舒缓,悠远……

　　暮色四合,夕阳沉醉;青山如黛,溪水如练。剪一段素朴简静的风景,衔一缕余温犹存的记忆,牵引到儿时清浅的乡愁里。此时,山花溪流,巷陌炊烟,廊桥古宅,已然定格成一幅怀旧隽永的山野村居图。而置身画卷中的你,忘了今夕何夕,且将心沉淀,将脚步停留,唯愿时光可以缓慢些,再缓慢些。

南洞村

　　蔚蓝天空之下，一幅清新秀美的乡村画卷，徐徐拉开，点点白墙黛瓦，落于青山碧水间，醉于芳菲春光中。

茶人谷，隐于野

宋　墨

　　"邃岸天高，空谷幽深，涧道之峡……"自古以来，有道之士乐游于山谷之中，僻远幽静之所，谓之山谷，乃两山间之狭窄处，其间多有涧溪流过。在定海紫微有个狭门村，因地处两山间，为一狭长的山谷通道，故称狭门。20 世纪 60 年代，兴建狭门水库，在水库上游，便是大潭岗，海拔 400 多米，岗上植茶千亩，所以有了山峦、翠谷、溪流、茶岭融于一身的茶人谷。

　　"茶人谷"，我一直很喜欢这个地名。"茶人"两字，最早出现于唐代诗人皮日休的《茶中杂味》和陆龟蒙的《奉和袭美茶具十咏》诗中。"茶人"原有两种意思，一种是精于茶道之人，一种是采茶或制茶人。但在我看来，只要是爱茶、惜茶之人，皆可称之。

　　其实，未名"茶人谷"之前，狭门村民称此山为剑山，深谷涧溪有一金线龙潭。元大德《昌国州图志》记载："紫微岙有金线龙潭。"古紫微图中也清晰地标有"金线龙潭"，可见，龙潭之说并非子虚乌有。

定海境内多龙潭，一般民间祈雨于龙潭，"龙潭，据山腰，深不可测"，多在深谷绝壁间，如瀑布飞流直泻，蔚为壮观。关于龙潭，民间留下的传说大致相似，如"龙潭通海"之说。而在狭门村，至今流传着绣花女和金线龙的故事，越剧《云中落绣鞋》，便是出于此。

传说，紫微侯家有个叫秀花的姑娘，心灵手巧，美丽聪颖，尤其擅长绣龙绣凤，经她之手绣出来的龙，千姿百态，栩栩如生。有一年大旱，族人嘱咐秀花绣一条金龙，供奉于庙中，村民们都信奉龙王会降雨，只要虔诚地向老天求雨。于是，聪慧的秀花精选上好的金线，用了七七四十九天，终于绣出了一条活灵活现、惟妙惟肖的金龙，唤作"金线龙"。或许，真是秀花的诚心、灵巧感动了上苍，金线龙忽地化成一条真龙，腾空飞舞，因为舍不得离开秀花，便带上秀花一起飞向天空。秀花的阿娘看到了，一路追随，她不敢相信自己的女儿就这样不告而别，便不停地呼唤着秀花的名字。秀花很是不忍："阿娘对我有养育之恩，我怎能就这样弃她而去？"于是，想下来和阿娘道别，但是金线龙飞得太快，转瞬之间，秀花身体一晃，她的一只绣花鞋就掉了下来。金线龙不停地往南飞，娘呼喊了女儿 13 次，龙也回头了 13 次，最后落在了剑山峡谷的深潭里，龙飞过的地方便留下了 13 条溪流，潺潺的溪流，滋润了整座山谷。千百年来，金线龙潭的神奇，一直在深山幽谷间安静地流淌着，只等待人们去探寻,去挖掘。

历史也好,传说也罢,总会披上神秘的色彩,当"金线龙潭"似乎已在人们的记忆中渐渐模糊时,它却偏偏巧妙地、不经意地浮现于茶人谷蜿蜒盘旋的溪流石潭中。

沿着茶人谷流泻而下的一湾溪流,似一条玉带嵌于深谷间。行走于青山密林间的石道上,迎面而来的淙淙溪水,清澈透亮,那是茶人谷之灵性所在。山离不开水,水也不能没有山,纵然是青山奇岩,若没有水的灵动与秀美,亦不能衬托山的伟岸与俊朗。

果然,在一个幽深的山谷中,我们看到了传说中的龙潭。一条几十米长的瀑布飞流直下,瀑布之下的那一汪深潭,如蓝宝石般闪耀着深邃光芒。低头,注视着那绣花女和金线龙化身的灵潭,潭深不可测,似乎真有一股灵力蕴藏于潭底,让狭门村村民世代铭记,口口相传。

茶人谷,怎能少了茶元素?唐代顾况《行路难》诗云:"岂知灌顶有醍醐。"在茶人谷入口处有一个颇含诗意的大茶壶,高高的壶嘴倾出一泓清凉的泉水,氤氲水雾,若有若无,未入茶谷,心已然品尝了一抹淡淡的茶香。而我不是精于茶道之人,对茶更多的是一种喜欢。喝茶,期待的是一种感觉,一种心境,一种念想。山是茶,水是茶,万物皆是茶。在一杯茶的闲适中,人与自然悄然融合,似情怀如水,心有灵犀。

若要直观感受茶林，那得登临大潭岗顶端的千亩茶园。好茶出自高山，集天地之灵气，纳日月之精华。漫漫茶林，云雾缭绕，若适逢采茶旺季，更是郁郁葱葱，满山飘香，清新宜人。如今，这茶园更是一种乡村旅游资源。观茶、采茶、制茶、煮茶，沏茶、品茶，也成为游人们的一种怡情休闲新方式。在茶人谷，搭一顶帐篷，摆一张桌子，取山谷溪水，煮水泡茶。用心煮出来的茶，即使茶色清冽，淡而无味，也别有韵味。就这样静坐在户外椅上，喝茶闻香，沉浸在大自然中，人生也是无憾了。

小隐隐于野，茶人谷近在身边。熟悉的地方，也有风景。有时，发现美，不一定要长途跋涉，也不一定要花大量的金钱，只要稍许行走，回归于山林，就能获得更多的美好与心灵深处的感动。

茶人谷

　　沿着茶人谷流泻而下的一湾溪流,似一条玉带嵌于深谷间。行走于青山密林间的石道上,迎面而来的淙淙溪水,清澈透亮,那是茶人谷之灵性所在。

千年稻花香

陈　瑶

　　6000 多年前,在中国东海的一座不知名的小岛上,一群钻木取火的先民衣不蔽体,告别原始渔猎,陆续从土墩的洞穴走向四周开阔的平原,在向阳的坡地上竖起柱子,盖起茅屋,种上水稻,烧制土陶,开启了他们全新的生活。

　　这座不知名的小岛,就是现在的马岙,地处舟山群岛的西北部。舟山人的祖先,最早就是在马岙这块神奇的土地上诞生的,他们日夜辛勤劳作,繁衍生息,绵延至今。

　　远古给了现代人足够的想象空间,那是怎样的一种生存方式。我们回不到新石器时代,看不到从原始的刀耕火种进入文明的犁耕时期,因此,如果不借助于现代考古,也就无法找到答案。人类在漫长的进化过程中,只有通过不断地适应自然,改变生存方式,才能长久地维持生活,延续生命。

　　比如,马岙先民如何获取稻种,又如何种植、收割、脱壳、储存,让稻谷成为白花花的粮食?

　　马岙博物馆陈列的出土文物,告诉了我们想要的答案。

　　遥想 6000 多年前的某个春天,蓝天白云,阳光明媚,马岙先民们无意间收集到稻种,不经意播撒到泥土里,没多久,竟然长成了嫩绿的禾苗,并且在阳光雨露的滋润下,苗壮成长。到了秋季,稻子成熟。望着那一片金黄的稻田,马岙先民们既兴奋又犯难,他们仅靠双手收割稻子,实在太费时间。于是,他们从山间、海边搬回了大小不一的石块,试着把它们打磨成石镰、石斧等各种石器。他们又凭借勤劳智慧,烧制出一个个大小不同的陶盆、陶罐等器皿,以便存放稻谷、食物、水等东西。他们的耕种劳作,无非是想让家人吃上一口香喷喷的白米饭,让日出而作,日落而息的生活,成为延续生命的永恒。

时光回溯到1994年,马岙洋坦墩遗址堆里,首次出土了夹砂红陶碎片,那些印在陶片上的稻谷痕迹,印证了6000多年前这里就有稻作文化,从而为中国学者早在1986年就提出的"日本水稻种植技术可能是从中国江南地区经舟山群岛传入"这一学术观点提供了有力的证据。而重新打造的千年稻香馆,更是成为海岛标志性的符号。它默默伫立在马岙乡村的原野上,像一个稻作文化的图腾,闪耀着农耕文明的光芒。

今天,当我们穿梭在千年稻香馆展厅前,俯下身轻轻地抚摸一个个农具,目光虔诚地与一块块红陶碎片对视,仿佛与马岙先民一起挥动石镰,收割稻子,而内心更像是与他们进行着一场无声的相隔时空的对话,倾听着一个关于中国海岛第一村的稻香故事。

海风拂动,稻浪翻滚,又是一年稻花香。金灿灿的稻谷与不远处的黄色风车遥相呼应，这是属于马岙稻田的独有风景，是秋天给予马岙人的深情回馈。这一串串金黄的、沉甸甸的稻穗，流淌出来的可是人间烟火的味道啊。

一顶顶白色的帐篷在连绵不绝的稻田上支起，一条长长的木栈道通向两岸的稻田。"稻田露营""稻田咖啡"等乡村旅游新业态，正悄然兴起在一望无际的马岙稻田中。

稻田露营，因为马岙这一厚重的稻作文化而更有趣味。一粒粒稻米不仅滋养了我们的生命，更创造了我们的历史，它们在马岙这片古老的沃土上正以鲜活的方式赓续传承。

在稻田边露营，在田野的清风和稻浪的摇曳中入睡，是城里人排解乡愁的治愈方式。尤其是一些焦虑失眠的人，在稻田边露营却睡着了。白色帐篷如云朵飘落在绿色的稻浪之上，和田野融为一体，安然自在。

于是，更多的城里人奔向田野，"稻田咖啡"也随之流行起来。城里的大街小巷有很多咖啡店，然而稻田咖啡，与带着泥土气息的乡村相遇，咖啡的浓香混着稻穗的清香，弥散在这片辽阔稻田间，让人不由自主地亲近它。很多人慕名而来，只为这杯"米浆咖啡"。

天幕之下，喝着咖啡，闻着稻香，听着虫鸣鸟叫，看着稻子在秋风中一浪接一浪地翻涌，沉浸式体验乡土慢时光的宁静与悠然。睡梦中，说不定还能与远古的农人来一番对话。

稻田咖啡

海风拂动，稻浪翻滚，又是一年稻花香。天幕之下，喝着咖啡，闻着稻香，听着虫鸣鸟叫，看着稻子在秋风中一浪接一浪地翻涌，沉浸式体验乡土慢时光的宁静与悠然。

鮸鱼十吃

来 其

东海文廊，沿途汇集了定海名特产，"鮸鱼十吃"尤其有名。

一条鱼烹调出 10 种烧法不同的菜肴，摆上满满一桌，也算得上是奇谈。

明清时，定海的海鲜菜已闻名遐迩了。袁枚的《随园食单》、朱彝尊的《食宪鸿秘》等著作中，就有"淡白鲞""雪菜大黄鱼"等舟山特色菜肴的记述，"黄鱼鲞烤肉""三抱鳓鱼""清蒸带鱼""酱风鲳鱼""册子抱盐鮸鱼"等均为当时名菜。

这些菜名中，唯有"册子抱盐鮸鱼"点明了地名。

于是，抱盐鮸鱼，成为"鮸鱼十吃"中的首道菜。首道菜虽不是"鮸鱼十吃"中最名贵的，却是最有历史感的。

菜名用"抱盐"而不用"抱腌"，是在册子发现的。"抱盐"何意？可以解释为让鱼肉与盐轻轻地拥抱一下。将新鲜的鮸鱼切成段，抹一层细盐，放一点黄酒，几丝生姜，马上放进蒸笼里，这就是"抱盐"。与其他深度腌制法相比，它的特点是"少盐"，因此受到追求健康饮食的现代人的喜爱。

"抱盐"能够成为海岛上最流行的腌制方式，与渔货保鲜技术的进步相关。能够"抱盐"的鮸鱼，必须是新鲜的，如果不新鲜，那就得腌渍半日甚至几天——过去渔村里，腌制方式大多是这样。

特别是－75℃冰柜的问世，让人们每个季度都能品尝到抱盐鮸鱼。在鮸鱼捕捞季节，吃客们都会买几条甚至十几条大鮸鱼，把洗净切断后抹上盐，分小包放进－75℃冰柜。深冻留住了鱼肉的鲜味，等要食用时，从冰柜里取一包出来，不用解冻直接上锅蒸，抱盐鮸鱼的滋味一点也不比用新鲜鮸鱼腌渍的差。一些鮸鱼菜馆，常常用这种方法让吃客在不同季节里都能吃到抱盐鮸鱼。

"鮸鱼十吃"中最传统的海鲜菜还有鮸鱼干。

最好的鮸鱼干是风干的。"风干"也就是大风吹干，最好是在没有太阳的大风天吹干。因为太阳一暴晒，鱼肉便会泛出一层油。当然，也有人喜欢吃这油沫沫的味道。

鮸鱼干的特点是香韧而有嚼劲。风干程度直接影响嚼劲。当然还要看顾客牙口如何。好的鮸鱼菜馆，备有几种风干程度不同的鮸鱼干供你选择。当然做到这样，价格上你就不能太计较。

鮸鱼子豆腐、雪菜鱼肝肚也是传统渔家菜。虽不能算是最传统的，但在过去是能够上渔家宴席的规格的。

鮸鱼子是鮸鱼肚里最好吃的，营养价值虽不能和鮸鱼膏相比,但其富含维生素 E,具有养颜美容的功效。鮸鱼子豆腐的特点是用入口即化的豆腐,包裹粒粒分明的鱼子,两种不同口感的食物相互碰撞,给口腔带来前所未有的感受。

爽口鲜香的雪菜与各种海鲜都能搭配,与爽滑的鮸鱼肚和油润的鮸鱼肝更是绝配。

"鮸鱼十吃"中,有 2 道菜是油炸的,一道是鮸鱼排,另一道是鮸鱼球。

鮸鱼的肉质,在海洋鱼类中偏细腻,所以油炸鮸鱼肉片,须裹上蛋液和面包糠。油炸的鮸鱼排,外层酥脆,色泽金黄,里层仍保持鱼肉的细嫩。

鮸鱼球是将鱼肉打碎,裹入土豆丝做成丸子。油炸的鮸鱼球有鱼肉的细腻,也有土豆的软糯。

说起来,最适合油炸的海鱼还是马鲛鱼。"鮸鱼十吃"中,通过配料使油炸的鮸鱼也能独具风味,算是海鲜油炸品又多了一种另类。

一桌菜,必然要有羹或汤。

羹通常比汤更浓稠,更适合海鲜,因为浓稠的汁能裹住海鲜的鲜味。将鮸鱼肉切成丁,和土豆丁一同倒入汤水中勾芡,再放点葱花,便做成了一道鮸鱼羹。

鮸鱼骨酱是鮸鱼连骨带肉斩成见方小块,放入油锅煸炒,再加酱料勾芡后做成的。这道菜的酱料有多种选择。其中一种秘制的酱料会使这道菜更与众不同。但它与传统的海鲜菜已相去甚远了。

"鮸鱼十吃"中,红烧鮸鱼头、鮸鱼膏炖蛋最值钿。关于这2道菜为何那么名贵,《逐梦远洋》一书写过:

> 说起鮸鱼,几乎每个舟山人都会说一句渔谚:
>
> 宁可荒掉廿亩稻,不愿丢掉鮸鱼脑。
>
> 鮸鱼脑袋真值廿亩稻吗? 没人会去责怪海岛人的夸张,因为鮸鱼头吃起来油滋滋、滑嫩嫩,越嚼越鲜,夸张背后还是有底气的。若论舟山渔场现有鱼类中哪种鱼的鱼头最好吃,那当数鮸鱼头了。但鮸鱼所有身体部位中最值钱的同样是鱼鳔,在黄唇鱼、毛鲿鱼鱼鳔已无法买到的今天,它的鱼鳔已是市面上最走俏的鱼鳔了。一本有关中国药用海洋生物的图书收入了"鮸鱼鳔"词条,所介绍的功效中有一条是"补肾固精",许多人在册子岛鮸鱼菜馆点鱼胶大菜时,都要引用这一条向客人介绍。过去舟山民间还有男孩发育或结婚时,用鮸鱼胶与冰糖隔水蒸成滋补品,让他每天早晚服一汤匙的习俗。

在岑港,各家鮸鱼菜馆的"鮸鱼十吃"菜谱并不完全一样。册子岛明岛鮸鱼馆的鮸鱼棒,是用春卷包裹鱼肉后油炸,据说很受追捧。至于鮸鱼头,也有与土豆一起炖的。还有鮸鱼面疙瘩,其实已是一种海鲜主食。各种吃法层出不穷,倒使一条鮸鱼也身价翻倍了。

全国鮸鱼中以舟山鮸鱼名气最大,尤以册子附近的灰鳖洋为甚,因此册子岛有"鮸鱼之乡"之美誉。"秋季八月吃鮸鱼",每年农历六至八月,灰鳖洋上迎来了鮸鱼汛。每年册子渔民会到灰鳖洋捕捞鮸鱼。据说 2013 年捕获了一尾重达45.5 千克的鮸鱼,以 2.5 万元价格被买家买走。

《逐梦远洋》中也写过册子渔民捕鮸鱼的独特捕法:

> 渔船驶到灰鳖洋后,渔民从船尾取来一根根用竹竿和塑料泡沫做成的浮杆,打个渔绳结,将一根浮杆和一顶渔网绑在一起,将这根浮杆扔出船,又在渔网另一头绑上另一根浮杆,然后把绑在渔网前端的两块砖头也扔下海,开始慢慢地往海里放网,待到第二根浮杆也被甩下船,才算撒好一顶网。撒了六顶网后,渔船掉头往回驶,寻找第一顶网收网。这种捕法,每顶网都能收获几条,但不会把成群的鮸鱼捞上来。

正因为用的是最古老的桁杆张网,所以灰鳖洋的鮸鱼没有被完全捕光,册子鮸鱼馆还有鮸鱼吃。

卷五 小岛：秘境与和美乡土

　　每年有数以万计不同种类的水鸟到此栖息和繁衍。日落时分，海天之间，密密麻麻的海鸟，漫天飞舞，形成了童话般的"海鸟天堂"。

鸟岛：东海的自然秘境

陈　瑶

　　在距离舟山本岛西北约 7 千米的灰鳖洋上，散落着大五峙山、小五峙山、龙洞山、丫鹊山、馒头山、无毛山、老鼠山 7 个悬水小岛和几处暗礁。岛之西南端有灯桩一座，小五峙山岛依在大五峙山岛西北侧，而从大五峙山岛东南角远眺整片海域，仅能见到 5 座小山，故名五屿，后改称五峙。这些岛屿，有的生长着蓊蓊郁郁的灌木，有的则光秃秃的"一毛不长"，而它们都有一个共同的特征——人迹罕至，却孕育着极为丰富多样的海洋资源。

　　正是这样一方水土，每年吸引着数以万计不同种类的水鸟到此栖息和繁衍。日落时分，海天之间，密密麻麻的海鸟，漫天飞舞，形成了童话般的"海鸟天堂"。

一

　　海鸟，是生活在岛屿上的精灵，是岁月留给海岛的清澈记忆。那苍茫辽阔的孤岛上空，成千上万的鸟儿展翅飞翔，铺天盖地的阵势蔚为壮观。

在护鸟人的带领下,我们坐着"浙定五峙山"巡逻船,驶向不远处的一座绿岛。海上的薄雾在阳光下慢慢散去,天地之间显现出一片青蓝色。越靠近小岛,夹杂着野草的清香的雾气越浓郁。

跟随护鸟人的脚步登上云雾缭绕的鸟岛。隐约中,看见几十只白鸥在海面上空自由飞翔,离我们越来越近……在海岸积雨水的小潭里,有成百只鸟儿舒展开灰白的羽翼,追逐、嬉戏。有些鸟儿,一只挨着一只,像水鸭一样簇拥着,你挤着我,我挤着你,或觅食,或玩耍;有些昂首挺胸,旁若无人地踱着步,一边"嗷""嗷"地叫着,一边扑腾着双翅在低空盘旋,像是故意展示它美丽的翅膀。不远处的湿地上,悠闲地聚集着各种各样叫不出名的鸟儿。那有着洁白羽毛、细长两腿的,像是白鹭,它们没有华丽的外表,一袭"白衣",一身"仙气",却已足够惊艳。还有些嘴黑,脚黄褐色,尾巴灰灰,羽毛银白,自恃与众不同的鸟儿,在离你不远的地方一动不动地凝视着你,忽然,让你觉得很不安,似乎我们这些不速之客会侵扰它们安静的生活。

每年5—8月,有时也会延长至10月,成群结队的海鸟从北方飞至五峙山列岛,停歇、栖息和繁殖。岛上有灌木,周围海域有小鱼、小虾、小蟹、浮游生物,礁滩上长满贝类,还有适宜的海洋气候,不被打扰的生态环境,所有的鸟都为此迁徙而来，择岛而栖。

一阵阵清脆悦耳的鸟鸣声在海上回响，这大自然的天籁之音，是鸟类生生不息的生命力的体现。它是珍贵的，把自然之声带到了人间，人们喜欢听鸟儿鸣叫的理由，或许正是鸟儿自由飞翔的理由。

这里拍摄到的海鸟有48种，分属7目10科。鸟类数量从起先的300多只，发展到最高峰时有近2万只。除中华凤头燕鸥外，还有国家二级保护动物小天鹅，世界濒危物种黑脸琵鹭，世界易危物种黄嘴白鹭等在此"扎营"。

在岛上，若能遇见几只珍稀的鸟类，那可是一种难得的缘分。在护鸟人的指引下，我们站到了一块光秃秃的礁岩上，这是一个观鸟的最佳位置，能和鸟儿保持适当距离，不会惊扰到它们。如果鸟儿停在稍远一点的地方，还可以借助望远镜，细细观察，只是需要耐心等待。果然，在不远处的海岸边，出现了正在觅食的黑脸琵鹭。只见一只身披白色羽毛的琵鹭，摇晃着脑袋，脚步轻巧，姿态欢快，顾自在岸边滩涂上觅食，一张扁平如汤匙状的黑色长嘴，不停地将喙插入泥水中，像个"吃货"一样。护鸟人说，这是初秋的第一批黑脸琵鹭，有十几只，从东北那边飞过来，全球仅剩600羽左右的世界濒危鸟类，我们却能在五峙山列岛上见到它们落脚的踪迹。

1988年，"鸟岛"五峙山列岛被列为定海区级自然保护区。2001年,它成为浙江省唯一的省级海洋鸟类自然保护区,是浙江沿海一带发现的湿地水鸟重要繁殖地之一。如今,五峙山列岛也是全国三大鸟类保护区之一,已被列入中国重要鸟区名单。

二

对于人类的到来,鸟儿们表面看上去很不在意,但当你想靠近仔细观察它们,或想触摸它们的身体时,它们便会受惊吓似的张开翅膀,呼啦啦地飞散开来。有几只似乎警觉性特别强的鸟儿不停地在低空盘旋、徘徊,还用叫声向同类传递信息;有几只却很是洒脱,旁若无人地梳理着自己丰润的羽翼,倏忽之间,却已展开双翅,飞翔在茫茫海天间,那是多么唯美的一幅图景。它们划过优雅的弧线,在远处的海滩重新落下休憩。

岛上遍地都是干草混杂着羽毛筑起的鸟巢,许多鸟儿就在自己同类风干的尸体上筑起爱巢。这里的鸟巢几乎是连成片的,巢与巢之间仅相隔几厘米的距离,鸟巢面积也很小,只够容纳鸟儿的身体。虽然鸟儿们各自的巢穴离得那么近,但它们绝不会侵占同伴的领地,早起觅食、晚起归巢,出入都安分守己地落在自己的窝里,一切都是那样的井然有序。那些在广阔天地间自由翱翔惯了的鸟儿,回到家却能和邻居们零距离和睦相处,这样能屈能伸的品性,在鸟儿的世界里始终坚守着。这不禁让人想起了"秩序"两个字,原来秩序并不只是人类的约定和遵守,连蚂蚁出行都排队成行,这便是大自然的生存法则,遵循自然,维持秩序,大自然才能平衡有序,才能永续绵长。

为了近距离地观察鸟巢,我们只有小心翼翼地踮着脚尖行走,因为地面和岩石是坑坑洼洼的,就像密密的马蜂窝,一不小心就会一脚踩在窝蛋上,每走一步都得很小心地回头仔细看一看。没走多远,在靠近海岸的峭壁间,惊奇地发现一群出壳不久的雏鸟,依偎在一起,耷拉着小脑袋,瞪着圆圆的乌溜溜的小眼睛。隔着一层浅浅的茅草,只见它们有尖尖的小嘴,灰灰的、湿湿的羽毛,颤巍巍地扑棱着刚刚长出嫩灰茸毛的小翅膀,啾啾直叫。

护鸟人说,这是小苍鹭。它们是生活在岩石峭壁间的一种鸟类,靠着捕食小鱼、小虾等生物来生存。它们把巢筑在峭壁间,在躲避天敌的同时,对自己也是一种挑战。对岛上的鸟蛋和雏鸟们而言,最大的天敌便是游隼、王锦蛇和老鼠。通过日常监测守鸟的监控摄像头,我们意外地看到了"蛇吞蛋"的自然现象。一条蛇乘着夜色爬到鸟巢边,竟将巢内的鸟蛋慢慢吞掉,然后逃之夭夭。小生命还没有机会看到阳光,便葬身蛇腹之中。尽管很残忍,但这便是大自然生存法则。

鸟类与人类一样,也是为了生命而绽放。鸟儿在大自然面前是微小的,可是每一个生命都是可贵并值得敬畏的。一个脆弱的小生命要慢慢成长,得经历多少风风雨雨,才能在天空伸展翅膀。从自由飞翔,到独立捕食,再到繁衍后代,生生不息。

三

鸟岛是一块净土,是鸟儿的乐园,更是岑港的自然秘境。它需要人类无私的保护和关爱。被当地人称为"东海鸟王"的护鸟人王忠德,守护了鸟岛30多年,默默守护着岛上的精灵。从发现五峙山鸟岛起,他就像一个"鸟保姆",密切关注和掌握着岛上鸟儿的所有情况。从半路出家的"门外汉",变成懂鸟的内行人,经历了黑发变银丝,已然成了名副其实的岛主和护鸟专家。

时光回溯到1986年。作为原定海区马目乡林科员的王忠德,在协助有关部门进行海岛资源调查时,发现五峙山列岛"留守"了300多羽海鸥。于是,领导指派给他护鸟的工作。

当时37岁的王忠德接手护鸟任务时,其实是"鸟盲",没有相关工作经验,没有知识储备,更不知道怎么保护这些鸟,于是,只能开启起早贪黑的护鸟模式。

他每天早上5点起床，背上干粮，拎上水壶，戴上草帽，就出门了。乘租来的小机动船航行个把小时，抵达鸟岛附近海域，绕岛巡查，回来已是向晚时分。这样看似简单的体力活，日复一日，枯燥寂寞，能坚持下来，已属不易。

每年酷暑时节，正是夏候鸟产卵孵化的日子。毒辣辣的太阳将巴掌大的小岛照得一览无余，凝固闷热的空气中夹杂着黏稠咸湿的海风和鸟粪的腥臭。但他依然在岛上不厌其烦地数鸟蛋。几天下来，身体裸露处就被晒脱了一层皮，皮肤被海风吹成古铜色。

海上巡逻，也突遇过极端恶劣天气。虽然出门前收听了天气预报，说傍晚会有一场雷阵雨，估摸着自己可以返回。可恰是在返程途中，狂风暴雨提前到了。小机船在海面上不停地颠簸，很快船舱内开始进水。命悬一线时，王忠德帮着船员掌舵，往外舀水，开足马力，急速而驰，终于得以靠岸。经历了这样的惊心动魄，王忠德出行更加谨慎了，他觉得只有保护好自己才能看好鸟岛，但护鸟的任务依然被他视为最重，早出晚归的巡逻任务依然风雨无阻。有人不理解他，有人说他很执着，也有人说他很傻，为了看护几只海鸟，不要命，但他看到岛上鸟儿数量逐年翻番，觉得自己的付出值得。

王忠德说，这些辛苦其实不算什么，最让他头疼的是劝阻上岛捡鸟蛋的渔民。当时，对于渔民来说，捡鸟蛋是一件

"天经地义"的事情。鸟蛋是不可多得的稀罕物,何况在无人小岛捡拾,不要钱。有的渔民背着鱼筐来捡鸟蛋,半天就能捡几筐。这些鸟蛋,多以"野味"之名出售给城里的夜宵排档。对留守荒岛的海鸟来说,它们的天敌除了老鹰、蛇等,还包括偷偷登岸捡鸟蛋的人类。于是,他想尽一切办法劝阻渔民捡鸟蛋,当然没少受过冷眼,挨过拳头。对上岛打算捡鸟蛋的渔民,他好言劝阻,有的渔民听了会回去,但也有不客气的。有一次,他就被打了。一个拳头打过来,他耳边嗡嗡响。这群人最后没有拿走鸟蛋,骂骂咧咧地走了。

为护鸟,他敢担当,不怕得罪人。碰到偷拾鸟蛋的,他一管到底,通过执法部门给予曝光、处理。他的铁面无私震慑了上岛捡鸟蛋的人,违法现象逐渐销声匿迹。为此,他还在每个岛上都设立了宣传牌和警示牌,联系广播站循环播放保护鸟类的内容和要求,还到附近村庄挨家挨户上门分发宣传资料。

这些年,王忠德已不仅仅局限于为鸟儿"站岗"了,他觉得只有了解海鸟的特性,才能更好地保护它们。每次在岛上巡逻时,王忠德都随身携带一个宝贝,那是一本厚厚的鸟类观察笔记。他对各种鸟类的进岛时间、数量、捕食、筑巢、产蛋、孵化、育雏、迁徙时间等分门别类地做了详细记录,堪称一本鸟类百科全书。

在与海鸟的朝夕相处中,王忠德发现了鸟类的很多秘密,也摸清了鸟类分区域筑巢的"门道"。每年5月上旬,海鸥和白鹭最早飞到五峙山列岛搭巢筑窝。白鹭的窝多筑在灌木丛中,窝筑得相对精致,一窝蛋一般三四只,最多可达6只。鸥鸟的窝多筑在山坡草丛中,也有不少干脆直接筑在裸露的礁岩之上,多用软草为材料,筑得相对简陋。鸥巢一般面朝大海,没有任何遮挡,随时准备赴海中捕食。一旦遇到狂风暴雨天无法外出觅食,鸥鸟就会啄破那只未孵化的蛋,供雏鸟食用,以维持其幼小的生命。必要的时候,他将黑尾鸥蛋、白鹭蛋带回家进行人工孵化、喂养,自掏腰包购买小鱼、小虾喂养雏鸟,逐步摸索海鸟的孵化周期、生长周期。

除此之外,他还要做鸟类研究、候鸟栖息地管护、全球鸟类同步调查,为生态环境建设出谋划策,俨然成了鸟类专家。

每次上岛,王忠德都倍加珍惜和鸟儿们的相处时光,随身携带照相机,一旦发现新成员就给它们来张"全家福",包括鸟巢、鸟蛋、雏鸟、成鸟,然后请教鸟类研究专家,及时发现并提供各种研究线索。

鸟岛虽未对外开放,但慕名而来的国内外鸟类专家、新闻媒体可不少,但凡去过鸟岛的人都知道,王忠德的"脾气"不小。每次带客人上岛之前,他总要先开个会"整顿"纪律,搬出他的"天堂法则":注意脚下;勿摸蛋、勿抓雏鸟;上岛只能待 20 分钟。

这 20 分钟,对王忠德来说颇为紧张,他不仅要当好解说员、引路人,还要眼观六路,耳听八方,决不允许发生"踩踏事件"。20 分钟一到,他便下逐客令,不管对方的级别和身份,一视同仁。

对人的约束是为了给鸟儿更多的自由。鸟类很敏感,有人上岛,鸟就不敢孵蛋,不敢喂食,时间一长,蛋就发臭,小鸟就要饿死。每次带客人上岛,王忠德都会有负罪感,唯恐打扰了鸟儿们原本平静和谐的生活。这 30 多年里,他的家人一直被王忠德隔绝在鸟岛之外。儿子和妻子从电视、报纸上看到鸟岛的画面、照片,总会萌发上岛看看的想法,多番请求,都被他断然回绝,以怕年幼的孙子调皮捣蛋为由,不让他们上岛观鸟。

鸟类专家说,海鸟的记忆力是不差的。当它选定的繁衍地受到人类过多打扰,鸟蛋经常失踪没有办法孵化,它就判定这里不安全,会永远放弃这个繁衍地。

鸟儿是有灵性的,得到人类的善待后,栖息在岛上的候鸟就越来越多了,它们不再迁徙,成了"留鸟"。

四

在王忠德坚守鸟岛的第二十二个年头,鸟岛上爆出了一个震惊世界生物界的新闻："最濒危的 100 个物种"之一，被列入世界自然保护联盟极度濒危物种，国家一级重点保护野生动物——中华凤头燕鸥，第一次在五峙山鸟岛出现。

曾经，为了恶补鸟类知识，王忠德特地买来《中国鸟类图鉴》等书籍，反复翻阅，学习研究。在书本中，他第一次认识了中华凤头燕鸥。这种鸟头顶有黑色羽冠，嘴呈橘黄色，前端三分之一为黑色，最尖端又有一抹白。这一珍稀鸟类天生丽质，行踪隐秘，人类确切观察记录其行踪的次数极少，其中包括在山东和福建沿海采集记录标本。鸟类学家根据其形态特征，称其为黑嘴端凤头燕鸥，也称中华凤头燕鸥。王忠德亲切地称其为"海凤凰"，无疑它是五峙山列岛最珍贵的金名片。

2008 年 5 月，王忠德照常巡岛，在鸦雀山和无毛山之间听到了陌生的鸟叫声。透过望远镜，他从一大群常见的大凤头燕鸥中，突然发现了几只全身白羽，嘴端处为黑的燕鸥。他的心怦怦狂跳，脑子里快速闪现曾在书中看到过的中华凤头燕鸥的样子，忙把眼睛揉了又揉，仔细看了又看，还是不敢相信。他立即拍下照片发给鸟类学专家。最后通过拍照对比，终于确认这就是传说中的"海凤凰"，世界上极危的鸟种之一。因其稀少神秘，中华凤头燕鸥被称为"神话之鸟"。

在此之前，浙江鸟类专家在宁波象山韭山列岛偶尔发现过中华凤头燕鸥,但它们还是首次出现在五峙山列岛上。这一发现让王忠德异常兴奋。他突然明白,过去有人上岛捡蛋,使得成鸟躲躲闪闪。如今,捡蛋、猎鸟现象被杜绝,连"神话之鸟"也来了。

传说,隋侯出行,见大蛇被伤中断,以药封之,蛇乃能行。岁余,蛇衔明珠以报之。自古以来,动物报恩的故事不绝于耳。也许,鸟岛上的"海凤凰",就是鸟儿为王忠德带来的最好、最宝贵的礼物。

自从鸟岛上驻栖了"神话之鸟",只要有人问起中华凤头燕鸥的事情,王忠德都会热情介绍:这鸟容易被天敌发现,或许是为了自保,在岩石草丛间筑巢,它通常与大凤头燕鸥混在一起生活。群居时为维持领地,中华凤头燕鸥会用鸣叫传递它的情绪,以喙啄驱赶"不速之客"。它以鱼虾及昆虫为食,飞翔能力极强,累了可漂在海面上休息。每年只下 1 枚蛋,按照它的寿命 15 年计算,一生只产 10 多枚蛋……

中华凤头燕鸥落户五峙山列岛,使五峙山鸟岛这一岑港秘境愈加神秘。随着五峙山远程监控系统的建成,人们利用光感传输技术把画面数据传输过来,把鸟类生长、繁衍及日常生活等情景实时记录下来。王忠德不用再风里来、雨里去地现场察看鸟岛,每天坐在办公室电脑前,通过远程监控系统就能观察岛上情况和鸟儿们的动态。他尤其紧盯中华凤头燕鸥不放，发现异常，立即采取措施。

五

一件事情坚持做了 30 多年，即便是再普通的事情也会变得非凡。当年的小王变成了老王，但守护鸟岛依然占据着王忠德的生活，这已不仅仅是一份工作，而是一种难舍的依恋和不弃的责任。如今，王忠德已退休，但担任着鸟岛的顾问，还多了一项任务：带好年轻人，延续五峙山列岛上的人鸟情缘。

五峙山鸟岛守鸟的这根接力棒，交到了年轻人的手里。有前辈的坚守和努力，年轻护鸟员们更不敢松懈。每年 5 月，以中华凤头燕鸥为代表的燕鸥大家族们，落岛繁殖。为确保繁殖孵化顺利，护鸟人每周上岛 3 次，除草抓蛇鼠，修缮设备，保障电力和网络……那颗绷紧的心，直到看到燕鸥们落岛产蛋才放下。

与此同时，护鸟员还运用人工招引技术，仿制大凤头燕鸥和中华凤头燕鸥模型，把它们放置在岛上，再播放鸟鸣叫声，让盘旋空中的鸟类，误以为已有同伴先自己一步抵达，从而寻伴而降。这样就能够吸引种群前来落户繁衍，使中华凤头燕鸥繁殖成功率大为提升。

据不完全统计，目前地球上现存的中华凤头燕鸥种群数量不足 150 只,五屿山列岛是全球最重要的繁殖地之一。2020 年、2021 年,共观测到中华凤头燕鸥成鸟 76 只,繁殖成功 23 只幼鸟。

2021 年,中华凤头燕鸥从国家二级保护野生动物提升为国家一级。2022 年繁殖季,岛上发现 58 只中华凤头燕鸥成鸟,数量为历年来最多。有关部门决定举办一场"视觉盛宴",用 5 台摄像机多镜头直播中华凤头燕鸥在五屿山列岛的生活。其中一台摄像机锁定一巢"夫妻"孕育鸟宝宝 20 天的孵蛋过程,以及幼鸟破壳后 10 多天的状况,前来观看的网友竟然超过 6520 万人次。

在直播的一个多月时间里,王忠德也像年轻人一样兴奋不已,每天除了吃饭、睡觉,几乎一直盯着电脑屏幕,还不时发言解说。王忠德想,这么多人围观中华凤头燕鸥,却又不对鸟儿造成任何惊扰,这在以前是不可想象的事。中华凤头燕鸥神秘的面纱一经揭开,人们对它们的保护热情一定会越来越高。

六

鸟是人类最亲密的朋友。它给人类带来的,不只是它翱翔蓝天的一道美丽风景。在鸟儿身上,人类感悟到了许多道理:对大自然的敏感,使它们不惜千万里艰苦迁徙;对爱的忠贞,令它们总是双飞双宿一路歌唱;对孩子的眷恋和呵护,让它们总是不辞辛劳地筑窝和觅食。

人类生活的许多地方,鸟儿日益稀少,所以人们开始守护鸟儿。而对大自然而言,鸟类又何尝不是一群维护生态平衡的守护天使呢,正是它,以自己的稀少乃至濒临灭绝,迫使人类退出占据的部分领地。其实人类并不需要占据地球上所有的土地、海洋,应让出一些地方,让其他的动物有个自己的家园。

鸟岛的西侧,金灿灿的夕阳,为翠绿的灌木林染上一层金黄,湛蓝的天,白色的云,倒映在海水中,不远处 2 只形影相随的海鸥在海面上徘徊、飞舞。它们体态轻盈,很是闲适,无忧无虑,时不时飞向你的身边,似乎喜欢与人亲近。此时的海风变得温柔起来,在海面上,竟也轻轻泛起片片涟漪,这里宛然成了鸟儿们安宁、静谧的港湾。海风吹拂的轻柔,波光散尽的余温,伴随着清脆的鸟鸣,啾啾的虫语,交织成一幅岁月静好的画卷。

那两只海鸥渐渐展翅远去了,猜想它们可能是一对情侣,想象它们的爱情应该是经过惊涛骇浪的,只有经历风雨的磨砺,才有如今的相依相随,默默厮守。海鸥是岛屿上很专一且长情的飞鸟,一旦选择了伴侣便会终身相依,双飞双宿。任光阴交替流走,任孤岛长夜漫漫,只要灵魂相互依偎,无论飞到哪里,都有属于它们的栖息之地。

细细思量，鸟儿们，每年春暖花开的时候都会从遥远的地方飞到这里来，留鸟们成群结队地在岛上辛勤筑巢，它们依循自然规律，飞翔于南北天地，却不忘在这里安家落户，生儿育女，繁衍后代；更多的候鸟则是选择无数次反复地迁徙、流浪。因为它们的生命在于不停地迁徙、飞翔。这让人想起了一部纪录片《迁徙的鸟》："那鸟儿，手无寸铁，张开优美的翅膀，翱翔于天际之间，从陆地到海洋，到高山，到沙漠，到天堂，那是对回归的承诺，按照自己的习性，飞向它们心中的天堂。"那过程并不是安全的，途中它们需经过各种的磨难，大自然的，还有我们人类。飞翔的确是一种奇迹，没有什么能比鸟儿的飞翔，更能唤起我们的畅想，激发我们对空间和自由的渴望。

七

爱在延续。有越来越多的护鸟志愿者加入了守护海鸟、保护海洋环境的行列。

一个又一个春天，一次又一次遥望，鸟儿们在蓝天白云下，如海浪般翻滚、起伏、翱翔，和它们在一起，护鸟人从不孤独，因为他们正在做有意思且有意义的事。

海岛的美，鸟儿知道；鸟儿的美，人类也知道，它们飞翔的曼妙身姿，永远是心中梦想的开始。呵护鸟儿，不就是在呵护人类的梦想吗？年轻的护鸟人，以梦想为羽翅，托举着它们向着更光亮处飞翔。

天色渐渐暗了，鸟儿们已远远地飞离了我们的视线。静静地伫立在礁石上，聆听着大自然的声音，遥望着鸟儿自由自在地飞翔。挥手与鸟儿告别，俯身捡拾一片白色的羽毛，将来，无论是封存，还是珍藏，都知道，有一次鸟岛之行，流淌在心间，可以唤起记忆，洗净灵魂。其实，人生之路，亦如候鸟一样，在停留时温暖相聚，在远行时微笑别离。

五峙山鸟岛慢慢地淹没在海水中了，尽管看不到成群的鸟儿，可依然能听到它们的鸣叫，从遥远的海那边传过来，婉转、悠长。它们舒展着翅膀，纵情飞翔，因为它们满载着人类心中自由的梦想。精灵就是精灵，每一个细胞都是灵动的，因为翅膀，能带着梦想起飞，更能在平凡之中注入盎然生机，让一切都活灵活现。

长白岛：时光深处的故乡

陈　瑶

身居岛城，总觉得无论哪个小岛都应该有属于自己的风骨，或旷达，或坚韧，或婉约，或柔软，而长白岛在我的心里是柔美的，那种自内而外弥散的温情，素朴而娴静，浅淡而写意。

"长白女子秀山郎"，最初知晓这个岛，是源于这句民间流传的俗语。传说，以前长白女子个个长得水灵秀美，而且都有一双巧手，织出来的渔网结实又耐用，在沿海一带是出了名的，因此，引得秀山岛上的男子倾慕不已，长白和秀山两岛之间仅隔一条长白港，秀山男子多是撑船人，纵横海上，有着大海般的豪情。这样柔情的女子与粗犷的男子，一柔一刚，天作之合，所以，也就孕育了"长白女子秀山郎"的朴实之美！

长白岛，是定海北部的一座悬水小岛，面积不足 13 平方千米。以前，从小沙毛峙码头坐船，10 分钟的航程，现在，舟岱大桥通了，驾车便可抵达这座心仪的小岛。关于长白岛名的由来，有多种传说。一说，小岛形状狭长，山上无草，秃露白石,故名;又说,岛上曾遍布茫茫盐田,远远望去,满眼白色,故名。不过,当我们登临长白岛时,和白色有关的因素似乎不见踪影,目光所及尽是湛蓝天空之下的青山绿水,草木溪石。

许多时候,跋山涉水,行走于一些偏远的海岛乡村,不需要任何理由,只是单纯喜欢,正如我对长白岛上这个叫"后岸"的原生态村落一样。她坐落在长白岛北侧的一个临海山坳里,整个山坳恰似一个巨大的畚箕,涨潮时,畚箕口连接着茫茫大海;落潮时,便裸露出大片的滩涂。以前,村民们常常在滩涂里捡螺、摸海瓜子。勤劳的村民既种田,又捕鱼,自给自足,安然自在。曾经,这里也是一个热闹的村子,只是前进的脚步,从来挡不住迁移的速度。如今,遗留下来的,是山坡、阡陌、稻田、池塘,以及废弃的木渔船、蟹笼、网箱等渔耕文化痕迹。

我们从山顶俯瞰整个村子,她静静地隐在山坳中,美得像上天遗落的一个梦。沿着村道往下走,清一色乱石垒砌而成的古民居,灰瓦石墙,双翘屋脊,错落有致地镶嵌在青山秀水间,屋与屋相接处,一条条碎石铺就的深巷,曲曲弯弯,蜿蜒如蛇游。斑驳的石墙缝隙处,绿草葱茏,荒凉中亦透着春的气息,草木有灵,诗意无处不在。一路下来,静得只闻水声,清澈的溪水,哗哗地流淌,穿村而过;村道两边,树木青翠茂盛;田埂上,小野花肆意开放,俏丽的嫩黄色,生动了整片田野。山坡树丛间，一树树合欢花，淡粉的，绯红的，纯白的，在春天的枝头毫无遮掩地绽放，任由时光流转，只将生命交付给乡间质朴的春光。

碧水青山，天地悠远，这座遗世的古村落，被岁月描绘成一幅清丽明净的乡村画卷。只是画卷中少了更多寻常的烟火，留守在这里的几位老人，与村口的大樟树年龄相仿，即便日子过得淡如清茶，亦能将村里的往事一一细数，那些珍存的记忆，深深刻在心底，终是无法抹去。老人说，他们上代曾是大户人家，他家的祖屋还在，只是不能住人了。顺着他的指引，我们踏进了一座破败荒芜的老宅。因年代久远，灰尘满地，梁柱上结满蛛网；院子里杂草丛生，青苔蔓延。残垣断壁间，仍遗留下精美的石雕、木雕，还有镂花的窗檐，虽历经风雨侵蚀，却还保存着最初的模样。有着古村情结的我，看着那些古朴的民居行将消失，总会有一种无言的疼痛在心中掠过，因为历史与文物不可再生。所幸的是，当地政府看到了古村落的历史文化价值，呼吁并行动起来，正在保护、修复这些日渐消逝的文化遗产。

徜徉在古老的村落间，行走于悠长的石子巷中，在闲淡的光阴下擦拭岁月的尘埃。此刻，我们的脚步停留在一座"余家25号"老宅前。后岸余家，曾是长白的名门望族之一。据余家老人说，清乾隆年间，余氏先祖携家眷最早从镇海迁移过来，他一眼便看中了这块依山傍海的风水宝地，从此，他们就在这里安家落户，垦荒种田，耕海牧渔。年复一年，辛勤劳作，积攒起财富后，那象征家族荣耀的大宅院便拔地而起。余家老宅保存下来的"过堂墙门"，在海岛古民居建筑里较少见到，一般的老宅，进门必是高高耸立的台墙门，而余宅又多建了一进门，墙门内连着一整间堂屋，这样，进入墙门过堂下轿就不会涉水、淋雨、顶风、冒雪，非大户人家不可能设计这样人性化又贵气的过堂墙门，且堂内雕梁画栋，木柱上细刻的花纹古朴而精美，虽有些开裂剥落，却依旧栩栩如生，残留的旧景，皆可透出当年的繁华。只是如今，寂寞的院落，荒草萋萋，默默无语，但我坚信老宅里的每一块砖，每一片瓦，每一扇门，都有属于自己的故事。无论时光走得多么遥远，依然散发着岁月的宁静和沉香。

乡村再好，老宅再华丽，也关不住年轻人的心！很多年前，后岸村的青壮年大多走出故乡，离开海岛，远隔重洋，打拼闯天下去了。长白也由此成了全省有名的侨乡，据说单在美国唐人街就有 600 多名长白人。

黄昏时分，夕阳揉碎在一座古老的祠堂前，透过阳光溅落的尘埃，泛出历史的醇香；遥远的乡音，似在呼唤那些背井离乡的游子，寻根来！不忘初心，方得始终，无论他们漂泊到哪里，都知道有那么一处与自己的灵魂相吸的祠堂，在故乡年年岁岁等待着他们。

有的时候，离别是为了再相逢。老宅、古树、深巷、祠堂……绵延在我们的背后，静默着，那是岁月最本色的样子。

乡关在何处？世间所有荒凉的村落都是故乡，纵然被时光渐渐淹没，但在心底的那抹乡愁始终会在血脉中缓缓洇开。

卷五　小岛：秘境与和美乡土

里钓岛：石头垒砌的村庄

陈 瑶

"我有一所房子，面朝大海，春暖花开。"相信每个喜欢海岛的人，都会很自然地想起海子的这句诗，生命中，能邂逅一所属于自己的海边小屋，是一种幸福。而里钓就是这样一个令人心仪、向往的海边小渔村，淳朴而悠远，怡然而宁静，俨然一处山海间的世外桃源。

里钓岛位于舟山群岛的西部，是一个悬水小岛，1.64平方千米的土地上，坐落着一座充满海韵风情、原汁原味的古村落。里钓的宕口是舟山最古老的宕口之一，是沿海一带少见的石板村。奇异的石头，是这个古渔村的主角，精美的石头会"唱歌"，这里盛产的红石板，色泽肉红，鲜艳夺目，质地纯厚，闻名海内外。

三百年前，来自慈溪的闻氏一族发现了里钓这方乐土，因缘际会，注定了里钓的前世今生要与石为伴。原来，闻氏是一石匠，曾在慈溪一个石宕老板处打石头，以此营生。只是石宕老板非常刻薄，给石匠们的工钱很低。打石头，本是一项辛苦活，凿石板时，石粉吸入肺里，对身体不好，当石匠寿命短，所以石匠们赚的更是血汗钱，严寒酷暑，从不停歇。石匠们越艰辛，老板越苛刻。终于，石匠们实在忍无可忍，领头的闻氏号召石匠们罢工，争取应有的权利。老板恨之入骨，暗地里对带头闹事的闻石匠下毒手。得到消息的闻石匠，连夜携妻儿老小，逃离慈溪，漂洋过海，长途跋涉，来到了里钓山这个僻静的荒岛避祸。海边小岛，荒无人烟，除了石块遍地，其他什么都没有。闻石匠就地取材，无意间选取了一块平整的大石头，把它凿成碎石，用于垒墙造屋。不料，几枚钉锤一钉，钉开一块一面胖顶，一面平光的石块。石色肉红色，石质坚韧，平整光滑，不会开裂。闻石匠不禁惊叹，这质地上佳的红石板，世间少有，真是上天对他额外的眷顾与恩赐呀！于是，闻石匠凭借其灵巧的双手，辛勤劳作，辟垦创业，渐渐扎下了根，闻石匠也成了里钓山的铁锤钉石板之首。随着闻氏一族的繁衍生息，一座又一座石头房子在里钓拔地而起。石块垒砌的墙壁，青瓦覆盖的屋顶，伴着几许腥味的海风和拍岸的浪打声，年年岁岁，绵延至今。

"层层石屋鱼鳞叠，半依山腰半海滨。"走进村子，古朴的气息扑面而来。这片古朴与"石"息息相关。百年的石屋、石窗、石巷、石阶、石井、石磨、石门、石墙、石柱子、石捣臼……四处弥漫着浓浓的石文化气息。拾级而上，依宕而建的石屋沿着山坡矗立，石墙夹着石巷，石巷连着石屋，石屋依着石阶,构成一个石的世界,层层叠叠,高高低低,错落有致。碎石铺就的小路,曲折悠长,人行其中,如游画中。高低错落的石屋之间,巷弄纵横,相互联通,似有"山重水复疑无路,柳暗花明又一村"之感,往往就在一转角处,便与一座古老的石屋不期而遇。

石屋的风格是朴素的,院落式的,保留了明末清初的建筑风貌。门和窗是木结构,门的样式普普通通,窗户则不同了,镂空雕花,图案花纹各异,或雕着花鸟鱼虫,或雕着人物故事,这些纹理简洁大气,虽然经过了风雨的侵蚀,显得那么斑驳和寥落,可是依然栩栩如生,让人一眼就能读出它们的精巧和雅致。没有雕梁画栋的厅堂,没有气派奢华的台门,只有洗尽铅华的质朴与淡然。每家每户院落前都砌有一堵低矮的石围墙,随意而粗放,野草乘隙生长,绿藤蔓延,几乎将整堵石墙覆盖住,宛如一道绿色的屏风。院子里,栽满了橘子、柿子、文旦等果树;一架丝瓜,花儿黄黄,开得正艳;门前屋后,一畦畦菜园,青翠鲜嫩。在这里,角角落落,处处透着生机与绿意,那么自然,那么清新,那么恬淡,让人不忍离开,只想流连其中,种菜,捕鱼,织网,过着与世无争的田园生活。或许选择和爱人一起,牵手漫步海边,日伴海风,夜听涛声,静待时光远去,流年缓缓消逝!

海岛的村民,吃苦耐劳,生活简单,靠山吃山,靠海吃海,日出而作,日落而息。站在村落的最高处远眺,青砖灰瓦的石屋,掩映在苍翠的绿树中。远处港湾波澜不惊,渔船点点,海水共长天一色,一片宁静安详。但是,大海并不总是这么风平浪静,大海的狂暴,台风的肆虐,里钓村民们早已习以为常了,在大海的风口浪尖上讨生活,必须要耐得住风浪才行,唯有坚硬的石头,才是天然的守护神。厚重的石墙,防止强台风带来的墙体坍塌,宛如一道屏障,把大海的狂暴阻挡在外。石屋既防暑又避寒,冬暖夏凉,即便是炎炎夏日,海边的石屋里,也是清凉一片。巷弄之间形成穿堂风,透凉透爽。留守的老人们,三三两两坐在古樟树下的石凳上,乘凉,聊天,打牌,念经,悠闲地享受晚年安逸的时光。在过往路人的眼中,老人与古树似乎是融合在一起的景致,因为他们一起见证了渔村的岁月与变迁。

里钓,这个石头垒砌而成的小渔村,任时光尽情流淌着,它的古朴的风韵,伴着咸腥的海风,散发出岁月深处最悠长的诗情画意。一石一瓦,一门一窗,一草一木,都让人深深地沉醉。

行走在里钓,静静享受慢生活带来的惬意与从容,双手触摸着那些坚硬而冰凉的石块,内心却是温润而丰盈的。时光的印痕,一点一滴,悄然凝固在这些石头里,无声地诉说着前尘过往,潮起潮落,渔村依然古韵悠悠!

大鹏岛：古韵悠悠"海上周庄"

陈　瑶

　　海的对岸，就是大鹏岛。海风从 300 米外的港湾吹来，我站在往返大鹏岛的渡船码头，仿佛又一次站在时光的渡口，近在咫尺的大鹏岛，与我相望。一条老式的小型客渡船，在沥港和大鹏岛之间来回摆渡已经半个多世纪。伴随着金鹏跨海大桥的开工建设，一桥飞架两岸，这座承载着记忆与乡愁的"沥鹏渡"，终将消逝在历史的长河中。

　　坐上渡船，从离开沥港码头到靠上大鹏岛，也就不到 5 分钟时间。渡轮是免费的。早些年来回双程只收 5 角钱，前几年干脆免费了，渡轮的运行、维修、人工工资等，全部由当地政府买单。古老的渡口，曾经舟楫往来不停，连接着绵长的烟火人间。时代的浪潮一路向前，没有谁能抵挡岁月的变迁，新旧的更替。

　　大鹏岛，素有"海上周庄"之美誉，面积仅有 4.09 平方千米，却留存着东南沿海最具特色的海岛古村落建筑群。和许多的江南水乡一样，大鹏岛河流纵横，水系发达，虽为弹丸小岛，但是土地肥沃，适宜耕种，曾经是沥港的农业基地。站在渡船上望过去，大鹏岛掩映在一片雾霭迷蒙中，海滩却仍闪动出波浪晶莹的光泽，阡陌般纵横的乡间村道蜿蜒而来，通向村子的每一个角落，似乎牵扯着一堆黑白相间的陈旧的积木。岛上分布着许多百年以上的古民居，主要有胡家大院、刘家大院、沈家大院和杨家大院等，散落在大鹏岛的几个重要位置上。据一位老伯介绍，大鹏岛兴旺的时候，全岛有七八百户人家，而现在仍然居住的村民，可能不足百户，仅 500 来人，且大多是老年人。

　　胡家大院就在离河埠头不远的斜对面，于是我们熟门熟路地走了进去。胡家大院是江南水乡的典型建筑，灰墙石砌的大门，高大的山墙，飞檐斗拱，可见曾经的气派。外墙部分由于历经风雨，早已青苔斑驳，生出一种历史的沧桑和厚重感。走入庭院，虽略显狭小，但不失清幽。木结构的房子，分为上下两层，虽不宽敞，倒也亮堂。雕梁画栋，过道连接厅堂，墙门的西侧，是一片开阔的田野，万物生长，四季轮回，都在这片田野上演绎着。房檐下放着一个七石大水缸，用来承接雨水，供住户饮用，也作消防安全备用水，可见以前居民的安全意识也是十分强烈的。从胡家大院出来，沿着田间小路往右侧拐弯不过百米距离，就是刘家大院了。刘家大院是平房，但是占地面积比胡家大院要略大一些，三进深度，每一进都有天井回廊和阶前过道，显得宽敞通透，是比较典型的江南人家的建筑布局。

大鹏岛上那些保持着传统生活习惯的村民,依然享受在鸡犬相闻、袅袅炊烟的乡村中生活,这片依港而建的古村落,日日熏染在悠长的海浪声里,迎来朝霞,送别暮霭,聆听渔舟唱晚,陶醉在一幅海岛悠闲的慢生活图景里。檐瓦的青苔,纵横的小巷,蜿蜒的石板路,午后的暖阳铺洒在这片古民居里,映入眼帘的如同一幅淳朴粗犷的水墨画。那些石砌的院墙,已经颇有年代感,在阳光下散发着清冷的光,虽然棱角分明,略显生硬,但一点也不影响这座古村落本身的韵味。走进这片古村落,古朴之风迎面而来,村舍的墙面、窗台、阶梯,都是用石材垒砌成的,而各家的院子里面,更有村民使用过的石凳、石磨、石捣臼等。现存的石屋大多保留着明清建筑的风格,挑檐立柱,石梁门框,镂空雕花的石窗,虽然历经岁月风雨侵蚀,却依然不失其精巧和雅致,这些渔村民居的文化遗存吸引着一批批游客的目光。

有史料记载,大鹏岛的第一批住民,大多是在清康熙二十三年(1684)迁移而来的,清政府结束对舟山的海禁后,一些人从隔海相望的宁波镇海迁入,他们靠海吃海,大多从事渔业和海运业谋生。一批从事海运行业的先民,发迹后在大鹏岛上建起高宅大院,以求光宗耀祖。经历了几百年的风霜,大鹏岛上的古民居安静地伫立在那里,老宅子和留守的老人们依然静默地聆听着风声雨声。这片沉淀了数百年兴衰历史的古民居,近年来不断吸引着更多的乡村旅游爱好者前来探寻，使海岛古村落的人文旅游资源，日益凸显出其潜在的价值。

回望大鹏岛那片浸润着岁月沧桑的古民居建筑群，那些原住民守护在舍不下的故园情结和抹不开的乡愁中，而这一条窄窄的港湾，这一艘苍老的渡船，渡的不是一拨拨的乘客，渡的是一种裹挟着寻梦情怀的精神故乡！

刺山岛：我吹过粗野的风

妖　微

展开定海南部诸岛版图，我的目光很难在刺山岛停留，因为它过于狭小又名不见经传。夏末秋至的一个清晨，我第一次登上刺山岛，用脚步丈量了粗陋的村道，抚摸石头墙上长出了青草的罅隙，进入村民家与百岁老人攀谈，蓦然发现，刺山岛满足了我对小岛遗世孤立、自然粗野，又不失人间烟火的想象。

"传说古时候有流星坠落，形如刀刺，故名刺山。"对于刺山岛名称的由来，我初时不以为然——太不考究，只是民间的随意杜撰罢了。舟山岛屿众多，虽都悬水而生，却是各有特性，或以地理位置殊胜，或以旖旎风光见长。相比于其他岛屿，刺山岛从古至今如同村口的老泡桐树，安时处顺、水到渠成地演化着，不曾留下值得浓彩重墨描述的千古传奇、人文逸事。所以这种看似随意的命名方式，倒是符合这座岛自然朴实的气质。

"形如刀刺"对于其形状而言是契合的。刺山岛呈南北走向，长 1.5 千米，宽 0.45 千米，陆域面积仅 0.53 平方千米。从地图上看，它状如刀剑劈波斩浪，纵贯于大小猫岛与大小摘箬山岛之间，与王家山、大王脚板、大亮门岛为邻。在浩渺"江湖"中，刺山岛与众多"游侠"结伴，并不孤独。

我却是在眺望岛上大片滩涂时，品出一份孤独来。

盛夏的暑气渐消，定海民间码头一派热闹景象。我们一行人租用小船前往刺山岛。船基本是在内港航行，无浪，如履平地。船行约30分钟后，停靠于刺山岛北侧的大岙码头。说是码头，其实就是在临海岙口用混凝土浇筑出一段斜坡而已。码头左侧是用石块堆砌的海堤，边上杂草丛生。右侧是山体，为郁郁葱葱的树木植被披覆。岛上空寂，除了海浪声和风吹过草木时发出的簌簌声，几乎没有其他声响。一股荒野之气扑面而来。

我们沿着岛上唯一的村道前行。来不及惊叹，一大片散射着亮光的黑褐色滩涂蓦地闯入我们眼帘。与海相连的，是滩涂；与堤坝相连的，是滩涂；与我们目光相连的，还是滩涂。无数的小蟹、跳跳鱼在这片腻滑的土地上嬉戏打闹，钻打出数不清的小洞穴——这可是它们安身的家园？

我站上堤坝，俯视着眼前的纯净之地。在远离尘世喧器的刺山岛上，滩涂面积近200亩，几乎占有海岸线上的半壁江山。这片膏腴之地滋养过无数生灵，一代又一代岛民在这里休养生息，如今却是日渐孤寂。远处有几簇叫不上名字的绿草长得正欢，如同沙漠绿洲。两三条废弃的小木船搁浅在滩涂上。几段残木斜插于泥淖之中。有鸥鸟掠过，发出孤独的啼叫。此刻，眼前的景象像一幅色彩单调、轮廓明了的简约水彩画。如果正好有夕阳，定能营造出"大漠孤烟直，长河落日圆"般奇特、雄浑的意境。

沿途，我们看到多处坍塌的，或是破败不堪的房屋，它们多用石头垒成，门口会留有几垄菜地。在唤作小岙的地方，有一口方形池塘，里面蓄满了水。这些景象诉说着岛上也曾有过阡陌交通、鸡犬相闻的盛况。据《定海地名史》资料介绍，岛上曾居住60户人家近200人。时过境迁，这些人家陆续迁往定海等地从事各种生计，现仅剩2户人家、7口人、1条狗。虽如此，岛上通船、通水、通电，医护人员会定期造访，可见依然是适合安生之地。

在位于中岙路边的简易凉棚下，我们见到了这位90多岁的老妪。她曾是岛上有名的捕捞望潮能手，日常饮食无荤腥不欢，如今虽进入耄耋之年却耳不聋、眼不花，精神矍铄。老人告诉我们，今年去过几趟城里，每次都没住上几天就逃回来了。这个"逃"字用得极为传神。另一位104岁的老翁守着小岙的几间农舍，听到我们动员他去城里颐养天年，老人摆手拒绝，一副不容商量的模样。故土难离、草木情深，总有人会将这里当成可以用生命守护的家园。那些搬离的人，在城市霓虹闪烁的喧闹中，是否会想起刺山岛拢着月光的寂静滩涂和抬头可见的星空？

由于行程匆匆，我们不曾久留便从小岙码头坐船离开了。小船缓缓驶离时，被来自滩涂与山野的风紧紧追随，犹如深情的挽留。我想，我会再来。

　　我吹过了刺山岛的风，再来时，已是故人。道一声：刺山，你好！便可彼此相拥。我定会在黄昏时，坐于海塘堤坝之上，等一场日落，看滩涂上残阳似血。用已入驻的诺漫营露营基地上的啤酒与咖啡，激荡起灵魂深处的孤寂与自由，没有流觞曲水的风雅，只有放浪形骸的粗野。

　　这份粗野，刺山岛的风，会懂。

卷五　小岛：秘境与和美乡土

刺山岛露营

用已入驻的诺漫营露营基地上的啤酒与咖啡，激荡起灵魂深处的孤寂与自由，没有流觞曲水的风雅，只有放浪形骸的粗野。

东岠岛：海对面有个露营地

陈　瑶

从定海民间码头坐小船，驶往东岠岛，船程大约一刻钟，这个离海港码头不到 6000 米的小岛，似乎就在眼前，跨一步就能迈上去。

在城市待久了，总想奔向山海乡野间，隐于青山又依海而居，离尘而不离城，首选之地就是东岠岛了。因为近，想到了就能去，不用大费周章地安排行程。

小岛，是大海上的乡村，岛名往往和村名连在一起。东岠岛上有东西南北 4 个自然岙，分布着 4 个村子的人间烟火。只是随着岁月的推移，时代的变迁，小岛和中国许多乡村一样，面临着凋敝，不见年轻人，连中年人也越来越少，留守的大多是老年人。东岠岛也不例外，也曾因年轻人的离开而落寞。

犹记得 2015 年时，第一次踏上东岠岛。岛上已建环岛水泥路，但没有公共交通，适合环岛徒步、骑行。村子的外围就是海，原生态的滩涂、湿地、植被、土地、礁石等，给岛上的村民带来了避风港一样安稳的隐世生活。日出日落，潮涨潮退,这些大自然赐予小岛的宝贵资源,也是村民赖以生存的基础。种点蔬菜,养点鸡鸭,踩着滩涂,捕些小鱼小蟹,这样自给自足的生活,足够满足岛上老人日常的生活所需了。

那一次户外行的目的是去山顶露营。沿途零星地散落着几户人家,寂静的乡村,唯有鸡犬相闻。当我们沿着近乎荒芜的山路,艰难地爬到山岗上时,已是黄昏时分。据当地村民介绍,东岠岛的最高峰叫小坑岗。上到山顶,视野豁然开朗,一大片宽广而空旷的平地,仿佛是一个天然的瞭望平台。原来,这里曾有部队驻扎过,留下了一些废弃的军事遗迹。平坦的小坑岗,果然是安营扎寨的好地方。夜幕即将降临,一顶顶五彩帐篷并排搭起来,红、黄、绿、蓝、紫,像在山顶上盛开了一朵朵旖旎的大花。

站在小坑岗顶上,可以俯瞰定海城全景,大小盘峙、东西蟹峙、刺山、摘箬山、五奎山、凤凰山……一个个大大小小的岛屿,散落在广袤的东海洋面上,像一颗颗珍珠镶嵌于万顷碧波之上。入夜,华灯初上,遥望海那边的定海港城,灯火璀璨;海面上停泊的船只,渔火点点,宛如苍穹下一颗颗闪动的星辰,天光海色,浑然相融。

时隔七年,当我再一次登上东岠岛的小坑岗山顶时,这里已经大变样了。绿道、观光车、露营基地、红色记忆陈列室……一座生态休闲旅游岛打造起来了,且已初具雏形。

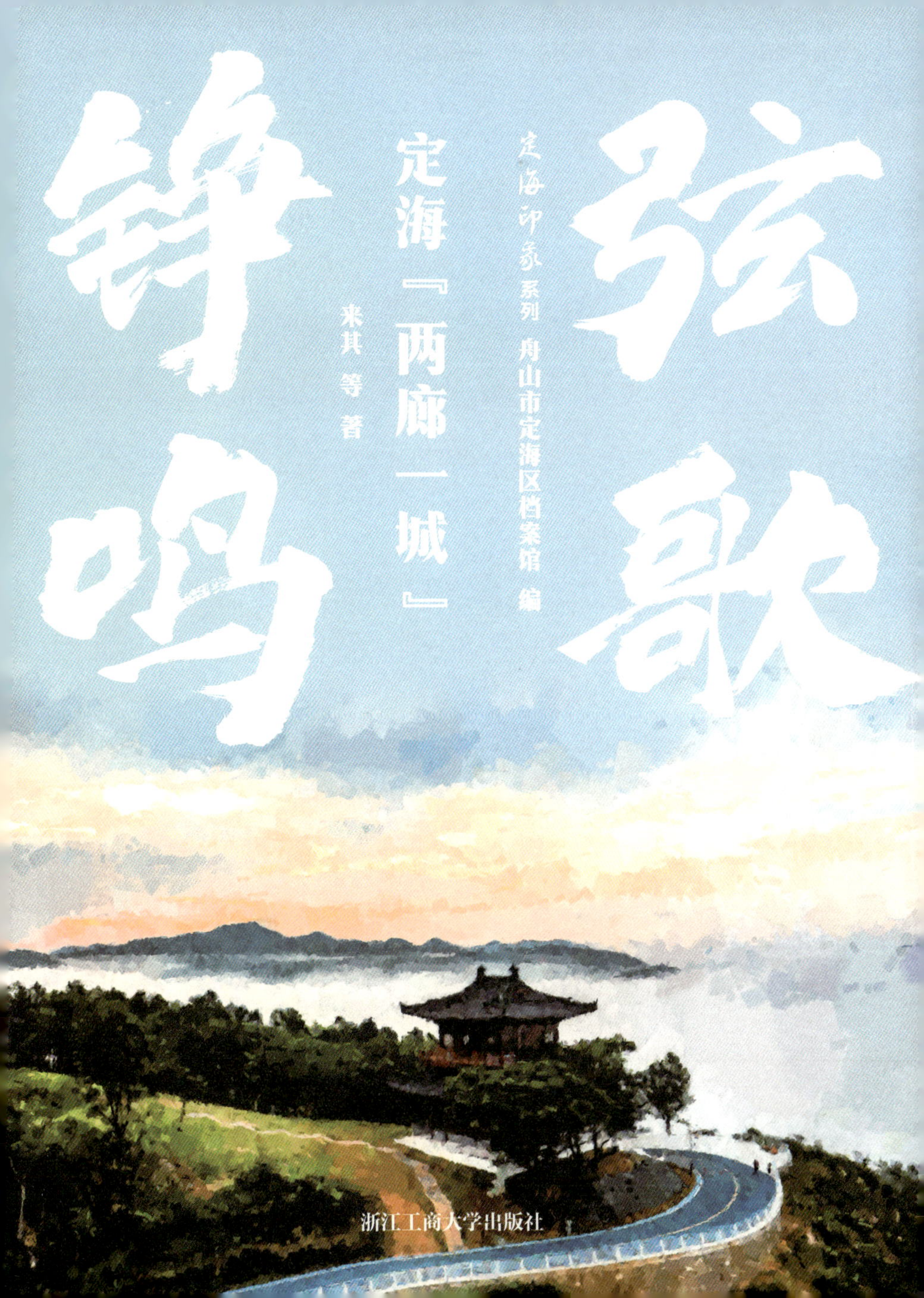

弦歌铮鸣

定海『两廊一城』

来其 等 著

定海印象系列
舟山市定海区档案馆 编

浙江工商大学出版社